DIX-NEUF MARCHES

MILLIE
BOBBY BROWN

Écrit en collaboration avec Kathleen McGurl

DIX-NEUF MARCHES

roman

Traduit de l'anglais par Aline Azoulay-Pacvoň

Robert Laffont

Titre original : NINETEEN STEPS

ISBN 978-2-221-27409-5
(édition originale : ISBN 978-0-00-853026-6, HQ, an imprint of HarperCollins*Publishers* Ltd, London)
Dépôt légal : janvier 2024
Éditions Robert Laffont – 92, avenue de France 75013 Paris

À ceux qui ont perdu la vie dans cette tragédie,
aux proches qui les ont pleurés,
et à mamie Ruth qui m'a raconté cette histoire.

Prologue

Mars 1993

C'était la première fois que Nellie revenait à Bethnal Green, le lieu de son enfance, depuis près de cinquante ans. La première fois depuis la fin de la guerre. Quand elle descendit du métro et jeta un regard autour d'elle à la recherche du panneau *Sortie*, elle fut surprise de constater à quel point tout semblait différent. La station n'était pas terminée à l'époque, les rails n'avaient pas encore été posés quand on l'avait réquisitionnée et convertie en abri antiaérien. Des voyageurs filaient sur le quai, frôlant Nellie au passage. Serrant la poignée de sa valise des deux mains, elle revit en pensée les milliers de colonnes de trois couchettes superposées, alignées contre tous les murs des tunnels. Combien de nuits interminables avait-elle passées ici, à se ronger les sangs avec sa famille, pendant la Blitzkrieg ? Beaucoup trop. Et, néanmoins, il avait fallu en passer davantage encore, plus tard, chaque fois que les raids aériens reprenaient.

Le train était reparti, avec son roulement métallique en crescendo, laissant Nellie sur le quai, seule avec ses souvenirs.

Ils avaient remplacé l'escalier mécanique, remarqua-t-elle, posant le pied sur l'acier étincelant des marches, qui jadis étaient faites de lattes de bois usées, et tirant sa valise derrière elle. Un musicien de rue se mit à jouer « Bridge over Troubled Water », au bas de l'escalator. S'élevant vers la sortie, elle se mit à fredonner, songeant aux nombreuses chansons qu'elle avait chantées dans ce tunnel pour distraire ses amis et sa famille. Arrivée dans le hall, elle se représenta son cher Billy, les joues creusées de fossettes par un sourire. Elle s'arrêtait toujours un moment pour échanger quelques mots avec lui, promettant à ses parents de les rattraper au plus vite tandis qu'ils descendaient vers les couchettes.

Lorsqu'elle eut passé les barrières, elle tourna spontanément à gauche. À l'époque où la station était encore en travaux, elle était desservie par une unique entrée-sortie. À présent, elle en voyait une autre sur sa droite. Craignant de se sentir encore plus désorientée, elle emprunta l'ancienne. Tout était si familier et pourtant si différent. Les affiches publicitaires se succédaient sur les murs et un distributeur automatique de tickets avait remplacé le guichet. Son cœur se mit à tambouriner dans sa poitrine quand elle grimpa les sept premières marches qui menaient à la sortie. Elle marqua une pause sur le palier, puis tourna à gauche et monta les dix-neuf marches suivantes. Dix-neuf exactement. Elles étaient bien mieux éclairées et on avait installé une rampe centrale qui n'existait pas de son temps, mais les dix-neuf marches étaient rigoureusement identiques. Submergée par le souvenir des centaines de fois où ses pieds les avaient foulées, elle s'éleva vers la rue, la vision brouillée par les larmes et le ventre serré comme un poing.

Il fallait qu'elle sorte de cette station, vite. Qu'elle trouve la maison de Barbara, puisse enfin serrer sa vieille amie dans ses bras et discuter avec elle devant une tasse de thé. Babs lui avait écrit quelques mois auparavant pour lui demander si elle envisageait d'assister à la cérémonie de commémoration. Sur le moment, elle avait pensé que ce serait une bonne idée. Mais, maintenant, elle était là, et, après toutes ces années, le drame se rejouait devant ses yeux.

Un groupe de jeunes gens – sans doute des étudiants – fit soudain irruption dans l'escalier devant elle. Elle se décala sur la droite et se plaqua contre le mur, le souffle court et le cœur battant à tout rompre pour une raison qui n'avait rien à voir avec la fatigue. Son cœur s'affolait à cause de ce qu'il s'était passé ici, cinquante années auparavant. La nuit où sa vie avait basculé. Elle demeura un instant recroquevillée contre le mur, une main sur sa valise et l'autre sur sa poitrine, essayant de retrouver son calme, et murmura : « Ne tombe pas, ne tombe pas. »

PREMIÈRE PARTIE

Automne-hiver 1942

1.

C'était un samedi de septembre lumineux qui sentait l'été. Nellie avait eu une grosse semaine à l'hôtel de ville, où elle travaillait comme assistante de la maire, et aujourd'hui, elle aspirait à un peu de normalité, à retrouver, un instant, la saveur de la vie d'avant la guerre, les raids aériens, le rationnement, les bulletins d'information sinistres que diffusait inlassablement la TSF. Elle avait décidé d'emmener Flo, sa petite sœur, pique-niquer au parc. Il faisait chaud. Assez pour se mettre à nourrir l'espoir que le temps tournerait bientôt et que les feuilles commenceraient à tomber des arbres – et pour se reprocher aussitôt de ne pas apprécier cette belle journée à sa juste valeur.

L'automne et le froid arriveraient bien assez vite, suivis de près par les sombres journées de l'hiver, où il ferait déjà nuit quand Nellie quitterait le bureau pour rentrer à la maison et craindrait sans cesse de trébucher dans l'obscurité traîtresse.

— Viens, Flo. Allons-y. Plus on part tôt, plus on aura le temps de profiter de notre pique-nique, dit-elle, entraînant la fillette par la main.

Elles parcoururent les rues, si familières, de Bethnal Green, le quartier de Londres où elles avaient toujours vécu, longeant la succession de boutiques aux vitrines faméliques. Là, des vêtements d'occasion, plus loin, chez le boucher, du lapin et du mouton (ça faisait si longtemps qu'elle n'avait pas mangé de bœuf !), l'éternelle file d'attente devant l'étalage du primeur qui vendait des pommes des vergers du Kent. Au coin de la rue se dressaient les restes d'un mur d'enceinte d'une maison bombardée, un rideau flottant misérablement à sa fenêtre. Nellie préférait détourner le regard de ces coquilles vides déchiquetées qui, il y a peu encore, étaient les foyers de familles comme la sienne. Elle ne voulait pas gâcher sa bonne humeur.

— Quand est-ce qu'ils vont les reconstruire ? Quand est-ce que les gens vont récupérer leurs maisons ? lui demanda Flo, levant les yeux vers elle.

— Quand la guerre sera terminée, j'imagine.

Nellie soupira et cala l'anse de son panier au creux de son coude. Il y avait peu d'espoir de voir revenir ces familles-là, pensa-t-elle. Il était probable qu'elles aient péri au moment où l'obus avait frappé leurs maisons.

— Et si la guerre dure toujours ?

Ces derniers temps, les bombardements de Munich par la RAF faisaient les gros titres de tous les journaux. À cette idée, le ventre de Nellie se tordit : après chaque attaque d'une ville allemande par les Britanniques, on pouvait s'attendre à coup sûr à des frappes de représailles. En général, c'était Londres qui en était la cible. L'East End, lui, redevenait une zone exposée.

Flo, qui n'avait que sept ans, ne gardait presque aucun souvenir de la vie d'avant la guerre, et rien ne laissait présager qu'elle se terminerait bientôt. Si ces combats avaient privé sa sœur de sa petite enfance, ils avaient aussi privé Nellie d'une adolescence légère et insouciante. Même si, ces derniers temps, la situation était moins mauvaise qu'au tout début, quand les quais et les entrepôts ne cessaient d'être bombardés, ou pendant le Blitz, qu'on appelait aussi la guerre éclair, quand Hitler envoyait ses bombardiers voler au-dessus de zones habitées pour briser le moral des Britanniques. C'était peine perdue. Ils étaient toujours debout, ils se battaient avec ferveur et ils ne se rendraient jamais, ainsi que l'avait déclaré leur Premier ministre, au tout début de la guerre. *Never surrender.* Au souvenir du discours de M. Churchill, Nellie releva le menton avec un air de défi.

— Elle ne durera pas indéfiniment, Flo, je te le promets.

Elle sourit pour égayer sa sœur et l'entraîna vers le pont qui enjambait Regent's Canal afin de gagner l'entrée de Victoria Park, gardée par deux chiens de pierre. Comme à chaque fois, la fillette les gratifia chacun d'une caresse.

La majeure partie du parc avait été réquisitionnée par l'armée (qui y avait installé des canons antiaériens d'un côté, et un camp de prisonniers de guerre au fond), de sorte qu'il y avait moins de chemins à explorer à sa guise, cependant une partie de Vicky Park demeurait ouverte au public, et il y avait également un grand nombre de squares et de jardins nichés entre les rangées de maisons victoriennes, dans les alentours. Et si certains d'entre eux avaient été transformés en potagers, il en restait assez pour que les enfants des environs puissent s'y retrouver : il y avait toujours des garçons qui jouaient au football quelque part, leurs vestes roulées par terre pour délimiter les cages à buts.

Un peu plus loin, elles traversèrent le petit pont qui menait à l'île minuscule, trônant au milieu de l'étang.

— Les enfants n'avaient pas le droit de venir ici, avant, expliqua Nellie à Flo. L'île était réservée aux adultes.

— Tu n'es jamais venue ici quand tu étais petite, alors ? demanda Flo, les yeux écarquillés par la surprise.

Nellie lui sourit.

— Si, une fois, en cachette. Avec Babs et Billy. L'un de nous a attiré l'attention du gardien du parc et les deux autres ont traversé le pont en courant. Quand il a fini par nous repérer, nous étions déjà à l'autre bout de l'île. Il aurait pu se lancer à notre poursuite, mais nous courions bien plus vite que lui, il n'aurait eu aucune chance de nous rattraper.

Flo pouffa et Nellie l'imita, ravie. C'était une époque heureuse : elle n'était encore qu'une écolière, et sa sœur, un tout petit bébé. Nellie, Barbara et son frère Billy étaient inséparables. Ils avaient presque le même âge – Billy avait un an de plus que Nelly, qui avait un an de plus que Babs – et ils avaient grandi ensemble. Elle avait dix-huit ans maintenant. Elle occupait un poste important à l'hôtel de ville et on la considérait comme une adulte. Mais elle aurait aimé être encore une enfant pour jouer à cache-cache dans le parc avec Billy et Babs.

Comme si le fait de penser à lui suffisait à le convoquer, elle vit la silhouette familière de Billy avancer vers elles.

— Je me disais bien que c'était toi, Nellie Morris ! lança-t-il avec un grand sourire. Vous faites un pique-nique ?

Il désigna son panier.

— Oui, nous avons décidé de profiter du beau temps. Flo adore pique-niquer.

— Je parie qu'elle adore les chatouilles aussi, dit Bill, s'élançant vers la fillette.

Flo détala aussitôt en hurlant et elle les regarda jouer au chat et à la souris, hilare. Billy était une sorte de grand frère pour elles, et Nellie lui était profondément attachée. Dans des moments comme celui-ci, elle parvenait presque à oublier la guerre. C'était clairement ce qui lui permettait de tenir le coup.

Fatigués par leur petite cavalcade autour de l'îlot, ils revinrent vers elle.

— Elle est devenue trop rapide pour moi, ahana son ami.

— N'oublie pas ton asthme, Billy.

Il acquiesça et tira de sa poche les cigarettes médicinales qui ne le quittaient jamais. Quelques bouffées suffisaient à faire pénétrer le médicament dans ses poumons et à rendre sa respiration moins sifflante.

— Je sais. Ça va aller.

Il en alluma une et inspira une longue taffe.

— Voilà. C'est réglé. Qu'est-ce que vous avez dans ce panier ? s'enquit-il.

C'était sa mère, Em, qui avait emballé leur déjeuner.

— Des sandwiches, des shortbreads et du sirop d'orge citronnée. Il y en a assez pour trois si tu veux te joindre à nous.

Ce n'était pas tout à fait vrai, mais Nellie se sentait le devoir de l'inviter.

— C'est très appétissant, mais je ne peux pas. Je vais prendre mon poste dans pas longtemps. Les bombardiers allemands n'attendent pas la fin des pique-niques pour frapper.

Il lui adressa un petit salut comique, ébouriffa les cheveux de Flo et s'éloigna.

Nellie le regarda passer à côté de deux dames d'une quarantaine d'années. L'une d'elles tenait un caniche en laisse. Elles le suivirent des yeux en secouant la tête, la mine désapprobatrice, et ne firent aucun effort pour calmer les aboiements du chien. Ces femmes le prenaient sans nul doute pour un objecteur de conscience. Il ne portait pas son uniforme, aujourd'hui. Elles ignoraient qu'il travaillait comme garde à l'Air Raid Precautions. Elles ignoraient qu'il ne ménageait pas sa peine, acceptait toutes les heures supplémentaires qu'on lui proposait et passait de nombreuses nuits à organiser l'installation des habitants du quartier dans l'abri du métro, en dépit de l'atmosphère confinée et humide des lieux, nocive pour ses poumons.

Ils participaient tous à l'effort de guerre, d'une manière ou d'une autre. Son père, Charlie, effectuait ses tournées de guetteur d'incendie plusieurs jours par semaine, en plus de son travail de magasinier dans les entrepôts des docks de Londres. Babs était employée dans un atelier de confection d'uniformes militaires.

— Nelliiiie ! Quand est-ce qu'on va manger nos sandwiches ? Je veux garder la croûte pour nourrir les canards. Tu les vois, là-bas ? Oh, ils ont des petits !

— C'est vrai ? Où ça ?

Nellie laissa Flo la tirer par la main jusqu'à l'autre rive de l'îlot. En effet, il y avait une portée de canetons nichés autour de leur mère, entre les roseaux épars. Elle eut toutes les peines du monde à persuader sa sœur d'admirer les petites créatures touffues sans chercher à sauter à l'eau pour les attraper.

De l'autre côté du parc, derrière une clôture, les énormes canons antiaériens, que l'on surnommait les « ack-ack », pointaient vers le ciel, prêts à entrer en action au premier signe de raid aérien. Cependant, ici, à leurs pieds, ces canetons attestaient que la vie continuait, en dépit de tout.

*

Elles s'apprêtaient à rassembler leurs affaires quand le gémissement suraigu de la sirène s'éleva.

— Une attaque en plein jour ? Vraiment ? s'étonna Nellie, son cœur s'emballant dans sa poitrine.

Elle fourra les restes de leur pique-nique dans le panier et saisit la main de Flo.

— Viens, il faut courir !

— Nelliiie ! Où on va aller ? Je ne veux pas recevoir une bombe sur la tête ! hurla la fillette terrifiée.

Elles étaient trop loin de la station de métro où leur famille se réfugiait toujours pendant les attaques aériennes, et beaucoup trop proches des canons ack-ack, qui pouvaient fort bien être la cible des bombardiers allemands. Et si les canons étaient touchés ? Si des shrapnels projetés à travers le parc les atteignaient ? Nellie se représenta sa sœur, à terre, en sang, inerte... Non, ce n'était pas possible. Il fallait qu'elle la protège.

Il y avait un abri public près de l'entrée du parc. Elles étaient passées devant à leur arrivée. Ce n'était qu'une de ces protections en acier rouillé, creusées dans le sol, mais ce serait mieux que rien. Tout valait mieux que de rester à découvert. Alors qu'elle courait, tirant Flo derrière elle, une volée de bombardiers traversa le ciel, au-dessus de leurs têtes, assez bas pour qu'elle distingue l'emblème de la Luftwaffe sur leurs ailes. Le rugissement puissant de leurs moteurs était distinct de celui des avions de la Royale Air Force, qui filaient souvent en formation pour aller frapper les villes allemandes. Flo s'arrêta pour les regarder. L'idée lui vint que c'était peut-être la première fois que sa sœur voyait à quoi ressemblait l'ennemi. D'ordinaire, les Allemands attaquaient de nuit. Cette fois, l'ennemi pouvait les voir et les mitrailler, ou lâcher une bombe directement sur elles.

— Il faut courir, ma puce ! la pressa-t-elle, priant pour arriver à couvert à temps.

Quand elles atteignirent enfin l'abri, hors d'haleine, Nellie poussa Flo à l'intérieur avant d'y entrer à son tour. Elle attira la fillette contre elle et posa la joue contre ses boucles soyeuses. Dieu merci, elles avaient réussi.

— Eh bien, vous avez eu chaud, Mesdemoiselles, leur lança un jeune garçon tout aussi essoufflé, qui serrait un petit chien dans ses bras.

— Je sais. Je ne comprends pas pourquoi l'alarme a été donnée si tard. On a tout juste eu le temps d'arriver ici.

— Un raid en pleine journée ? Ma foi, c'est sans doute que nos gars ne les guettent que la nuit.

Sceptique, Nellie installa Flo sur ses genoux, espérant que ses parents et son frère George étaient également en sécurité. Comme tous les habitants de l'East End, ils avaient une longue expérience des raids aériens. Cependant, en dépit des nombreuses attaques subies, sa terreur demeurait intacte : ces avions-ci transportaient peut-être la bombe qui portait son nom, elle vivait peut-être ses derniers instants sur cette terre. Elle prit une profonde inspiration, s'exhortant au calme, déterminée à dissimuler son angoisse à Flo.

Les canons ack-ack ouvrirent le feu. Leurs grondements étaient assourdissants à cette faible distance, mais c'était bon de savoir qu'ils défendaient la ville. Ce modeste abri ne pouvait contenir qu'une poignée de personnes. Le sol était en terre battue et une simple planche de bois faisait office de banc. On était bien loin du dédale de couloirs auquel elles étaient habituées. Dans la station de métro, il y avait des couchettes, des toilettes, une cuisine où l'on servait des repas chauds, et même un petit théâtre pour vous distraire.

— C'est une chance que nous ne soyons pas obligées de nous réfugier ici à chaque raid aérien, n'est-ce pas, mon chaton ? fit remarquer Nellie à sa sœur, la serrant un peu plus fort contre son cœur.

L'enfant hocha la tête, s'abandonnant à son étreinte. C'était affreux de se sentir si mal abrité, et d'entendre les bombardiers voler juste au-dessus de votre tête en plus des tirs des canons antiaériens et des occasionnelles déflagrations au loin. Dans le métro, les bruits de la guerre étaient atténués, plus faciles à supporter. Et puis il y avait toujours Em, Charlie et George, de sorte que Nellie n'était pas seule à devoir veiller à la sécurité de Flo. Elle fit un effort pour ravaler ses larmes et afficher un visage serein.

Quand les avions et les canons finirent par se taire, les sirènes sonnèrent la fin de l'alerte. Nellie et sa sœur sortirent aussitôt et reprirent le chemin de la maison dans l'air poussiéreux, contournant les nouveaux décombres. Elles s'engageaient dans Morpeth Street, avec ses deux rangées compactes de maisons victoriennes, quand elles virent George sortir de chez elles en courant, suivi de leur père.

— J'étais dans la rue, s'exclama leur frère, à bout de souffle, les bombardiers sont passés au-dessus de moi. Ils volaient drôlement bas !

— Nous aussi on les a vus de notre abri, répondit Nellie, frémissant au souvenir des appareils qui passaient en rase-mottes.

— J'ai vu le blanc de leurs yeux ! continua George. Le pilote avait les cheveux blonds, comme Flo. J'ai plongé sous un buisson avant qu'il me tire dessus !

Charlie lui coula un regard noir.

— Qu'est-ce que tu faisais dehors ? Tu dois courir vers un abri à la seconde où tu entends la sirène d'alerte aérienne, combien de fois te l'ai-je répété ?

— C'est ce que j'ai fait, papa, mais…

— Tu ne dois jamais trop t'éloigner du métro, tu m'entends ? Pour pouvoir t'y réfugier à tout moment.

Charlie secoua un index grondeur devant le visage de son fils.

— Nellie et Flo étaient à des kilomètres du métro, elles étaient au parc ! s'insurgea-t-il.

— Moins d'un kilomètre, idiot, corrigea Nellie, toisant son frère de toute sa hauteur.

— Mais elles ont gagné un abri, elles.

Charlie se passa les mains dans les cheveux, comme s'il avait du mal à croire que ses enfants aient couru un si grand danger par un samedi ensoleillé de septembre. Nellie sentit un frisson remonter le long de sa colonne vertébrale. S'il était arrivé quoi que ce soit à Flo pendant qu'elles étaient dehors, elle ne se le serait jamais pardonné.

Elle serra son père dans ses bras, puis embrassa sa mère, qui venait d'apparaître pour les presser de rentrer.

— Tout va bien. Nous sommes tous sains et saufs. Mais ça s'intensifie encore, n'est-ce pas ? Même si ce n'est pas aussi terrible que pendant le Blitz.

En 1940 et 1941, les bombardements aériens étaient quasi quotidiens, si bien qu'ils vivaient presque à plein temps dans la station de métro. Nellie ne supporterait pas de revivre ça.

— Oui, c'est vrai, convint Charlie. Quelle fichue guerre. Sitôt que tu t'y habitues un peu et que tu penses que tu tiens bien le coup, un nouveau truc te tombe dessus. Comme là. En plein après-midi. C'est pas correct, ça.

Nellie était sur le point de répondre quand on frappa à la porte.

— C'est sans doute Ruth et John, dit Em, se dépêchant d'aller ouvrir.

Mais elle ne trouva que John sur leur palier, tenant en laisse un lévrier noir.

— Désolé, Em, Charlie. Ruthie n'est pas assez bien pour venir prendre le thé aujourd'hui. Cette attaque en plein jour lui a mis les nerfs à rude épreuve, expliqua-t-il.

Sa tante et son oncle venaient prendre le thé tous les samedis après-midi. C'était une tradition familiale de longue date. Il y avait des gâteaux, une ou deux parties de cartes, et des rires à foison, guerre ou pas guerre.

Ruth était la sœur de Charlie, et Nellie avait toujours été proche du couple. Enfants, Babs et elle avaient l'habitude de courir se réfugier chez eux chaque fois qu'elles avaient des ennuis avec leurs parents. Ruth leur donnait des biscuits et les invitait à rester aussi longtemps qu'elles le désiraient. Mais, l'heure du dîner venue, elles se languissaient déjà de la maison et de leur maman. Durant tout ce temps, Em et Mme Waters savaient exactement où leurs filles se trouvaient : Ruth envoyait un gamin du quartier leur porter un message dès leur arrivée.

— Tu l'embrasseras pour moi, dit Charlie.

Nellie savait qu'il s'inquiétait pour sa sœur. Que, pour un homme capable de presque tout fabriquer ou réparer de ses mains, c'était une véritable douleur de se trouver impuissant face à la tuberculose dont elle souffrait, et que les nombreuses nuits passées dans le tunnel humide du métro ne faisaient qu'aggraver.

Depuis que la guerre avait éclaté, les deux familles s'étaient rapprochées et pouvaient compter l'une sur l'autre. Nellie était triste que Ruthie ne puisse pas être des leurs.

Elle coula un regard au chien, qui reniflait sa main.

— Tu as un nouveau lévrier ? Où est Oscar ?

John rit.

— *C'est* Oscar. Tu ne le reconnais pas ?

Elle fronça les sourcils. Le chien de son oncle était moucheté. Celui-ci était noir. Et cependant, il lui léchait la main comme s'il la connaissait.

— Tu tentes à nouveau cette ruse ? demanda Charlie en pouffant.

— Ouais. Ça a fonctionné une fois, pourquoi ça ne fonctionnerait pas à nouveau ?

— Quelle ruse, oncle John ? s'enquit Nellie.

Il se pencha sur son oreille.

— Oscar a déjà la réputation d'être un champion, alors je le peins en noir et je l'inscris à une course différente, sous un autre nom. Personne ne s'attend à ce qu'il gagne et je parie sur lui. Il arrive premier, et on empoche nos gains, ni vu ni connu.

Il adressa un clin d'œil à sa nièce.

— En temps de guerre, il faut savoir profiter de la moindre opportunité de se faire un peu d'argent.

— Où l'emmènes-tu courir, et sous quel nom ? questionna Charlie. Je pourrais me laisser tenter pour mettre du beurre dans les épinards.

— À Walthamstow, ce soir, huit heures. File tout de suite chez le bookmaker et parie sur Seigneur des Ténèbres.

Nellie éclata de rire.

— C'est très grandiloquent ! Eh bien, bonne chance à Oscar, et embrasse tatie Ruth, pour moi. Dis-lui qu'elle nous manque.

Em revint avec les shortbreads du thé enveloppés dans du papier.

— Tiens. Pour Ruth, et garde-les hors d'atteinte de ce chien.

— Merci, Em. Elle appréciera tes biscuits. Oh, et elle m'a demandé de te donner ça, au fait. On n'en a pas l'utilité, on en a assez pour nous.

Il tendit des tickets de rationnement à Nellie.

— Merci, oncle John, lui dit-elle, ravie.

— Il faut qu'on partage ce qu'on a, pas vrai ? Allez viens, mon gars.

Il tira sur la laisse d'Oscar, et Charlie et Nelly le saluèrent encore de la main.

Il en allait toujours ainsi : la famille et les amis partageaient le peu qu'ils possédaient, faisaient contre mauvaise fortune bon cœur et savouraient les modestes présents qu'ils s'échangeaient. Un jour, les choses redeviendraient normales, la vie reprendrait son cours d'avant la guerre, à l'époque où ils n'avaient pas grand-chose, mais ne manquaient de rien.

2.

— Je peux emprunter ton parapluie, maman ? demanda Nellie, alors qu'elle s'apprêtait à sortir pour se rendre au travail, un lundi matin pluvieux et frisquet.

— Désolée, ma chérie, mais j'en ai besoin. Il faut que j'aille au marché, aujourd'hui, ou nous n'aurons rien pour dîner. C'est une bonne chose que ton père ait gagné de l'argent grâce à cette course de lévriers, mais je dois quand même sortir et faire la queue pour l'échanger contre de la nourriture. Tiens, mets ça sur ta tête.

Em lui envoya un chapeau de pluie mou qui avait connu des jours meilleurs.

— Ça va écraser mes boucles, gémit-elle, le coiffant malgré tout.

C'était ça ou arriver trempée au travail, même si le trajet ne durait que dix minutes.

— Ne sois pas en retard. Et, oh, tu veux bien me rendre un service ? Tu pourrais passer récupérer le linge de ta tante chez Mme Denning, après le travail, et le lui déposer en rentrant ? C'est sur ton chemin, et Ruth sera heureuse de te voir.

— D'accord.

Nellie embrassa Em et sortit.

Elle remontait Morpeth Street d'un pas vif, quand elle entendit une voix familière l'appeler.

— Nellie Morris ! Quelle allure tu as avec ce chapeau !

Elle se retourna et reconnut Billy et son éternel sourire.

— Il est affreusement laid ! lança-t-elle.

La pluie était trop drue pour s'arrêter et discuter, de sorte qu'elle pressa le pas et lui adressa un petit salut de la main.

— Je t'épouserai un jour, Nellie Morris, et je voudrais que tu portes un chapeau aussi séduisant que celui-ci le jour de notre mariage ! lui cria-t-il.

— À condition que je dise oui ! le taquina-t-elle en s'éloignant.

Il lui faisait cette promesse depuis des années, déjà. Depuis qu'elle avait quinze ans et lui, seize. Ils passaient tellement de moments ensemble, et flirtaient si volontiers ces derniers temps, que leurs parents étaient convaincus qu'ils finiraient par se mettre ensemble. Nellie adorait Billy, mais elle ne pensait pas qu'ils se marieraient un jour. Ce n'était qu'une plaisanterie entre amis. Elle trouvait parfois l'idée plaisante, savait que son ami ferait un excellent mari. Mais elle attendait davantage de la vie que de devenir l'épouse d'un garçon du coin – surtout quand le garçon en question affirmait qu'il ne quitterait jamais l'East End. Nellie rêvait de voyager, de découvrir le monde. Et c'était ce qu'elle avait l'intention de faire, quand cette guerre serait terminée.

Automne-hiver 1942

*

Billy regarda Nellie filer, songeant qu'elle n'avait aucune idée de la profondeur de ses sentiments pour elle. Comment aurait-elle pu s'en douter alors qu'il faisait tant d'efforts pour les dissimuler ? Il craignait tellement de commettre un impair et d'être rejeté. Et de perdre son amitié en plus. Non, il ne pourrait pas le supporter, il était préférable de continuer de feindre la légèreté. Pourtant, il devenait de plus en plus difficile de garder son secret. Il savait qu'elle ne voyait en lui qu'un « gars du coin », une sorte de grand frère, un ami. Un garçon avec lequel elle pouvait plaisanter, mais pas un garçon dont elle pourrait tomber amoureuse. Il allait devoir trouver le moyen de changer cet état de fait. Seulement, il ne savait pas s'il réussirait à lui montrer qu'il était l'homme qu'il lui fallait, qu'ils pourraient avoir une vie merveilleuse ensemble. Il se souvenait de moments, juste avant que la guerre n'éclate, où ils s'asseyaient tranquillement sur un banc du parc, au lieu de jouer à chat comme lorsqu'ils étaient enfants. Il passait un bras autour des épaules de Nellie, et leurs têtes se touchaient tandis qu'elle lui parlait de ses rêves d'avenir, et qu'il s'en rêvait un auprès d'elle.

Il avait toujours vécu ici, à Morpeth Street. Pour lui, cette rue offrait tout ce qu'il pouvait désirer dans la vie, Nellie comprise. Mais il savait que son amie attendait davantage de la sienne. Que, sans la guerre, elle aurait peut-être déjà quitté Bethnal Green. La découverte d'autres horizons, l'aventure, les voyages : elle lui en parlait souvent d'un ton avide qu'il ne comprenait pas. Il savait qu'il ne pourrait pas lui donner ces choses-là. Mais il pouvait lui offrir son amour éternel, sa présence fidèle à ses côtés et la sécurité, et il espérait que cela pourrait suffire à la fille extraordinaire qu'était Nellie Morris. Une fille qui avait économisé tout son argent de poche afin de lui faire présent d'un étui pour ses cigarettes médicinales (il le conservait précieusement et avait une pensée pour elle chaque fois qu'il l'ouvrait). La fille qui, un jour, avait couru après lui dans la rue, parce qu'il avait oublié d'emporter ses sandwiches, et les lui avait tendus avec un sourire, le gratifiant d'une légère tape sur la joue. « Qu'est-ce que tu ferais sans moi, Billy Waters ? » avait-elle dit. En effet. Mais, bientôt, très bientôt, il l'inviterait officiellement à sortir avec lui. Dès qu'il réussirait à puiser en lui le courage nécessaire.

*

Nellie adorait son travail d'assistante de la maire de Bethnal Green, Mme Margaret Bolton. Ses tâches étaient variées et intéressantes, et elle s'entendait bien avec sa supérieure. Nellie avait eu son mari, M. Percy Bolton, comme instituteur, c'était lui qui l'avait recommandée à son épouse pour ce poste. Il était à la retraite, à présent, mais il officiait en tant que guetteur en chef à l'ARP. C'était le patron de Billy. La plupart des filles de sa connaissance travaillaient dans des ateliers de couture, comme Babs, ou des fabriques de munitions. Son amie avait commencé par confectionner des sous-vêtements de luxe qu'on vendait dans les grands magasins du West End, mais ces derniers temps, l'atelier ne produisait que des uniformes et des vêtements utilitaires.

Cet emploi à la mairie de Bethnal Green donnait à Nellie la sensation de se trouver au cœur de la vie du quartier. Elle était souvent la première à savoir ce qu'il s'y passait et adorait le sentiment d'importance qu'elle en retirait.

— Tu es trop ambitieuse, c'est ça, ton problème, lui disait parfois Em, non sans une certaine fierté.

— Elle est trop futée pour rester à Bethnal Green. Ma fille va voyager, tu verras, renchérissait Charlie, sûr de son fait.

Elle souhaitait tant qu'ils aient raison. Elle aimait tendrement Bethnal Green, mais elle brûlait de franchir les frontières de ce petit coin de l'est de Londres. Elle rêvait d'aventure, voulait être le genre de personne qui laisse sa marque dans le monde. Après la guerre, bien sûr.

— Bonjour Gladys, lança-t-elle, en entrant dans le bureau du premier étage, à une collègue dactylo avec laquelle elle déjeunait souvent.

— Bonjour, Nellie. Beau temps pour les canards, n'est-ce pas ?

— Exact, répondit-elle avec un sourire, se dépêchant de traverser la pièce, son manteau mouillé sur le bras, pour tenter de sécher un peu ses pieds près d'un radiateur.

C'était un des autres avantages de ce travail à la mairie : le bâtiment était équipé du chauffage central. Elle espérait qu'il serait en marche aujourd'hui pour se réchauffer un peu.

— Bonjour, Nellie, l'accueillit Mme Bolton quand elle entra dans le bureau de la maire et accrocha son manteau. J'aimerais que vous preniez en sténo le procès-verbal de la réunion qui aura lieu à dix heures. En attendant, si vous pouviez terminer avant cela de taper les lettres que je vous ai dictées hier, je vous en saurais gré.

— Naturellement.

Nellie avait appris la sténo et la dactylographie à l'école. Sa rapidité et son efficacité lui avaient permis de quitter la salle de dactylo et d'arriver ici. Elle fit glisser une feuille de papier dans le rouleau de la machine, ouvrit son carnet et se mit au travail.

À dix heures, les lettres étaient tapées et ses pieds, réchauffés. Elle enfonça alors ses orteils dans ses chaussures mouillées avec une grimace, et suivit Mme Bolton dans la petite salle de réunion, où un homme massif portant une veste en tweed les attendait. Il se leva à leur entrée et offrit une poignée de main à Mme Bolton.

— Madame le maire. Ravi de vous revoir.

— Bonjour, monsieur Smith, dit-elle.

Puis, se tournant vers Nellie, elle expliqua :

— M. Smith est ingénieur, je l'ai mandaté pour qu'il inspecte l'abri antiaérien de Bethnal Green et me fasse des recommandations pour effectuer les travaux de sécurisation des lieux qui pourraient se révéler nécessaires. Nous avons fait plusieurs demandes auprès de la Sécurité civile afin qu'elle nous fournisse des fonds pour en améliorer l'accès, mais elles ont toutes été rejetées. Monsieur Smith, j'espère que vous m'apportez des éléments tangibles pour appuyer mon plaidoyer, ajouta-t-elle à l'adresse de l'ingénieur.

Si j'ai bien compris, vous avez terminé votre inspection et êtes prêt à me livrer vos conclusions ?

Il acquiesça.

— Avant tout, j'aimerais souligner que vos administrés ont de la chance que les travaux effectués en vue de créer cette station aient été suffisamment avancés au moment où la guerre s'est déclarée pour qu'elle puisse servir d'abri. Comme vous le savez, elle fait partie du projet de prolongation de la Central Line, destiné à relier l'est et le centre de Londres. Toutefois, les travaux ne sont pas terminés. Les rails n'ont pas encore été posés et elle n'a toujours pas été mise en service.

Nellie hocha la tête. Ils étaient si enthousiastes à l'idée d'avoir une station de métro si proche de la maison. Quand la guerre serait terminée, les gens de Bethnal Green pourraient profiter de leurs jours de congé pour aller faire leurs courses dans les boutiques du West End sans avoir à prendre le bus. Nellie était impatiente de se sentir pleinement londonienne. Elle se voyait flâner devant les vitrines avec Babs, à la recherche d'une robe, examiner les comptoirs des rayons beauté des grands magasins, ou même, aller voir un spectacle.

— Le tunnel ayant été creusé très profondément sous terre, continua M. Smith, il constitue un excellent abri antiaérien, et de grande capacité. Toutes les personnes qui s'y réfugient pendant les alertes y sont entièrement en sécurité. Néanmoins…

— Néanmoins ? l'encouragea Mme Bolton.

L'ingénieur toussota.

— J'émettrais quelques réserves concernant l'accès au tunnel, et plus particulièrement concernant l'escalier qui descend du trottoir au hall de vente des tickets. Les travaux n'ont pas pu être achevés correctement et la palissade qui se situe à l'entrée avait pour vocation de n'être que provisoire. Je l'ai inspectée à la lumière du jour et en pleine nuit…

Nellie tourna la page de son carnet et attendit que l'ingénieur poursuive.

— Si cette entrée est convenable pour un usage normal, je pense qu'elle serait très probablement dangereuse dans le cas où une foule plus dense que d'ordinaire s'y précipiterait. L'escalier n'est éclairé que par une ampoule de faible puissance qui, de plus, a été obscurcie afin que son halo n'éclaire pas le trottoir ainsi que l'exige la réglementation du couvre-feu, comme vous le savez. Il n'y a pas de rampe centrale, ni même de rampe tout court, et les portes s'ouvrent vers l'intérieur, de sorte qu'elles ne pourraient pas être refermées en cas de brusque mouvement de masse vers l'avant.

Il toussota, une fois de plus.

— Quant aux marches, elles-mêmes, avec leur nez érodé et irrégulier, elles peuvent facilement devenir glissantes par temps de pluie.

— Je vois, répondit la maire, la mine grave. Et en dépit de cela, la station sert d'abri à la population depuis le début de la guerre. Que redoutez-vous si rien n'est fait ?

— Un potentiel désastre. C'est une chance qu'aucune catastrophe ne soit survenue à ce jour. Mais si une foule importante se ruait dans la station d'un coup, comme cela pourrait se produire dans un moment de panique provoqué par une attaque, la palissade qui encadre les marches céderait, et les gens seraient précipités dans l'escalier. Il serait ensuite facile de trébucher ou de glisser sur les marches mouillées et de perdre l'équilibre dans cet espace faiblement éclairé. Ce genre de chute se révélerait alors dramatique, sinon fatal.

L'ingénieur se carra dans sa chaise, les bras croisés, semblant satisfait du travail accompli et de son exposé.

— Et comment pouvons-nous agir pour prévenir de tels accidents ?

Mme Bolton regarda Nellie afin de s'assurer qu'elle notait tout sur son bloc. Cette dernière la rassura d'un hochement de tête. Mais son esprit s'était transporté à l'entrée du métro. Elle avait toujours pensé que cette station était l'endroit le plus sûr au monde pour s'abriter du danger pendant les raids aériens. Elle se mordit la lèvre, songeant au nombre incalculable de fois où ils s'étaient tous rués dans l'escalier en question au son des sirènes, et se demanda s'il était aussi dangereux que semblait le suggérer M. Smith.

— Ma foi, si la palissade en bois était remplacée par des murs en brique, reprit l'ingénieur, soutenus eux-mêmes par des piliers en béton, et qu'une grille solide était installée à l'entrée, s'ouvrant vers l'extérieur, ou mieux encore, s'ouvrant en coulissant, le danger d'un écroulement consécutif à la pression de la foule serait limité. On fermerait la grille en cas d'affluence trop subite. En outre, prolonger la couverture de l'escalier offrirait la possibilité d'installer un éclairage de meilleure qualité. On sécuriserait les marches par une bordure en métal, et on pourrait ajouter une rampe centrale. Il faudrait trois ou quatre jours à peine pour effectuer ces travaux. La station demeurerait ouverte la nuit et continuerait à abriter les gens en cas de raids aériens.

Nellie avait noté à toute vitesse chaque parole de l'ingénieur.

— Merci, monsieur Smith. Vous m'avez été d'une aide précieuse, et vos suggestions pour améliorer la sécurité de la station me seront fort utiles.

Mme Bolton se leva et lui serra la main.

Nellie suivit la maire dans son bureau.

— Tapez-moi tout ça, Nellie. J'aurai également besoin de vous dicter une lettre. Nous devons solliciter de la Sécurité civile de Londres qu'elle autorise et finance ces travaux. Enfin, je pense que ça ne devrait pas présenter de grosses difficultés au vu du rapport et des recommandations de M. Smith. Il semble que ces aménagements ne seront ni très coûteux, ni très longs à réaliser. Avec un peu de chance, nous aurons réglé le problème d'ici la fin du mois prochain, au plus tard.

Nellie s'assit pour taper ses notes. C'était la maire tout craché : elle avait toujours l'intérêt de la communauté pour priorité absolue. Nellie était fière de travailler pour elle.

*

À la fin de la journée, les minutes de la réunion étaient tapées ainsi que la lettre prise en sténo plus tard dans la matinée.

— Glissez-la dans le panier du courrier sortant avant de partir, s'il vous plaît, Nellie. Plus tôt elle sera postée, plus vite nous recevrons les fonds nécessaires pour réaliser les travaux. Nous devrions commencer à réunir les hommes qui pourraient se charger du chantier, selon les spécifications de M. Smith.

— Avant même de recevoir les fonds ?

— En partant du principe que l'argent arrivera dans la foulée, oui. C'est de la sécurité de nos concitoyens qu'il est question. Avec ce rapport d'expertise pour appuyer notre demande, je suis certaine qu'ils n'oseront pas la rejeter à nouveau.

Nellie espérait que sa patronne avait raison de le croire. Ces hauts responsables se devaient de veiller à ce que la population dispose d'un abri aussi sûr que possible.

3.

— Ça fait plaisir de te voir, Nellie, et merci de nous rendre ce service, l'accueillit John, lui prenant le sac de linge des mains. Ta sœur est ici. C'est la troisième fois qu'elle vient pour égayer un peu Ruthie, ce mois-ci. Bénie soit-elle.

Nellie traversa le salon douillet dont le canapé avait été converti en lit pour sa tante. Agenouillée par terre, à côté d'elle, Flo jacassait, lui parlant des jeux qu'elle avait faits à l'école et de ses camarades.

— Nellie ! Bonjour, ma chérie. Tu m'as rapporté mes chemises de nuit ? Merci, petite…

Prise d'une quinte de toux, Ruth se couvrit la bouche du mouchoir qu'elle gardait toujours serré dans sa main.

— C'est bon de te voir, tatie. Tu te sens mieux ?

Nellie déposa un baiser sur la joue de sa sœur, ajoutant :

— Salut Flo !

— Ah, oui, ma chérie, répondit Ruth. J'ai connu des jours meilleurs, mais je ne peux pas me plaindre. J'étais désolée de ne pas être venue prendre le thé avec vous, samedi.

John secoua tristement la tête.

— Elle devrait être dans un sanatorium, à la campagne, pour respirer de l'air frais. Pas ici, à Londres, où on n'a que de la poussière, de la fumée et je ne sais quelles autres saletés dans l'air. C'est cette station de métro qui lui a fait ça. Toutes ces nuits passées en bas, dans ces tunnels humides, pendant la guerre éclair. Si j'avais su combien ça la rendrait malade, j'aurais choisi de rester ici. On se serait contentés de notre vieil abri Morrison installé dans la cuisine.

— Vous pourriez aller chez Mme Thompson, là où on m'a évacuée, proposa Flo. Je suis sûre qu'elle vous laisserait vivre chez elle.

Pendant la Blitzkrieg, il y avait des raids aériens toutes les nuits, et Bethnal Green ainsi que les autres quartiers de l'East End avaient été les plus durement touchés. Dans certaines rues, plus d'une douzaine de maisons avaient été pulvérisées par des bombes. Dans Morpeth Street, celle qu'habitaient Nellie et sa famille, trois maisons avaient été touchées, et le matin, en émergeant de l'abri, ils avaient découvert que leurs fenêtres avaient été soufflées par la même occasion. Charlie avait dessiné de grandes croix de scotch sur ce qu'il en restait pour éviter que des éclats de verre n'endommagent les meubles en tombant.

À l'époque, ils n'étaient que trois à devoir courir à l'abri. George et Flo avaient été évacués, loin de la maison. Ils avaient passé un an dans un village du Dorset. Son frère et sa sœur étaient revenus quand le pire avait semblé être derrière eux. Depuis, les raids étant plus sporadiques, la famille était restée unie.

— Dieu te bénisse, mon chou, mais ils n'évacuent que les enfants, pas les malades, répondit John, souriant à Flo.

Nellie ruminait ce qu'elle avait entendu au travail, ne sachant si elle devait ou non en parler à son oncle et sa tante. Elle jeta un coup d'œil à l'abri Morrison, dans la cuisine : il ressemblait à une cage. La journée, il faisait office de table. Et il leur arrivait d'y passer la nuit, quand ils ne parvenaient pas à gagner l'abri à temps. Il était conçu pour les protéger des débris qui pourraient être projetés en cas d'explosion à proximité. Mais non pour résister à une frappe directe. Cependant, quelles étaient les probabilités pour que cela se produise ? Ce n'était pas comme si la Blitzkrieg avait repris. Si les bombardiers allemands les survolaient souvent, la plupart du temps, ils avaient d'autres cibles en ligne de mire, un peu plus loin.

— Je pense que tu as raison, oncle John, pour l'abri Morrison, dit-elle. Il ne vaut mieux pas que tatie Ruth se traîne en bas de cette bouche de métro dans son état. Votre abri est plus simple d'accès et il semble assez sûr.

Nellie tendit la main pour tapoter le bras de sa tante. Ils seront en sécurité, se répéta-t-elle.

Elle regarda autour d'elle et remarqua des traces noires sur le lino et une tache toute fraîche sur l'assise d'un fauteuil. Elle s'abstint d'y faire allusion. Ruth était trop malade pour entretenir sa maison, et John, bien trop vieux jeu pour s'en charger.

Elle se tourna vers son oncle.

— Il paraît qu'Oscar a gagné samedi.

Un sourire radieux éclaira son visage.

— Et comment, qu'il a gagné. Nous sommes très fiers de lui, pas vrai, Ruthie ?

Sa femme fit une moue sceptique.

— Oui, c'est vrai... mais raconte-lui ce qu'il s'est passé ce matin, John.

— Ah, eh bien, il a plu, et je n'avais pas encore eu le temps de laver le chien. Alors je l'ai sorti sous la pluie et, quand on est rentrés, il a fait ça...

John désigna les deux taches noires.

— Il a sauté sur le fauteuil avant que je puisse l'arrêter. Il dégoulinait de peinture. Et à présent Ruthie insiste pour que je nettoie.

Nellie étouffa un gloussement.

— Oh, là, là. Est-ce qu'il a retrouvé sa couleur naturelle, maintenant ?

— Autant finir le boulot que la pluie avait commencé, pas vrai ? Et il va falloir que je m'occupe de ces taches, également.

— Je viendrai demain matin avant le travail pour t'aider, proposa Nellie. Je les laverais bien maintenant, mais maman a dû préparer le repas et elle déteste que nous arrivions en retard à table.

Flo leva des yeux brillants vers sa grande sœur.

— Nellie, je peux rester dormir ici et rattraper les bêtises d'Oscar ? Comme ça, j'aiderai aussi oncle John à préparer le dîner pour tatie Ruth, et ranger le linge et faire *tout* le travail ! *S'il te plaît*, Nellie, dis oui ! Tu préviendras maman. Elle sera d'accord !

Avant la guerre (et la maladie de Ruth), Flo dormait souvent chez son oncle et sa tante. Em et Charlie en profitaient pour sortir.

— Il n'y a pas assez de place pour toi dans l'abri Morrison.

À nouveau, Nellie songea à leur dire que Billy lui avait confié qu'il risquait d'y avoir une attaque cette nuit, puis décida qu'il n'était pas utile de les inquiéter. Elle passa un bras autour des épaules de Flo.

— Je pense qu'il va falloir qu'on remette ça à une autre fois, ma puce.

John hocha la tête, l'air soulagé.

— C'était gentil à toi de proposer de m'aider pour tout, jeune demoiselle, mais on se débrouillera, Ruthie et moi. Et si tu revenais, après l'école, demain ? J'irai faire les courses et tu m'aideras à préparer le thé.

La fillette esquissa une petite moue, mais retrouva vite sa bonne humeur. Elle n'était pas du genre à faire des caprices.

— D'accord. Et j'apporterai encore des shortbreads de maman, s'il nous en reste.

— Merci d'être venues nous voir, toutes les deux, lança Ruthie de son canapé. Vous feriez mieux de rentrer, maintenant.

— Allez, viens ma Flo. On va voir ce que nous a cuisiné maman.

L'enfant se leva. Nellie envoya un baiser à sa tante et échangea une étreinte avec son oncle.

— À demain matin, alors, pour qu'on lave ce lino. Prends soin de tatie.

— Oui, comme toujours, répondit John. Merci encore, mon chou.

Il lui serra l'épaule et elle sortit, main dans la main, avec sa sœur.

*

De retour à la maison, elles trouvèrent Em en train de faire frire de l'anguille.

— John et Ruth vont bien ? Votre frère est encore dehors à câliner ses fichues volailles. Franchement, la poule qui ne pond plus aurait dû finir dans la marmite depuis belle lurette.

— Il les adore, protesta Nellie, sortant par la porte de la cuisine pour gagner le jardinet à l'arrière de la maison.

George était là, assis sur un seau retourné, une poule dans les bras. C'était sa préférée, la blanche qu'il appelait Rosie, celle qui ne pondait plus, mais qu'il considérait comme son animal de compagnie. Il l'avait ramenée de la campagne où il avait été évacué, elle et les deux autres, et il ne cessait de s'en occuper depuis.

La famille mangeait la plupart des œufs récoltés, même s'il en restait toujours quelques-uns que George pouvait vendre aux voisins afin de gagner un peu d'argent de poche. Argent qui, elle le savait, était en grande partie dépensé pour nourrir ses volatiles. Peu de gens possédaient leurs propres poules dans l'East End, les jardins étant trop minuscules pour cela. Pourtant, certains de leurs voisins avaient retourné leur petit carré de terre afin d'y faire pousser des légumes ainsi qu'ils y avaient été incités par la campagne du gouvernement, Dig for Victory. Toutes les denrées que l'on pouvait produire soi-même étaient un plus non négligeable en cette période de rationnement strict. Et si Charlie bougonnait un peu à cause de ces poules, Nellie savait qu'il appréciait tout autant les œufs frais que le reste de la famille.

Le gémissement aigu de la sirène d'alerte retentit à cet instant.

— Juste au moment où on allait passer à table, grommela Em. Est-ce que j'emballe le repas pour l'emporter ?

— On n'a pas le temps, lui dit Charlie. Prends ton linge de lit. Flo, laisse ta poupée ici, tu risques seulement de l'abîmer dans le métro.

Il gagna la porte de derrière.

— George ! Viens ! lança-t-il.

Nellie sentit le serrement familier de la peur au creux de l'estomac à la perspective de passer une autre nuit dans l'abri. Mais ils n'avaient pas le choix. Il serait trop dangereux de rester à la maison. Elle attrapa les baluchons de couvertures et d'oreillers qu'ils rangeaient derrière le canapé du salon. Les couchettes superposées de l'abri étaient équipées de matelas nus.

— George ! cria Em. Il faut partir.

— Je ne peux pas laisser Rosie ! Elle a trop peur.

— Laisse cette fichue bestiole, mon garçon. Si elle est morte à notre retour, elle nous servira de dîner dimanche.

Charlie attrapa George par le bras et lui fit lâcher la poule qui se mit à courir autour du jardin, paniquée.

Voyant son frère se débattre et tenter de donner un coup de pied à son père, Nellie craignit que ça ne se finisse mal. Ils n'avaient pas de temps à perdre en disputes.

— Arrêtez ! hurla-t-elle, lâchant son baluchon et attrapant le col de son frère d'une main et celui de son père de l'autre. Il faut qu'on parte. George, ta poule s'en sortira, je te le promets.

— D'accord ! D'accord !

Dans la rue, des douzaines de personnes se pressaient déjà en direction du métro, chargées de sacs, de couvertures roulées et de tout ce dont elles avaient besoin pour dormir. Parfois, la sirène de fin d'alerte s'élevait au bout d'une heure ou deux seulement, aussi Nellie se prit-elle à espérer qu'ils n'y passeraient pas la nuit et rentreraient bientôt à la maison pour dîner.

Flo attrapa sa main.

— J'ai pris Spotty, lui confia-t-elle.

Dans l'obscurité, Nellie avait du mal à distinguer le petit chien en porcelaine que lui montrait sa sœur. C'était elle qui le lui avait offert pour Noël. Dès qu'elle l'avait remarqué dans la vitrine d'un magasin, elle avait su que Flo l'adorerait.

— Garde-le dans ta poche, la prévint-elle. Si tu le fais tomber ici, nous ne le retrouverons pas.

L'enfant hocha la tête sobrement.

— Je ne veux jamais le perdre, Nell. Est-ce qu'il va pleuvoir des bombes, ce soir ?

— Peut-être.

Elle n'avait pas le cœur à lui mentir. Quand les larmes se mirent à ruisseler sur les joues de la fillette, elle se sentit coupable de l'avoir bouleversée.

Arrivés au bout de Morpeth Street, ils tournèrent à gauche et se dépêchèrent de remonter Roman Road où se situait la bouche de métro. La sirène, installée dans la tour de l'horloge de l'église St John, sur le trottoir opposé à la station, gémissait de plus en plus fort à mesure qu'ils approchaient du but. Il n'y avait encore aucun bombardier en vue, mais on ne tarderait pas à les entendre traverser le ciel, lâchant leurs charges mortelles.

Nellie ne pouvait s'empêcher de penser à ce que M. Smith avait déclaré ce matin. En entrant par les portes en bois, ouvertes en grand, elle jeta un coup d'œil à l'ampoule obscurcie. C'était vrai qu'on y voyait à peine. Et elle n'éclairait pratiquement pas le nez des marches. Elle les compta en descendant. Dix-neuf pour atteindre le palier, puis il fallait tourner à droite et en descendre sept de plus pour arriver au hall des tickets. « Un potentiel désastre », avait dit M. Smith. Et il avait raison. Tôt ou tard, quelqu'un finirait par se casser une jambe dans cet escalier sombre. Ça ne lui était jamais venu à l'idée avant ce jour, mais, à présent, elle était rongée par l'inquiétude.

Billy était de service dans le hall, comme toujours.

— Nellie Morris ! Et la jeune Flo. Content de vous voir. Dépêchez-vous de descendre jusqu'aux quais, dit-il.

— Flo, pars devant avec maman, papa et George. Je vous rattraperai. Je veux juste échanger un mot avec Billy.

Nellie la poussa gentiment vers Em qui tendait déjà la main à sa benjamine. L'enfant détestait descendre l'escalier mécanique immobile qui menait aux couchettes. Elle était petite pour son âge et les marches, beaucoup trop hautes.

— Qu'est-ce qu'il y a, Nellie ? lui demanda Billy.

— Juste… quelque chose que j'ai entendu ce matin. La maire a fait une demande de financement pour améliorer l'accès au métro. L'entrée est trop sombre. Surtout ce soir, avec tous ces gens qui descendent en même temps. Je voulais seulement te dire que…

Billy posa la main sur son bras.

— Chut, n'ajoute rien. Quelqu'un pourrait t'entendre et un mouvement de panique est tout ce qu'on veut éviter. Mais ne t'inquiète pas. Je vais les observer jusqu'à ce qu'ils arrivent en bas. Si quelqu'un trébuche, je fonce et je le relève.

— Je sais qu'on peut compter sur toi, Billy.

Elle sourit et vit son visage s'éclairer de contentement.

— Va vite rejoindre tes parents. Il y a beaucoup de monde, ce soir. Barbara est déjà en bas.

Il lui désigna le flot continu de nouveaux arrivants qui se déversait vers le hall. Le patron de Billy, M. Bolton, avait du mal à contrôler le nombre de personnes qui s'engageaient en même temps sur l'escalator figé. L'obscurité et les marches glissantes à l'entrée étaient loin d'être les uniques dangers du lieu. Ces marches raides pouvaient devenir risquées lorsque trop de gens les descendaient en même temps.

— D'accord. On se voit plus tard ? Quand tout le monde sera installé, peut-être ?

Il hocha la tête et Nellie avança vers l'escalator. Elle prit une profonde inspiration avant de s'enfoncer dans les profondeurs de la station pour passer une autre nuit sous terre tandis que les bombardiers allemands causaient Dieu sait quels dégâts dans les rues de Londres.

4.

Nellie trouva sa famille en compagnie des Waters, à leur place habituelle, vers un bout du tunnel dont les deux murs étaient bordés de couchettes superposées sur trois niveaux. Ils étaient déjà installés : George lisait un livre de Biggles sur le lit du haut, et, assis côte à côte sur celui du bas, Charlie et Em discutaient doucement avec les parents de Billy et Barbara, assis sur la couchette du bas du mur opposé. Babs occupait le matelas du niveau supérieur de la colonne de couchettes suivante, et Flo, celui du niveau inférieur. Sa petite sœur lui avait réservé celui du milieu en déposant son baluchon dessus. Ils étaient tous tendus, comme chaque fois qu'ils se préparaient à passer la nuit dans l'abri. Mais au moins, ici, les explosions des bombes et les tirs des canons ack-ack étaient atténués, et ils étaient en sécurité. Nellie tressaillit. Elle avait beau y être habituée, ça la terrifiait toujours autant. Autour d'eux, les murmures des conversations et l'atmosphère de camaraderie donnaient l'impression que, quoi qu'il puisse arriver, ils étaient ensemble et se soutiendraient les uns les autres, parce qu'ils appartenaient à la même communauté. « L'esprit du Blitz », avaient titré les journaux. Parfois, il était difficile de le conserver, mais Nellie faisait toujours de son mieux pour être de bonne humeur, surtout vis-à-vis de Flo, qui à présent était assise, les bras croisés, l'air toute petite et effrayée par les grondements étouffés qui résonnaient au-dessus de leurs têtes.

Nellie fouilla son baluchon.

— Tiens. Cinq feuilles de papier, deux crayons et deux pinceaux, comme promis.

Elle les tendit à sa sœur. La fillette se coucha sur le ventre et se mit à dessiner.

Nellie grimpa sur la couchette du haut et serra dans ses bras son amie Babs, qui ne tarda pas à l'égayer en lui racontant une anecdote de sa fabrique d'uniformes : aujourd'hui, l'une des filles avait cousu les poches d'une veste sur le dos, au lieu de les coudre sur la poitrine ; elle et ses camarades s'étaient ensuite amusées à essayer le vêtement à tour de rôle, réfléchissant à tout ce qu'il serait possible de fourrer dans de telles poches.

Quand la guerre avait éclaté, Nellie avait quinze ans et était sur le point d'entrer en première année d'école de secrétariat. À l'époque, tout le monde pensait que les combats se dérouleraient sur le continent ; en France et en Belgique, comme pendant la guerre précédente. Mais, en 1940, lorsque la Blitzkrieg avait commencé et que le conflit était devenu aérien et non plus uniquement terrestre, les habitants de Londres et de quantité d'autres villes du Royaume-Uni s'étaient soudain retrouvés au cœur de la bataille. La guerre était là, tout autour d'eux désormais, et elle affectait chaque aspect de leur quotidien. Le rationnement et le manque d'approvisionnement des magasins les avaient obligés à « faire avec et réparer ». Et, naturellement, il y avait les bombardements incessants.

Nellie et sa famille étaient chanceux. Ils n'avaient perdu aucun des leurs. Pourtant, à chaque nouveau raid aérien, ce danger les menaçait. Une ancienne élève de son école était morte avec toute sa famille lorsqu'une bombe avait frappé leur maison alors qu'ils s'étaient refugiés dans leur cave. Trois jeunes amis de Billy, qui habitaient leur rue, s'étaient engagés dans l'armée au tout début de la guerre. Deux d'entre eux étaient morts, l'un durant l'évacuation de Dunkerque et l'autre – qui avait suivi un entraînement de pilote – avait été abattu pendant la bataille d'Angleterre. Toutes ces jeunes vies sacrifiées, et pourquoi ?

— Un sou pour tes pensées, lui dit Babs.

Nellie ne s'était pas aperçue qu'elle rêvassait.

— Oh, ce n'est rien, répondit-elle.

— Eh bien moi, j'ai quelque chose à te raconter. À propos d'Amelia Thomas.

— Qu'est-ce qu'elle a ?

Amelia était une camarade d'école qui travaillait comme barmaid au pub local.

— Elle s'est fait attraper ! annonça Barbara, les yeux écarquillés, quêtant la réaction de Nellie.

— Non !

— Si. Aussi sûr qu'un et un font deux !

— Elle sort avec Walter Hargreaves depuis des lustres. Au moins, il n'est pas au combat. Il va sans doute l'épouser.

Nellie l'espérait en tout cas. Amelia était une fille joviale et drôle, elle détestait l'idée qu'il puisse l'abandonner.

— Ouais, je suppose. Sans doute quand il aura sa prochaine permission. Elle sera grosse comme une maison, d'ici là. C'est pour février.

— Que Dieu la protège. Il y a une boutique dans Roman Road qui a l'air d'avoir quelques articles pour bébés. J'y ferai un saut samedi prochain et je leur demanderai de me mettre des petites choses de côté pour elle. Je préfère éviter de rapporter des affaires de nouveau-né à la maison tant qu'Amelia ne l'aura pas annoncé officiellement, ou papa va penser que c'est moi qui me suis fait attraper !

Babs pouffa.

— Et il croira que c'est un coup de Billy !

— Quelle idée ! Billy et moi ! dit Nellie en riant.

Mais la moue ironique de Barbara s'effaça.

— Je n'aurais pas dû plaisanter avec ça. Il est vraiment attaché à toi. Il t'aime énormément, tu sais.

Elle prit la main de Nellie et la serra fort dans la sienne.

— Je sais que c'est un sujet de plaisanterie pour toi, et pour lui aussi, mais, dans le fond, il est sérieux. Ne lui brise pas le cœur, tu veux ? J'ai conscience que tu n'en as pas l'intention, cependant, c'est mon frère, et je détesterais le voir souffrir.

Nellie ouvrit de grands yeux. Elle n'avait pas envisagé que ses sentiments puissent être si profonds. Billy et elle. Certes, depuis qu'ils avaient quitté l'école, il leur arrivait de flirter, et cependant il ne l'avait jamais invitée à sortir. C'était un garçon merveilleux, mais ils étaient amis depuis si longtemps qu'elle avait du mal à penser à lui autrement que comme à un ami. Elle répondit à la pression de la main de Barbara.

— Non, je ne le ferai pas. Tu sais que je l'aime aussi, beaucoup. Mais…

— Pas de cette manière-là, termina son amie.

Elle acquiesça.

— Peut-être parce que je le connais depuis trop longtemps. Je le considère un peu comme un frère.

Un grondement résonna : une bombe venait d'exploser au-dessus d'eux. Nellie se figea et Flo poussa un gémissement de terreur.

— Tu penses que tatie Ruth et oncle John vont bien, dans leur abri Morrisson ? questionna la fillette. J'aurais pu rester avec eux pour prendre soin de tatie Ruth. Et d'Oscar.

— Ils vont bien. Ne t'inquiète pas. Allez, il est l'heure de dormir.

Flo se glissa sous sa couverture.

— Tu veux bien me chanter une chanson ?

— D'accord, mais couche-toi d'abord.

Nellie s'agenouilla par terre, près de la tête de Flo. Elle réussissait toujours à l'endormir quand elle chantait, en dépit de ce qu'il se passait en haut. Elle commença tout doucement :

— *Sleep, my child, and peace attend thee,*
All through the night.
Guardian angles God will send thee,
All through the night.

Comme souvent lorsqu'elle chantait, Nellie oublia où elles se trouvaient et pour quelle raison, et le monde se resserra autour d'elle, de sa petite sœur et de la chanson. Elle laissa sa voix prendre de l'ampleur, Flo l'écoutant avec de grands yeux ronds. Puis, les paupières de plus en plus lourdes, la fillette succomba au sommeil. Nellie chanta le couplet final dans un murmure :

— *Though our hearts be wrapped in sorrow,*
From the home of dawn we borrow,
Promise of a glad tomorrow,
All through the night.

Elle remonta la couverture sur sa sœur, et déposa un léger baiser sur son front.

5.

Nellie respira l'air froid et regarda autour d'eux alors qu'ils émergeaient de l'abri le lendemain matin. C'était toujours un soulagement de découvrir que vous aviez encore survécu à une de ces nuits, mais il y avait aussi l'angoisse de ce que vous risquiez de découvrir une fois dehors, et la possibilité que votre maison ne soit plus là. Elle ne vit pas de nouveaux décombres dans le voisinage immédiat du métro. Le nœud d'anxiété qui lui serrait l'estomac commença à se relâcher. Elle vérifia l'heure. Elle avait tout juste le temps de rentrer à la maison, de déposer son ballot, et de faire sa toilette avant d'aller au travail.

Autour d'eux, des centaines de personnes s'apprêtaient à faire de même, s'écoulant de l'abri, éblouies par le soleil, et reprenant le chemin de la maison pour se préparer à aller au travail. Les plus chanceux pousseraient des soupirs de soulagement en pénétrant dans leurs rues et en découvrant que leurs maisons étaient debout et intactes. Mais pour certains, la vie ne serait plus jamais comme avant.

Quand sa famille tourna dans Morpeth Street, Nellie constata avec joie qu'il n'y avait aucun dégât à déplorer, ni pour eux, ni pour aucun de leurs voisins, et que l'école se dressait toujours au bout de la rue.

— Eh bien, on dirait que nous en sommes encore sortis indemnes, déclara Charlie.

— Pourtant, j'ai entendu des tas d'explosions, fit remarquer George. Des tas.

Em coula un regard à Nellie.

— Arrête-toi chez Ruth et John sur le chemin du travail, tu veux ? Juste une minute. Je ne les ai pas vus dans le métro, hier soir. Ils devaient être sur l'autre quai.

— D'accord, maman, répondit-elle, sachant qu'Em avait besoin de préparer Flo pour l'école.

Elle se remémora alors les taches de peinture laissées par Oscar sur le lino et le fauteuil de son oncle et sa tante.

— J'avais prévu d'y aller ce matin, de toute façon. Ils auront peut-être décidé de rester dans leur abri Morrison, cette nuit. Tante Ruth avait une vilaine toux, hier soir.

Nellie répugnait à avouer que c'était elle qui leur avait conseillé de rester chez eux. Elle préférait auparavant s'assurer qu'ils étaient sains et saufs.

*

Un petit moment plus tard, après s'être changée, coiffée, et avoir avalé une tasse de thé et un toast à la margarine, Nellie se dépêcha de gagner Royston Street afin d'aider son oncle à faire au moins disparaître la traînée noire du lino – la tache du fauteuil attendrait. À la vue du nuage de poussière qui s'élevait au bout de leur rue, elle sentit ses mains devenir moites. Son cœur se mit à tambouriner contre ses côtes. Les premiers secours étaient sur place et des badauds allaient et venaient autour. Malade d'angoisse, elle pressa le pas.

— Par pitié, pas la leur, pria-t-elle, découvrant avec un sentiment d'horreur croissant qu'une bombe avait frappé une maison, non loin de la leur.

Encore quelques pas et Nellie reconnut Mme O'Brien, la dame du numéro 10, qui secouait tristement la tête. Sur le trottoir d'en face, les Hough la regardèrent avancer avec des expressions compatissantes qui ne pouvaient signifier qu'une chose. Elle compta les numéros à rebours. *Ça n'était pas possible, ça n'était pas possible...* La maison qui avait disparu était *la leur.* Les fenêtres des voisins avaient été soufflées, plusieurs cheminées s'étaient effondrées, des tuiles avaient glissé de leurs toitures, mais la demeure tout entière de Ruth et John avait laissé la place à un tas de gravats. Le papier peint de leur salon apparaissait sur une portion de mur encore debout. Une porte pendait d'un gond, émettant un grincement lugubre en se balançant. Une tête de lit cassée et tordue était allée se percher au sommet de la montagne de briques. Quelques flammes s'en élevaient, maîtrisées par des lances à incendie.

— Tatie Ruth ! Oncle John ! hurla-t-elle s'élançant vers les débris.

Un pompier se dressa sur son chemin et la saisit par les bras.

— Non, Mademoiselle, vous ne pouvez pas aller plus loin. C'est dangereux. Vous les connaissiez ?

— Ma... tante et mon oncle, parvint-elle à formuler, tentant de se libérer de son étreinte pour fouiller les ruines, les retrouver et les tirer des décombres. Est-ce qu'ils sont... ?

Nellie ne pouvait se résoudre à prononcer le mot.

— S'ils étaient chez eux, alors je crains qu'il n'y ait aucun espoir, petite, confirma le pompier, d'un ton plein de délicatesse à présent. La bombe a atterri directement sur la maison.

Il secoua tristement la tête, puis lui tapota le bras avant de retourner accomplir son devoir. Nellie resta figée devant cette vision d'horreur, priant pour qu'il se soit trompé, pour qu'ils aient réussi à survivre malgré tout.

— Oh, Nellie, mon chat. Je suis désolée.

La voisine de Ruth, Mme Perkins, approcha et l'enveloppa de ses bras.

— Ils ont tiré deux corps des décombres ce matin. Ils sont partis, ma chérie.

Les genoux de Nellie se dérobèrent sous son poids. Elle s'écroula à terre, secouée de sanglots déchirants. Mme Perkins s'accroupit à côté d'elle, au milieu de la rue, et lui caressa le dos.

Le visage enfoui dans ses mains, Nellie se mit à se balancer d'avant en arrière, les paupières serrées de toutes ses forces pour empêcher la réalité de l'atteindre. Elle était incapable d'annoncer ça à sa famille. C'était impossible. Comment leur avouer que c'était *sa faute* si Ruth et John étaient restés chez eux la veille au soir ? Si seulement elle ne leur avait pas dit d'utiliser leur abri Morrison ! Le sentiment de culpabilité était accablant. Et Flo qui les aimait tant... Son sang se glaça à l'idée que sa sœur aurait pu être tuée par cette bombe, elle aussi, si Nellie avait cédé à sa supplique de rester dormir chez leur oncle et leur tante.

Soudain, elle se souvint d'Oscar.

— Le chien ? Leur lévrier ? Il… a été tué ?

Mme Perkins secoua la tête.

— Il est dans ma cuisine. Il est tout crasseux, le pauvre diable, et il a quelques coupures, mais rien de bien grave.

— Je vais le prendre, déclara Nellie d'un ton catégorique.

Elle suivit Mme Perkins dans son salon où elle découvrit Oscar roulé en boule sur une couverture. Il leva la tête et sa queue se mit à battre mollement. Elle sentit monter un sanglot dans sa gorge. C'était tout ce qu'il leur restait de Ruth et John. Elle s'agenouilla et le caressa délicatement, remarquant des coupures sous son pelage crasseux : il en avait une à la tête, et une autre à la patte avant droite.

— Oh, mon pauvre. Tu vas venir avec moi, et on va te soigner.

En sortant, elle jeta un regard aux décombres, de l'autre côté de la rue. La veille encore, elle était assise dans ce petit salon, en compagnie de son oncle et sa tante. Et maintenant, ce vide immense. Les paroles de réconfort de Mme Perkins n'y changeaient rien, Nellie savait qu'elle était la seule responsable de cette tragédie. Elle tremblait de tous ses membres, en état de choc, ayant peine à tenir sur ses jambes.

— Viens, ma chérie. Laisse-moi te raccompagner chez toi. Tu ne peux pas rester seule dans l'état où tu te trouves.

Nellie accepta sobrement le bras de la voisine de Ruth et se laissa guider. À mesure qu'elle approchait de Morpeth Street, tenant Oscar par son collier, une douleur croissante la tiraillait, comme si un étau se refermait sur ses entrailles tandis que son cœur lourd de tristesse et de culpabilité pesait dans sa poitrine. Il lui paraissait inconcevable d'annoncer à sa famille ce qu'il était arrivé.

6.

Nellie remercia Mme Perkins et la serra dans ses bras pour lui dire au revoir au coin de sa rue. Elle s'était assez ressaisie pour marcher seule jusqu'à la maison, mais elle tremblait toujours, et le chagrin ébranlait tout son être.

Elle avançait à pas lents dans Morpeth Street quand elle vit Charlie sortir de chez eux pour se rendre au travail.

— Papa ! l'appela-t-elle.

Il s'arrêta, tourna la tête et la vit, accompagnée du chien.

— Qu'est-ce qu... commença-t-il.

Il remarqua alors son visage défait, ses yeux rouges et ses cheveux ébouriffés, et comprit. Soudain livide, il se retint au chambranle de la porte pour ne pas s'écrouler.

— Oh, non. Pas Ruthie. Pas ma pauvre Ruthie.

Em dut entendre quelque chose car elle apparut aussitôt.

— Je suis tellement désolée, papa ! murmura Nellie en rejoignant ses parents. Ils étaient dans l'abri

Morrison. Il y a eu une frappe directe sur la maison. Ils n'avaient aucune chance…

Sa voix se brisa et elle essuya ses larmes d'un geste vif.

Em se couvrit la bouche pour étouffer un sanglot. Charlie secouait la tête, incrédule, son regard naviguant sans cesse de Nellie à Oscar, comme s'il s'attendait à ce que sa fille s'exclame : « Allons, rassure-toi, ce n'est pas vrai, c'était une blague, ils vont bien. » Il s'agenouilla et prit la tête du chien entre ses mains, comme pour quêter une confirmation dans les yeux de l'animal, et éclata en sanglots.

— Rentrons, souffla Em.

Charlie se laissa tirer à l'intérieur et Nellie les suivit. Elle étala la vieille couverture que lui avait donnée Mme Perkins près du fourneau et Oscar se coucha immédiatement dessus. Elle alla remplir un bol d'eau et le déposa à côté de lui.

Charlie se laissa tomber sur une chaise, les coudes sur la table, la tête dans les mains.

— Qu'est-ce qu'ils faisaient dans le Morrison ? Pourquoi ne nous ont-ils pas rejoints dans le métro ? Ils savaient que c'était plus sûr pour eux. Seul ce pauvre chien aurait risqué la mort s'ils étaient descendus dans la station, se lamenta-t-il en dévisageant sa fille aînée.

— Je suppose que c'était parce que Ruthie était souffrante, dit Em, le visage strié de larmes. C'est de la malchance, c'est tout…

— De la malchance ? C'est bien pire que de la fichue *malchance*. Ils sont morts. Mon unique sœur et son mari ont perdu la vie et tu appelles ça de la malchance ?

Charlie tapa du poing sur la table. Oscar sursauta, laissant échapper un gémissement.

Nellie se mordit la lèvre. Elle se demandait si elle devait lui avouer que c'était sa faute, pour qu'il s'en prenne à elle et non à sa mère, mais elle savait que ça n'arrangerait rien. Il faudrait ensuite qu'elle explique pourquoi elle avait encouragé son oncle et sa tante à demeurer chez eux, et alors ils auraient tous peur de descendre dans le métro. La guerre lui paraissait soudain plus présente que jamais. Nellie fixa ses parents, espérant qu'ils la rassureraient et lui diraient quoi faire, se demandant comment on était censé supporter une douleur aussi immense. Mais Em semblait frappée d'incrédulité et Charlie était en colère contre le monde cruel qui lui avait arraché sa sœur et son mari bien trop tôt. Nellie n'avait plus que ses yeux pour pleurer. Rien ne pourrait ramener Ruth et John.

— Au moins, notre Flo n'était pas avec eux, dit Em. Ç'aurait été encore pire.

Son père poussa un rugissement.

— Tu trouves que ce n'est pas assez terrible comme ça !

Oscar sursauta une fois de plus. Charlie se tourna vers le chien comme s'il avait oublié sa présence.

— Pardon, mon gars. Toi aussi tu les as perdus, je sais. Ses blessures sont graves ? demanda-t-il à Nellie.

— Il a juste quelques coupures à la tête et à la patte.

Son père glissa au bas de sa chaise pour s'agenouiller devant la pauvre bête.

— Non, ce n'est pas trop grave. Tu vas rester avec nous, mon gars. Je vais l'emmener chez le vétérinaire.

Em adressa un pâle sourire à Nellie, qui le lui rendit en essuyant ses larmes. Elle savait que sa mère n'aimait pas trop les chiens, mais si prendre soin d'Oscar pouvait aider son mari à supporter la perte de sa sœur, elle n'y trouverait rien à redire.

— Tu restes à la maison, aujourd'hui, Nellie ? s'enquit Em au bout d'un moment.

Elle secoua la tête.

— Non, maman. Je pense qu'il vaut mieux que j'y aille, je ne peux pas laisser tomber Mme Bolton comme ça.

— Mais…

Sa mère posa une main sur son bras.

— Maman ! Je t'en prie. J'ai besoin d'y aller, cria presque Nellie en s'écartant.

Elle savait que sa mère ne songeait qu'à la réconforter, mais elle n'avait aucune envie de se retrouver seule avec ses pensées. Pas maintenant. Il fallait qu'elle s'occupe l'esprit.

— Laisse-la y aller si elle en a envie, intervint Charlie. Qu'est-ce qu'elle ferait ici ? Le travail la distraira. Je vais prendre un jour de congé pour organiser les obsèques.

*

Il était midi quand Nellie entra prudemment dans le bureau de Mme Bolton, anxieuse de la réception que risquait de lui valoir son énorme retard. Elle savait qu'elle avait déjà manqué une réunion, au moins.

Mais la maire bondit sur ses pieds dès qu'elle apparut.

— Nellie ! Il est arrivé quelque chose, n'est-ce pas ? C'est le raid aérien de la nuit dernière ? Asseyez-vous.

Elle fit venir Gladys de la salle de dactylo pour qu'elle leur prépare du thé, puis referma la porte et posa sur son assistante un regard plein de compassion.

— La maison de ma tante et mon oncle a été touchée.

— Oh, non. Ils sont… ?

— Tous les deux, murmura Nellie, des larmes roulant sur ses joues.

Elle n'aurait jamais pensé qu'elle pleurerait au travail un jour, mais c'était plus fort qu'elle.

Mme Bolton se pencha et lui passa un bras autour des épaules.

— Je suis tellement désolée. Je me doutais qu'il s'était produit quelque chose. Vous n'êtes jamais en retard. Il y a eu plusieurs victimes à Bethnal Green hier soir. Une famille de Roman Road n'a pas réussi à gagner l'abri à temps. Et un pompier a été tué quand la maison en feu dans laquelle il intervenait s'est effondrée sur lui. Tous ces morts et ces gens endeuillés. Quand cela cessera-t-il enfin ?

Elle secoua la tête, l'air découragé.

— Mais vous ne devriez pas être ici, dit-elle en lui tapotant la main. Prenez le reste de la semaine. Nous nous débrouillerons sans vous. Et, s'il vous plaît, Nellie, promettez-moi que vous viendrez me trouver si vous avez besoin de quoi que ce soit.

Elle hocha la tête.

— M... merci. Vous êtes très gentille.

Une minute plus tard, Gladys entra avec le thé.

— Buvez-en une tasse et rentrez chez vous, insista gentiment sa supérieure. Elle a perdu des êtres très chers la nuit dernière, Gladys. Peut-être pourriez-vous la raccompagner chez elle.

— Bien sûr, Mme Bolton.

Nellie but une gorgée de thé et s'obligea à sourire à Gladys. Il y avait tant de compassion dans le regard de son amie. La dactylo s'assit à côté d'elle et, d'une voix douce, lui raconta les derniers potins concernant les conseillers municipaux, les bêtises des chatons que sa chatte venait d'avoir, le voyage qu'elle avait fait à Brighton avant la guerre, dont elle gardait un merveilleux souvenir. Bref, tout et n'importe quoi, pour lui changer les idées le temps qu'elle boive son thé et se remette un peu de ses émotions avant de rentrer chez elle.

*

Finalement, Nellie ne prit que deux jours de repos. Ses parents étaient occupés par l'organisation des doubles funérailles. Quand elle était à l'hôtel de ville, elle pouvait au moins échapper à la tristesse qui avait envahi la maison, et aux appels incessants de leurs proches pour leur offrir leurs condoléances.

Babs était la seule personne que Nellie avait vraiment envie de voir, de sorte que les deux amies passèrent ces soirées difficiles à discuter, assises sur le banc du jardin.

— Je suppose qu'ils pensaient que ce serait plus simple de demeurer dans leur abri Morrison avec ta tante malade, lui avait dit Babs.

— Oui, c'est pour cette raison qu'ils sont restés chez eux. Je les ai vus, ce jour-là. Je leur ai déposé leur linge propre. Et j'ai ramené Flo à la maison.

Elle avait reniflé pour ravaler ses larmes.

— Dire que c'était la dernière fois que je les voyais et que je n'en avais aucune idée. Pauvre tatie Ruth. Pauvre oncle John.

Babs avait posé une main réconfortante sur son épaule et Nellie avait soudain éprouvé le besoin de se confier à son amie.

— C'est moi… qui leur ai suggéré de rester chez eux au lieu d'aller à l'abri du métro. Je pensais leur faciliter la vie. Si je n'avais rien dit, ils…

— Ils seraient quand même morts, avait coupé Babs. Parce qu'ils auraient malgré tout pris cette décision, avec ou sans toi.

Elle l'avait regardée droit dans les yeux avant d'ajouter d'une voix ferme :

— Tu n'as aucune raison de te sentir coupable, vraiment.

Nellie lui avait adressé un pâle sourire.

— Merci, Babs. N'en parle pas à maman et papa, tu veux bien ? Je ne pense pas qu'ils se montreraient aussi compréhensifs que toi.

— Je suis certaine du contraire, mais je ne le leur répéterai pas. Et tu peux venir me trouver chaque fois que tu auras besoin d'en parler, d'accord ?

— Merci.

Elles étaient restées assises encore un moment, sans parler, Nellie tirant du réconfort de la seule présence de son amie.

*

Tous les voisins et amis de Ruth et John assistèrent à leurs obsèques pour leur rendre un dernier hommage. Babs et sa famille étaient là. Leur congrégation avait connu bien des deuils depuis le début de la guerre, mais le pasteur parvenait toujours à rendre unique chaque éloge funéraire.

Plus tard, ce soir-là, Charlie rassembla sa famille autour de la table de la cuisine.

— Bien. Je ne veux plus perdre aucun membre de ma famille. Alors j'ai pris une décision, déclara-t-il.

Il les dévisagea tour à tour.

— Il est temps que l'on éloigne les enfants de Londres. Les bombardements s'intensifient. La ville n'est pas sûre et s'il leur arrive quoi que ce soit…

Sa voix s'érailla.

— Je veux qu'on envoie les enfants à la campagne, je veux les savoir en sécurité, conclut-il.

Nellie adressa un regard furtif à sa mère, qui luttait pour ne manifester aucune émotion. Elle avait très mal vécu de devoir se séparer de George et Flo la première fois qu'ils avaient été évacués. Comme beaucoup d'autres Londoniens, ils avaient sauté sur l'occasion de mettre les deux plus jeunes de leurs enfants en sécurité dans le cadre du Plan d'évacuation du gouvernement. Ils étaient partis dès le début de la guerre éclair et étaient restés au loin près d'un an.

Em était terrifiée que Flo, qui n'avait que quatre ans, à l'époque, ne finisse par l'oublier. Elle avait économisé tous les pennies qu'elle avait pu mettre de côté, et avait pris le train pour Dorchester à deux reprises pour voir ses enfants.

— Ma foi... je ne sais pas. Enfin, ce serait plus sûr, oui, mais est-ce que les raids vont continuer à se succéder à ce rythme ? Ou est-ce qu'ils vont s'arrêter, de sorte que nous aurons l'air idiots de les avoir envoyés au loin ?

— Des tas de gens évacuent leurs enfants en ce moment, répondit Charlie. Trois gars de mon boulot m'ont dit l'autre jour qu'ils allaient le faire. Chaque jour, des bus pleins de gamins partent de Londres. Rien ne semble indiquer que les bombardements vont s'interrompre, et il paraît que les nôtres multiplient les attaques des villes allemandes, alors il y aura forcément des représailles. C'est la meilleure solution, Em. Et si... enfin, quand ça se terminera, nous les ferons rentrer à la maison, comme nous l'avons fait la première fois.

— Eh ben moi, j'y vais pas, décréta George en croisant les bras. Il faut que je m'occupe de mes poules. Ce ne serait pas juste pour maman et Nellie. C'est à moi de prendre soin d'elles.

— Tu feras ce qu'on te dira de faire, mon garçon, grogna Charlie.

— J'ai treize ans. Presque quatorze. Nellie n'a pas été évacuée, elle, au début de la guerre. Tu as dit qu'elle était assez grande pour rester ici.

Charlie ouvrit la bouche afin de répondre, mais Em posa la main sur son bras.

— Il a raison. Il est assez grand pour prendre cette décision lui-même, Charlie. Laisse-le vivre ici s'il le souhaite. Tant qu'il promet qu'il ira droit à la station de métro à la minute où les sirènes se déclencheront. Sans s'arrêter pour voir ses poules.

— Je te le promets, maman, dit George solennellement.

— Alors juste Flo, déclara Charlie.

Nellie n'en revenait pas qu'il ait cédé si vite. Peut-être commençait-il à reconnaître que George n'était plus un enfant. Son père lui avait si souvent raconté qu'il n'avait que quatorze ans quand il avait quitté l'école pour aller travailler sur les quais. « Je me faisais l'effet d'un homme ! » répétait-il. Et il n'avait à l'époque qu'un an de plus que George maintenant.

— Ne m'envoyez pas là-bas toute seule ! pleurnicha Flo, s'accrochant à Nellie, qui était assise à côté d'elle.

— Allons, calme-toi. Tu te souviens comme tu avais aimé les vaches, les cochons et la forêt, la fois dernière ! Tu seras dans le même genre d'endroit, dit-elle, prenant sa petite sœur sur ses genoux.

— Je vais retourner chez Mme Thompson ? À la ferme d'Hilltop ?

— Probablement pas dans cette ferme-là, mais dans une autre, presque pareille, à la campagne, avec des gens aussi gentils que Mme Thompson, j'en suis sûre, lui expliqua-t-elle, priant pour que ce soit vrai.

— Et si c'était un endroit horrible où on traite mal les enfants ? murmura Em. J'ai entendu de drôles d'histoires…

Flo ouvrit de grands yeux terrifiés.

— Je ne veux pas y aller ! Ça allait la dernière fois parce qu'il y avait George. Mais je ne veux pas y aller toute seule !

Nellie lui caressa les cheveux.

— Maman dit des bêtises. On t'enverra des lettres toutes les semaines, et tu pourras nous répondre et nous parler des animaux qui sont devenus tes amis.

— Elle part, c'est décidé, trancha Charlie.

Il se leva et sortit dans le jardin, s'efforçant de conserver son calme.

— Nooon ! gémit Flo. Est-ce que je suis obligée de partir ?

— Si papa le dit…

Nellie savait que ça lui briserait le cœur de devoir se séparer de Flo. La guerre venait de leur prendre Ruth et John, et voilà qu'elle allait encore la priver de la présence de sa sœur. Elle se retint de pleurer pour ne pas aggraver la situation.

Em finit par acquiescer.

— Oui, Flo, ma chérie. Il faut que tu partes. Ce sera plus sûr, ton père et moi nous faisons beaucoup trop de soucis pendant ces raids aériens. Viens ici, mon lapin.

Elle ouvrit les bras à sa fille qui quitta Nellie pour se réfugier dans le giron de sa mère, et embrassa le sommet de sa tête.

— Avec un peu de chance, ça ne durera pas longtemps, ma chérie. Tout le monde pense qu'on va la gagner, cette guerre. C'est seulement en attendant que ces bombardements cessent. Papa a perdu sa sœur, tu as vu. C'est terrible pour lui. Et il ne veut pas risquer de perdre sa petite fille en plus, tu comprends ?

La porte de derrière s'ouvrit et Charlie rentra. Il s'était calmé mais il était clair que sa décision était irrévocable.

— J'irai inscrire Flo sur la liste demain, dit-il.

Il traversa la cuisine et passa un bras autour des épaules de sa benjamine qui était encore sur les genoux de sa mère.

— C'est pour ton bien, mon lapin. Nous voulons seulement te protéger.

Flo boudait toujours, mais Nellie voyait qu'elle faisait de son mieux pour afficher un air brave et pour retenir ses larmes. C'était une enfant si conciliante. Elle était le cœur vibrant de cette famille, se disait souvent Nellie. Son membre le plus aimé, le seul qui ne se disputait jamais avec personne. Flo allait lui manquer, mais papa avait raison. C'était la meilleure solution.

Charlie déposa un baiser sur la joue de la fillette et essuya, du bout des doigts, ses larmes qui s'étaient mises à couler.

— Allons, mon lapin. Facilite-nous la vie, tu veux ?

Flo lui rendit son baiser et hocha la tête, son petit visage empreint d'une expression triste et sérieuse à la fois.

Comme pour justifier sa décision, le long gémissement familier des sirènes s'éleva à cet instant.

— Pour l'amour du ciel. Pas ce soir, grogna Charlie. Est-ce qu'ils ne nous ont pas assez bombardés cette semaine ?

Mais à quoi bon se plaindre ? Ils récupérèrent péniblement leurs ballots et prirent le chemin de l'abri. Après ce qu'il était arrivé à Ruth et John, Nellie ne se souciait plus tellement de l'accès mal sécurisé de la station de métro. Il suffisait que les gens fassent attention en descendant l'escalier, voilà tout. Et puis, il valait mieux risquer une chute dans l'escalier que se prendre une bombe sur la tête.

7.

— Flo part demain, annonça Charlie quand il rentra du travail, le lendemain des obsèques. Samedi. C'est organisé. Je suis allé au bureau du Service volontaire des femmes aujourd'hui pour l'inscrire sur la liste, et on m'a dit qu'il y avait de la place, et qu'elle pouvait partir avec le prochain groupe d'évacués. Donc, demain. C'est un signe, n'est-ce pas, Em ? Qu'ils aient de la place dans un délai aussi court, ça signifie qu'on prend la bonne décision, qu'il faut qu'elle parte. Un bus passera les prendre sous le pont du chemin de fer et les conduira à la gare de Waterloo, où une femme du SVF les accueillera et les accompagnera. Flo devra être prête à monter dans le bus à dix heures précises avec sa valise. Et n'oublie pas son masque à gaz.

— Je le déteste, bougonna Flo.

— Quoi ? Après le mal que je me suis donné pour te trouver un masque Mickey Mouse ? rétorqua Em.

Toute la population avait été équipée de masques à gaz au début de la guerre, pour faire face à une éventuelle attaque à l'arme chimique par les Allemands. Des masques en forme de tête de Mickey Mouse avaient été fournis aux plus petits, afin qu'ils soient moins effrayés. Nellie trouvait qu'ils ne ressemblaient en rien à la célèbre souris. C'était affreux de devoir porter ces choses-là, mais les enfants étaient censés les avoir partout avec eux. De même que les adultes, songea Nellie, qui laissait le sien au bureau depuis des mois.

Sa mère faisait visiblement tout son possible pour ne pas pleurer. Nellie avait entendu ses parents discuter dans leur chambre, la veille au soir, tandis que Flo dormait, énumérant, encore et encore, les arguments en faveur du départ de leur fille, et convenant à chaque fois que c'était la meilleure solution.

— Tu n'es pas obligée de le mettre. Il faut juste que tu le prennes, expliqua-t-elle à sa sœur. Tout va bien se passer, ma puce. Fais ce que je t'ai dit. Sois brave et n'oublie pas que tu es une grande fille maintenant.

Flo la dévisagea avec un air solennel et hocha la tête.

— Allez, viens. On va faire tes bagages.

Nellie la prit par la main et l'entraîna vers l'escalier. Ils avaient conservé sa valise d'enfant en carton avec l'étiquette qui portait son nom. Nellie alla la récupérer sous le lit de ses parents et la porta dans la chambre qu'elle partageait avec Flo. Après quoi, elle se donna toutes les peines du monde pour transformer ce moment difficile en jeu. C'était à qui plierait ce gilet le plus rapidement, ou ferait la plus petite boule de chaussettes ; pendant tout ce temps, elles firent mine de croire que c'était la valise de la poupée de Flo qu'elles préparaient, les vêtements de Dollie qu'elles pliaient ; que c'était Dollie qui était évacuée et que Flo devait l'accompagner.

L'astuce fonctionna si bien que sa sœur s'exécutait en gloussant, semblant oublier le motif de ces préparatifs. Nellie prit plaisir à passer ce moment avec la fillette. Combien de temps allaient-elles être séparées ? Deux mois ? Un an ? Plus encore ? Elle allait manquer une partie de la jeunesse de Flo, jours ô combien précieux. Cette idée était difficile à supporter. Plus difficile encore, maintenant qu'elle savait à quoi s'attendre, ayant déjà vécu cette épreuve. L'absence de sa sœur serait douloureuse. Et ce serait pire encore pour Em et Charlie.

*

Il pleuvait le lendemain matin. Le soleil s'était levé sur une de ces journées de bruine grise qui s'accordait avec l'humeur de la famille.

Flo avait commencé par dire au revoir aux poules, les appelant chacune par leur prénom, puis elle avait fait un câlin à Oscar jusqu'à ce qu'il se débatte pour se libérer. Charlie et George l'avaient embrassée à la porte de la maison, car seuls deux membres de chaque famille pouvaient accompagner l'enfant évacué à l'arrêt de bus, et ils avaient décidé qu'il valait mieux que ce soit Em et Nellie. Cette dernière portait la petite valise et la fillette serrait Dollie dans ses bras. Le masque à gaz décrié pendait de son épaule, dans son étui, et elle avait mis ses belles chaussures rouges. Elles étaient parties très en avance, néanmoins, le bus était déjà là et une foule d'enfants et de parents faisaient traîner leurs adieux, comme si c'était à celui qui monterait à bord en dernier. Beaucoup pleuraient, en dépit de leurs meilleurs efforts pour étouffer leurs sanglots. Nellie regarda les visages striés de larmes autour d'elle, il était vrai que ça n'aidait en rien. Flo les avait remarqués, elle aussi, et sa lèvre inférieure commençait à trembler. C'était tellement injuste de vivre dans un monde où les êtres les plus jeunes et les plus vulnérables (ceux qui apportaient le plus de joie aux autres) devaient s'en aller au loin.

— Allons, allons. Formez une file ici, cria le chauffeur d'autobus. J'ai besoin que vous me donniez vos noms et prénoms avant de monter.

Il tenait à la main une planchette à pince avec une liste qu'il cochait chaque fois qu'un enfant montait à bord.

Nellie étreignit sa sœur, qui pleurait doucement.

— Tout va bien se passer, mon chaton. N'oublie pas le papier et les crayons dans ta valise. Je veux voir beaucoup de tes jolis dessins quand tu rentreras. Peut-être même que tu pourras nous en poster quelques-uns.

Em avait renoncé à retenir ses larmes, elles ruisselaient librement sur ses joues quand elle prit sa fille dans ses bras. Nellie posa une main réconfortante sur son épaule, pour lui communiquer de la force. Ce n'était pas bon pour Flo de voir leur mère dans cet état. D'autant plus quand l'enfant elle-même faisait tout son possible pour se montrer brave. Et que Nellie retenait ses larmes.

— Allez, viens, dit-elle. Je vais monter avec toi pour t'aider à trouver un siège et ranger ta valise. Et toi, tu vas faire pareil pour Dollie.

À contrecœur, Em lâcha sa fille après l'avoir serrée une dernière fois dans ses bras, et les deux sœurs montèrent dans le bus. Le chauffeur cocha sa liste et accepta de laisser entrer Nellie le temps qu'elle installe la fillette. Quand cette dernière choisit un siège à l'arrière du véhicule, elle glissa sa valise dessous et fit mine de vérifier que Dollie pouvait regarder dehors par la vitre. Elle fut récompensée d'un pâle sourire de sa sœur.

— Bon, ça y est ! Dites-vous au revoir. Les parents descendent maintenant, lança le chauffeur. Nous sommes prêts à partir.

Nellie embrassa Flo.

— Amuse-toi bien, dit-elle, s'obligeant à sourire avant de la quitter et de rejoindre Em.

Le conducteur démarra le moteur et le pot d'échappement du bus cracha un nuage de fumée noire. Il y eut un grincement et le véhicule s'ébranla.

— Oh, regarde son minois ! s'écria Em.

Nellie leva les yeux et vit le nez de l'enfant pressé contre la vitre arrière. Elle pleurait, hurlait même à en juger par sa bouche ouverte.

— Oh, c'est insupportable ! dit Em, s'élançant après l'autobus en secouant les bras.

— Maman, arrête ! C'est la bonne décision, on en est tous convenus. Papa a dit… Ne lui montre pas à quel point tu es bouleversée !

Nellie rattrapa sa mère et la serra fort dans ses bras.

— Je ne peux pas… je ne peux pas la laisser partir ! Oh, c'est insupportable ! Elle est si jeune, et elle s'en va seule… ça allait quand elle était avec son grand frère, mais là…

Em se tourna vers Nellie.

— Je ne peux pas courir avec mes chaussures. Arrête ce bus et fais-la descendre ! Je t'en prie ! C'était une erreur, nous allons la garder auprès de nous, et nous descendrons dans la station de métro tous les soirs, s'il le faut… mais ramène-la-moi ! Je parlerai à Charlie…

Nellie dévisagea sa mère, ayant du mal à en croire ses oreilles. Mais l'angoisse qu'elle lut sur son visage était réelle. C'était comme si ce bus lui arrachait le cœur en s'éloignant, comme si le lien qui unissait Em et Flo s'étirait un peu plus à chaque seconde, et qu'une fois brisé, Em s'effondrerait pour de bon. Et eux tous avec. Flo était le cœur de leur famille, et Nellie eut soudain le terrible pressentiment que si elle la laissait partir maintenant, elle ne la reverrait jamais. Elle n'hésita pas longtemps. Elle pivota aussitôt et se mit à courir sur la chaussée aussi vite qu'elle en était capable, essayant de se faufiler à côté du bus et de remonter jusqu'au chauffeur, son manteau volant dans son dos.

Quand, pris dans le trafic, le véhicule ralentit un peu son allure, Nellie vira sur le côté, hors d'haleine et les poumons douloureux. C'est alors qu'elle vit une camionnette de livraison arriver face à elle, son conducteur semblant plus concentré sur son planning que sur la route. Il n'y avait aucun moyen de l'esquiver. Elle poussa un hurlement de terreur, se préparant à l'impact.

Elle sentit tout à coup deux bras puissants la saisir et l'attirer en arrière. La camionnette passa si près qu'elle happa son manteau, et son chauffeur, qui venait de relever la tête, se mit à klaxonner furieusement.

— Vous êtes dingue ! lui cria l'homme qui la tenait.

Mais Nellie ne pensait qu'à rattraper le bus, qui avait repris de la vitesse et s'éloignait, son adorable petite sœur à son bord.

— Arrêtez ce bus ! hurla-t-elle en se débattant.

Elle réussit à se libérer de l'étreinte de l'inconnu et reprit sa course effrénée.

L'homme s'élança à sa suite et ne tarda pas à la dépasser, secouant les bras et criant au chauffeur d'arrêter son véhicule avec un accent américain. C'est alors qu'elle nota qu'il portait un uniforme de l'US Air Force.

Enfin, le conducteur le remarqua et se rangea sur le bas-côté de la route. Nellie rattrapa l'Américain et tambourina contre la portière du bus. Flo avait sauté de son siège et courait dans l'allée centrale.

La portière s'ouvrit.

— C'est quoi ce raffut ? Vous avez oublié quelque chose ?

Mais la fillette le bouscula pour se jeter dans ses bras.

— Nellliiie ! Je ne veux pas partir !

— Maman… ne veut pas que tu partes… non plus, hoqueta Nellie, posant la joue contre les cheveux de sa sœur.

Son cœur battait à tout rompre et elle était à bout de souffle.

— Qu'est-ce qu'il vous prend ? Vous voulez qu'elle descende du bus, maintenant ? Vous ne pouviez pas changer d'avis avant de la faire monter ? s'emporta le chauffeur avec de grands gestes témoignant de son exaspération.

— Que se passe-t-il ? renchérit l'aviateur américain, penché en avant, les mains sur les genoux, pour reprendre son souffle. Vous auriez pu vous faire écraser à courir comme ça au milieu de la route !

Nellie lui jeta un regard furtif. Cet homme ne pouvait pas comprendre que si elle avait laissé Flo partir, elle ne l'aurait peut-être pas revue avant des années. Il ne savait pas ce que sa famille venait de vivre.

— Laissez-moi récupérer la valise de ma sœur, dit-elle au conducteur, et vous pourrez repartir. Je suis désolée… d'avoir changé d'avis.

— Vous avez fait tout ça pour qu'une gamine descende d'un autobus ? fit l'Américain. Pourquoi ? Où elle allait ?

— On voulait qu'elle soit évacuée, mais plus maintenant, l'informa Nellie avec brusquerie.

Elle lui tourna le dos pour monter chercher la valise de la fillette.

— Comment s'appelle-t-elle ? Il faut que je raye son nom de la liste, grommela le conducteur quand Nellie réapparut avec les affaires de sa sœur.

Les autres enfants les dévisageaient, bouche bée, certains en larmes, regrettant de ne pas pouvoir descendre, eux aussi.

— Elle s'appelle Flora Morris, répondit Nellie.

— Il aurait été plus sûr qu'elle soit évacuée, commenta l'Américain. Vous auriez dû la laisser partir pour la campagne. Londres essuie beaucoup trop de frappes aériennes en ce moment.

— Vous pensez que je l'ignore ? rétorqua vertement Nellie. Vous feriez mieux de vous mêler de vos affaires.

Quel toupet il avait de lui donner des leçons ! Il ne savait rien d'eux.

— Nous sommes capables de prendre nos décisions nous-mêmes. Allez, viens, ma puce. Maman nous attend.

Em s'était remise à marcher en voyant le bus arrêté.

— Je n'ai même pas le droit à un merci ? Je viens de vous sauver la vie, dites ! lança l'Américain, alors que Nellie reprenait le chemin de la maison, tenant sa sœur par la main.

— Merci ! lui cria Flo, le gratifiant d'un geste amical.

— On ne parle pas aux inconnus, la gronda Nellie, d'un ton plus fâché qu'elle ne l'aurait voulu.

Certes, il l'avait aidée, mais elle aurait fini par rattraper le bus, même sans son assistance. Il y avait plusieurs feux de circulation dans cette rue, l'un d'eux serait sûrement passé au rouge, et elle aurait attiré l'attention du chauffeur sans l'aide de cet homme qui l'avait traitée de « dingue ». Et puis c'était quand même un peu mélodramatique de sa part de prétendre qu'il lui avait sauvé la vie.

— Tu es venue me chercher… je ne voulais pas partir, ne cessait de hoqueter Flo, alors qu'elles marchaient vers leur mère.

— Maman voulait que je te ramène, et je suis contente de l'avoir fait. Allez, file l'embrasser.

Elle lâcha sa sœur qui courut se jeter dans les bras d'Em.

Nellie regarda la mère et l'enfant s'accrocher l'une à l'autre en sanglotant. Elle pensa à son père qui avait catégoriquement refusé que Flo demeure à Londres. Cependant, couvant sa sœur du regard, elle songea à nouveau que les mois leur auraient paru bien longs et bien tristes sans sa présence solaire au sein de leur foyer. Comme ils l'avaient été au temps de la Blitzkrieg. Aucun d'eux n'avait envie de revivre cela.

*

Ray Fleming regarda la jeune fille qui avait couru après un bus s'éloigner main dans la main avec sa petite sœur. Elle était courageuse, c'était certain, et séduisante aussi ; mais Dieu qu'elle était ingrate, et grossière avec ça ! Elle n'avait pas eu un mot de remerciement pour lui, après le mal qu'il s'était donné pour lui venir en aide. Et il lui avait sauvé la vie par-dessus le marché ! Elle ne ressemblait pas du tout aux filles de chez lui. Ni aux femmes guindées du Service territorial auxiliaire qui travaillaient à sa base. Il était arrivé deux semaines plus tôt, avec la Huitième Air Force, pour survoler l'Allemagne avec ses bombardiers, et c'était la première fois qu'il rencontrait une civile.

Cette fille, si dévouée à sa sœur, si farouche, et si intrépide, lui paraissait résolument différente. C'était une véritable énigme pour lui. Elle semblait avoir ce que les gens d'ici appelaient l'esprit bouledogue britannique. Et il ne pouvait s'empêcher de trouver cela admirable. Dans un contexte différent, il aurait aimé avoir l'occasion d'apprendre à la connaître.

Ray s'attarda pour regarder l'enfant courir dans les bras de sa mère, puis se détourna et repartit. Il avait une précieuse journée de permission devant lui, et beaucoup d'envies pour la remplir avant d'aller retrouver son ami dans un pub ce soir. Il se sortit la fille de la tête et remonta la rue dans la direction opposée.

8.

— Il va me tuer, murmura Em à Nellie quand elles arrivèrent à la maison avec Flo.

— Bon sang, dit Charlie, se passant les mains dans les cheveux. Le bus n'est pas venu ?

— Si, mais... commença Em.

— Nous l'avons mise dedans, mais... continua Nellie.

— Et alors Nell a couru après le bus avec un monsieur et ils l'ont arrêté pour me faire descendre, termina Flo, levant le menton, comme pour défier son père de se fâcher après elle.

— C'est vrai ? demanda-t-il, son regard naviguant de sa femme à son aînée.

On aurait dit une bombe sur le point d'exploser. Il allait y avoir un gros *boum* ! Il était temps de courir aux abris.

— Euh, oui... Mais, oh, Charlie, j'avais le cœur brisé, je regardais sa frimousse s'éloigner ! Elle avait l'air si terrifié d'être toute seule que je n'ai pas pu... C'était plus fort que moi... Ç'aurait été différent si George l'avait accompagnée, mais l'envoyer seule, alors qu'elle est si jeune...

— Nom d'un chien, Em ! Comment as-tu osé ? Nous en avons discuté ! Pendant des heures ! Nous avons décidé, d'un commun accord, que c'était la meilleure solution. Et tu… tu…

Il envoya un bras en l'air et se mit à aller et venir dans la pièce, furieux. La fillette se recroquevilla contre le mur, les yeux agrandis de terreur.

— Je sais, mais… gémit Em, tentant de l'approcher pour le calmer.

— Je vais faire chauffer la bouilloire, lança Nellie. Viens, mon chaton. Tu vas m'aider.

On dit qu'il n'est rien qu'une tasse de thé ne pourrait résoudre, non ? Elle gagna la cuisine, sa petite sœur sur les talons.

— Papa est très fâché, hein ?

— Oui, mais donne-lui cinq minutes et il se calmera.

C'était du moins ce qu'elle espérait. Mais les voix de ses parents continuèrent à résonner dans la pièce voisine, où ils s'opposèrent de nouveau les mêmes arguments que les jours précédents.

— Merci de m'avoir fait descendre de ce bus. J'avais très peur d'être toute seule, là-bas, murmura Flo.

Nellie la serra contre elle et sentit des larmes lui mouiller l'épaule.

Un moment plus tard, Charlie traversa la cuisine au pas de charge pour gagner le jardin, où il espérait sans nul doute retrouver son calme. Au passage, il coula un regard à ses filles et Nellie comprit qu'il fléchissait déjà.

— Ça va aller, ma puce, dit-elle, déposant un baiser sur la tête de la fillette en pleurs.

*

Nellie occupa le reste de sa matinée à aider Em dans ses tâches ménagères. Cet après-midi-là, quand il se mit à pleuvoir et qu'ils n'eurent d'autre possibilité que de demeurer à l'intérieur, elle joua à Mendiant mon voisin et au Snap avec Flo – de vieux jeux que Ruth leur avait enseignés et auxquels elles jouaient souvent avec leur tante. Tandis qu'elle riait avec la fillette, Nellie songea qu'elle avait été à deux doigts de la perdre. Son cœur se gonfla de bonheur à l'idée qu'elle allait rester et continuer à lui communiquer sa joie.

— Tu viens à l'Angel and Crown ce soir ? lui demanda Babs, quand elles se retrouvèrent dehors pendant une brève éclaircie. Billy n'est pas d'astreinte aujourd'hui, et il dit qu'il ne devrait pas y avoir de raid. Il y va, alors moi aussi. Et je parie qu'un peu de distraction ne te fera pas de mal, après les moments difficiles que tu viens de vivre.

Babs avait raison, elle n'avait pas été épargnée et elle n'était guère sortie que pour aller travailler, depuis la mort de tante Ruth et d'oncle John. Il était temps qu'elle s'amuse un peu. Elle sourit à son amie.

— Oui, je viendrai avec plaisir. Merci de me le proposer.

— Parfait. Et tu m'expliqueras pourquoi Flo n'est pas à mi-chemin de Londres et du Dorset à l'heure qu'il est, ajouta son amie en souriant.

Elle avait vu le petit visage de Flo collé à la fenêtre de la cuisine.

— Et zut, voilà qu'il se remet à pleuvoir. Courons !

Les deux jeunes filles regagnèrent vite leurs maisons respectives. Nellie avait encore mal aux jambes et les pieds douloureux après sa course-poursuite du matin, mais la perspective de cette sortie la réjouissait.

*

Nellie prit tout son temps pour se préparer. Elle passa sa robe bleue préférée, se coiffa selon le fameux style des « rouleaux de la victoire », relevant les mèches qui encadraient son visage pour former deux cylindres identiques au sommet de sa tête qu'elle fixa avec des pinces, et laissant le reste de sa chevelure détachée. Elle hésita à dessiner une ligne noire à l'arrière de ses jambes, pour donner l'impression qu'elle portait des bas, puis y renonça. Cela ne faisait nullement illusion. Elle emprunta le rang de perles noires d'Em et s'appliqua du rouge sur les lèvres. Un tout petit peu – parce que le tube était presque vide et qu'il était très difficile de s'en procurer dans les magasins – mais suffisamment pour rehausser la couleur de ses lèvres. C'était exaltant de s'habiller pour sortir, même si c'était seulement pour aller au pub. Une soirée entre amis était exactement ce dont elle avait besoin.

— Tu ressembles à une princesse, s'extasia Flo.

Déjà au lit avec sa poupée Dollie, elle avait regardé sa grande sœur se préparer.

— J'ai l'impression d'en être une, répondit-elle, exécutant une pirouette qui fit virevolter sa jupe autour de ses jambes. Il est l'heure de dormir, maintenant. Je te promets que je serai aussi discrète qu'une souris pour ne pas te réveiller quand je rentrerai.

Elle traversa la pièce pour déposer un baiser sur le front de l'enfant.

— C'est bon de te savoir de retour, ma puce.

— Je ne suis même pas partie, répondit la fillette en pouffant.

La pluie tombait moins dru, à présent, mais le ciel était couvert d'épais nuages, qui, avec un peu de chance, dissuaderaient les bombardiers allemands de sortir. Nellie prit le chemin de l'Angel and Crown, sautant par-dessus les flaques d'eau. Babs et Billy étaient partis plus tôt, n'ayant pas de sœurette à coucher. Quand elle approcha du pub, des rires rauques s'en élevaient déjà : des trublions chantaient et quelqu'un jouait du piano. Une soirée typique de l'East End, songea-t-elle, poussant la porte avec un sourire heureux.

— La voilà !

Le visage de Billy s'éclaira dès qu'elle entra. Il était assis avec Babs dans un coin, près du piano. Un jeune soldat en uniforme tentait de jouer un ragtime, mais ses doigts s'emmêlaient sur les touches et il ne cessait de reprendre de zéro. Billy bondit sur ses pieds.

— Qu'est-ce que tu veux boire, Nellie ?

— Un gin tonic, si c'est toi qui paies, Billy. La prochaine tournée est pour moi. Bonsoir, Amelia ! Comment te portes-tu ?

Amelia était de service au bar. C'était une bonne manière de dissimuler son ventre, même si son état serait bientôt évident pour tout le monde.

— Tout va bien, merci, Nellie. J'ai l'impression qu'on va avoir du monde ce soir.

Elle prit la commande de Billy, lui adressant un clin d'œil qui le fit rougir jusqu'à la racine des cheveux.

— Tu as eu des nouvelles de ton Walter, dernièrement ? questionna Nellie.

— Oui, répondit-elle rayonnante. J'ai reçu une lettre de lui ce matin. Il va bien. Je lui manque. Quelque chose d'important se prépare, mais il ne peut pas dire quoi vu que les lettres sont visées par la censure. Il essaie d'obtenir une permission pour… eh bien… pour venir quand le moment sera venu.

— Contente de savoir qu'il va bien. Prends soin de toi, lança Nellie avant de retourner à table rejoindre Babs.

— Alors, comment vas-tu ? s'enquit son amie.

— Mieux depuis que je suis ici. Quelle semaine !

Babs lui passa un bras autour des épaules.

— Je sais. Tu vas lâcher un peu de lest, tu vas voir.

— J'en ai bien l'intention.

Elle s'écarta de sa camarade, craignant que tant de sollicitude ne la fasse de nouveau fondre en larmes. La perte de sa tante et de son oncle, d'abord, puis la peur d'être séparée de Flo lui avaient mis les nerfs à fleur de peau. Elle voulait éviter ces sujets, ce soir. Profiter de ce moment de liberté. Elle adressa un grand sourire à Babs, espérant la dissuader de lui manifester trop de compassion en public.

— Tiens, beauté, lui dit Billy, en posant son verre devant elle. Tu es magnifique ce soir. Santé !

— Santé ! trinqua Nellie.

— Ta maman est contente que Flo soit restée ? s'enquit-il.

— Oui. Elle n'arrête pas de la cajoler. C'était la bonne décision, je pense.

— Que s'est-il passé, alors ? Tu l'as mise dans le bus et tu l'as récupérée juste après ?

— C'est à peu près ça. Il a fallu que je le rattrape d'abord. J'ai couru derrière, et un Américain s'est joint à moi.

— Incroyable ! dit Babs.

— Oui, c'était plutôt surprenant.

Des clameurs s'élevèrent près du comptoir : le soldat avait renoncé à pianoter maladroitement.

— Et si quelqu'un nous jouait un morceau digne de ce nom maintenant ? s'éleva une voix. Allez, Amelia !

Un chœur d'encouragements incita la jeune fille à quitter son poste pour aller s'asseoir, rougissante, devant le piano.

— Tu as pris un peu de poids, on dirait, ma belle ? lui lança un gars, assis sur un tabouret haut, la gratifiant d'un clin d'œil appuyé.

— Ce ne sont pas tes affaires, rétorqua-t-elle.

— Et ce sont les affaires de qui ? lui retourna-t-il, tendant la main pour tapoter son ventre.

Elle l'écarta d'un geste vif.

— Laisse-moi tranquille !

Billy bondit pour s'interposer.

— Eh, laisse la dame en paix, toi, dit-il, défiant l'homme du regard.

Billy était plutôt fin, mais plus grand que l'autre gars, et son expression indiquait clairement qu'il ne plaisantait pas. Nellie se sentit étrangement fière de lui, sachant que son asthme ne lui permettait pas de se battre, mais qu'il n'hésiterait pas à le faire pour protéger leur amie.

— Ce n'est pas une dame ! Regarde-la. Pas encore mariée et déjà en cloque, continua le gars.

— Si tu n'es pas capable de te tenir, sors de son pub, grogna Billy, avançant d'un pas.

Babs poussa un petit cri.

— Ne te bats pas, je t'en prie, souffla-t-elle.

— Il ne va pas se battre, la rassura Nellie. Regarde, l'autre recule déjà.

Et, de fait, l'homme avait reculé.

Remarquant ce qu'il se passait, le patron du pub s'avança et échangea quelques mots avec le grossier personnage qui prit son verre et alla s'installer à une table à l'autre bout de la salle.

— Merci, mon pote, dit-il à Billy. Elle n'a pas besoin de ce genre d'ennuis en plus.

— Merci, Billy, murmura Amelia en lui souriant.

Puis, levant les doigts au-dessus du clavier, elle lança :

— Alors, les gars. Qu'est-ce que je vous joue ?

Il y eut un brouhaha de requêtes de toutes sortes, allant de « Knees up Mother Brown » à « Ave Maria ». Amelia réfléchit un instant, puis opta pour un medley de classiques du music-hall, afin que tout le monde puisse chanter.

Nellie, Billy et Barbara se joignirent au chœur avec enthousiasme. Bientôt, Babs se tourna vers son amie et lui demanda :

— Et si tu nous chantais quelque chose ? Tu as une si jolie voix, tout le monde se tairait pour t'écouter.

— Mais non, pas du tout, répondit Nellie, rosissant.

Cependant, l'idée lui plaisait assez. Elle aimait beaucoup chanter et se laisser porter par la musique jusqu'à tout oublier.

Billy la dévisageait.

— Babs a raison. Tu as une voix magnifique. Allez, Nellie, fais-nous ce plaisir.

— Qu'est-ce que je pourrais vous chanter ?

— Une chanson de Vera Lynn ? proposa Barbara.

Elle tapota le bras d'Amelia.

— Nellie a accepté de chanter. Tu veux bien l'accompagner ?

— Certainement, répondit-elle, planquant les dernières notes de son morceau, puis se tournant vers les trois amis. Alors ?

Nellie réfléchit un instant.

— Tu connais « Les falaises blanches de Douvres » ?

— Bien sûr. D'accord, alors c'est parti.

Amelia joua l'introduction, et Nellie se leva et entonna le premier couplet d'une voix puissante, se laissant un peu plus emporter par la musique à chaque parole. Au point que le pub ne tarda pas à s'effacer, et qu'elle perdit toute notion du temps. Elle était seule avec Amelia et son piano, tout le reste avait disparu.

Les conversations s'éteignirent peu à peu, les clients reposèrent leurs verres, et les regards convergèrent sur la jeune fille à la voix enchanteresse qui chantait près du bar.

— Elle l'interprète encore mieux que Vera, s'éleva une voix, qu'une nuée de *chut* fit taire.

Au cours des minutes qui suivirent, plus d'un mouchoir fut extrait d'une manche ou d'une poche pour tamponner des larmes.

*

Billy ne pouvait détacher ses yeux de Nellie. Il se savait observé par sa sœur, mais il s'en moquait. Il se moquait qu'elle remarque – que chacun remarque – à quel point il était attaché à cette fille qu'il connaissait depuis toujours, mais qui, depuis peu, occupait toutes ses pensées. Elle était tout pour lui. Tout ce qui lui importait en ce monde. Et peut-être… peut-être qu'un jour viendrait où il compterait tout autant pour elle. Alors, il serait comblé. Il ne pouvait s'empêcher de se rêver un tel avenir.

Il se fit une promesse. Ce soir, quand ils reprendraient le chemin de la maison, il attraperait la main de Nellie et l'entraînerait à l'écart. Il l'inviterait ensuite à sortir avec lui, en bonne et due forme. Il l'emmènerait au cinéma, ou prendre le thé et manger un gâteau à la Lyons Corner House. Où n'importe où ailleurs, elle n'aurait qu'à choisir.

Si elle acceptait, ce serait le commencement, le premier pas vers la réalisation de ses rêves. Si elle refusait… Eh bien… Il préférait ne pas s'attarder sur cette éventualité. Pas alors qu'elle chantait et qu'il pouvait s'imaginer que ce n'était que pour lui.

9.

Le pilote de l'armée de l'air américaine Ray Fleming était assis avec son ami Clayton. C'était la première fois qu'il se rendait dans un pub de l'East End. C'était si différent de chez lui, à la campagne, où il fallait prendre la voiture et parcourir vingt-cinq kilomètres pour dénicher un bar. Ici, tout le monde était du coin et semblait se connaître. Même les soldats britanniques étaient des locaux à en juger par leur familiarité avec la barmaid.

Clay et lui venaient de boire deux pintes de bière tiède et éventée. On appelait ça de la Bitter ici.

— Tu aimes ce truc ? lui avait demandé son ami avec une grimace.

Il avait haussé les épaules.

— J'imagine qu'il faudra s'y habituer.

Et ce n'était pas si mauvais après les deux premiers verres.

Ils se turent quand la barmaid se mit au piano et que la salle entière commença à chanter des chansons dont ils semblaient les seuls à ne pas connaître les paroles. Mais c'était amusant.

— Chez nous, y a pas de piano dans les bars, dit Clay, tandis qu'ils essayaient d'entonner un refrain.

C'est alors qu'une jeune femme se leva, et que chacun se tut pour l'écouter. Ray la dévisagea et la reconnut aussitôt.

— Mince, c'est la fille, murmura-t-il à Clayton.

— Quelle fille ?

— Celle dont je t'ai parlé. Celle qui a couru après un autobus pour en faire descendre sa petite sœur.

— C'est elle ?

— Oui.

Il fut aussitôt captivé – comme toutes les personnes présentes dans le pub, d'ailleurs – par sa voix profonde et caressante qui chantait les lendemains meilleurs dont elle rêvait sans nul doute. Il connaissait cette chanson. Qui ne l'avait pas déjà entendue ? Elle passait si souvent à la TSF.

— *Demain, quand le monde sera libéré,* l'accompagna Ray à voix basse.

À présent qu'il pouvait bien l'observer, il s'apercevait qu'elle avait une beauté naturelle dont elle semblait totalement inconsciente. Elle avait les cheveux bruns, de grands yeux et des lèvres pulpeuses soulignées par une touche de rouge à lèvres. Elle était mince mais ses formes étaient pleines, et sa robe bleue lui allait à merveille. Il y avait quelque chose de chaleureux chez elle : cette manière de s'oublier dans la musique tout en rassemblant son auditoire autour d'elle.

Pourtant, elle s'était montrée si brusque et ingrate lorsqu'il l'avait aidée à arrêter cet autobus. « On ne parle pas aux inconnus », avait-elle averti sa petite sœur en la grondant. Et s'il se présentait à elle, maintenant, afin qu'il ne soit plus un inconnu ? Il ne s'attendait pas à la revoir un jour, mais elle était là : véritable rose anglaise à la voix angélique. Elle l'intriguait. Peut-être était-ce à cause de son chant, qui l'envahissait, tel un charme, et le désarmait.

— Tu es toujours avec nous ? plaisanta Clayton, à la fin de la chanson. Tu veux une autre pinte de cette soupe ?

— Oui, pourquoi pas ? répondit Ray.

Son ami s'éloigna vers le comptoir.

La fille à la belle voix se pencha pour parler à la barmaid qui ne tarda pas à se remettre à jouer. Cette fois, elle chanta « We'll Meet Again », dont il connaissait les paroles par cœur, comme tout un chacun. Bientôt, le pub entier l'accompagna et elle se mit à les diriger, tel un chef d'orchestre, le visage rayonnant de joie. Non plus portée au loin par la mélodie, mais, au contraire, bien présente parmi eux.

Quand la chanson fut terminée, elle s'assit à côté de ses amis et c'est alors que leurs regards se croisèrent. Il la vit sursauter, puis se pencher sur l'oreille de sa voisine. La jeune femme blonde lui jeta une œillade et prononça quelques paroles qui eurent pour effet de les faire toutes deux éclater de rire.

Clayton revenait avec leurs verres.

— J'y vais, lui lança-t-il. Je vais tenter de forcer sa réserve britannique. Tu m'accompagnes, elle a une amie.

Clayton haussa un sourcil et lui emboîta le pas, les deux pintes dans les mains. Quelques clients les suivirent des yeux tandis qu'ils traversaient la salle, peu habitués à voir des Américains si loin de leur base aérienne.

Le jeune homme maigrelet qui accompagnait les deux filles attendait d'être servi au bar. Ray espéra qu'il mettrait un petit moment à attirer l'attention du patron pour commander. Laissant filer ses doigts sur toute la largeur du clavier, la barmaid jouait une musique d'ambiance parfaite pour accompagner les conversations.

— Bonsoir. Nous nous sommes rencontrés ce matin, vous vous souvenez ? déclara Ray, ne sachant à quelle réaction s'attendre de sa part.

Elle ne s'était guère montrée amicale dans la rue.

— Oui, bien sûr que je m'en souviens. Vous m'avez traitée de *cinglée*, rétorqua-t-elle, semblant le défier de réitérer l'insulte.

Il se sentit rougir.

— Oui, c'est vrai. Mais, écoutez, j'en suis désolé. J'ai lancé ça dans le feu de l'action. Cette camionnette a failli vous écraser.

La blonde le dévisageait. Il sollicita son arbitrage.

— Je l'ai aidée à faire descendre sa petite sœur d'un autobus. Et je n'ai pas eu un mot de remerciement.

Elle se tourna vers son amie, secouant un index gentiment grondeur.

— Nellie, tu aurais vraiment dû remercier le monsieur. Où sont passées tes bonnes manières ?

Elle fit claquer sa langue contre ses dents, feignant la désapprobation, avant de lui murmurer quelque chose à l'oreille. Ray crut reconnaître le mot « séduisant ». Quoi qu'elle lui ait dit, la chanteuse rougit jusqu'à la racine des cheveux.

— Votre sœur va bien ? s'enquit-il.

— Euh, oui, très bien. Écoutez, je suis désolée. Nous étions dans le feu de l'action, comme vous l'avez dit. D'ordinaire, je ne suis pas aussi… grossière avec les inconnus. Alors… merci. Flo est heureuse d'être rentrée à la maison, et nous sommes tous tellement soulagés qu'elle ne soit pas partie.

— J'en suis ravi.

Il lui tendit la main.

— Ray Fleming.

Elle l'accepta, ce qu'il considéra comme un bon signe : une forme de dégel.

— Nellie Morris.

— Heureux de faire votre connaissance, Nellie Morris.

Elle lui serra la main, les joues écarlates.

— Et merci de m'avoir sauvé la vie, aussi.

— Allons, n'en parlons plus. Ou plutôt, *si*, parlons-en, dit-il avec un grand sourire. Ça n'est pas tous les jours que je sauve la vie d'une dame.

— Ça ne vous est pas arrivé depuis combien de temps ? rétorqua-t-elle hardiment, une étincelle de séduction dans les yeux.

— Pardon ?

— De sauver la vie d'une dame ?

— Oh, laissez-moi réfléchir.

Il fit mine de compter sur ses doigts.

— En fait, vous êtes la première.

Elle rit, semblant apprécier son humour. C'est à cet instant que le gars maigrelet regagna la table, apportant deux verres à ses compagnes. Ray remarqua le regard noir qu'il adressa à Nellie en s'asseyant.

Était-ce son petit ami ? Son frère ? Il se tourna vers la jeune femme, perplexe.

— Oh, je vous présente Billy Waters, dit-elle. Mon voisin, et le frère de Barbara. Billy, voici Ray Fleming. C'est le monsieur qui m'a aidée à arrêter le bus ce matin.

— Tu aurais dû laisser partir la petite, rétorqua le jeune homme d'un ton sec. Ça aurait mieux valu pour elle.

Ray sembla sur le point de répondre, mais se retint.

— Je tenais également à vous dire que vous avez une voix magnifique, Nellie Morris. Je n'en ai jamais entendu de si belle. Vous avez charmé toute la salle.

Elle sourit et des fossettes creusèrent ses joues.

— Voilà que vous exagérez encore. Charmé est un peu fort, monsieur Fleming. Mais je suis contente que vous ayez apprécié.

— Appelez-moi Ray, je vous en prie.

Dieu qu'elle était jolie. Et il y avait en elle une étrange combinaison de vulnérabilité et de cran qui lui plaisait. Beaucoup, même.

— Vous voulez bien chanter une autre chanson ?

Elle regarda la barmaid. Elle jouait un morceau de ragtime qui soulignait encore l'inaptitude du soldat s'étant si piètrement illustré dans l'exercice un peu plus tôt.

— Je ne crois pas, non. Je pense que le moment est passé.

— Amelia n'y verra aucun inconvénient, si ça te tente, insista Barbara.

— Non, je préfère rester tranquillement assise ici.

Elle sourit à Ray qui se prit à espérer que sa présence était pour beaucoup dans son bien-être passager.

— Parlez-nous de vous, à présent, lança-t-elle. D'où êtes-vous originaire ?

— Du Michigan.

Elle fronça les sourcils.

— Il va falloir m'expliquer où cela se situe.

— Au nord du pays, coincé entre le lac Michigan et le lac Huron. Vous connaissez les Grands Lacs, n'est-ce pas ?

Il espérait ne pas paraître condescendant. Il n'avait aucune idée de ce qu'on enseignait aux élèves britanniques en cours de géographie.

Elle acquiesça.

— Oui, Chicago est au bord du lac Michigan, n'est-ce pas ?

— Oui, mais c'est dans l'Illinois, sur la rive sud du lac. L'endroit où vivent mes parents, et où j'ai grandi, n'est pas très éloigné.

— À l'est ou à l'ouest ?

Elle fixait le vide, comme si elle se représentait une carte mentalement. Il ne put s'empêcher d'admirer son profil.

— À l'est.

— Vous habitez la ville ?

Il rit et secoua la tête.

— Non. Mes parents ont une ferme, leurs terres jouxtent le lac. C'est au milieu de nulle part. La ville la plus proche est Chicago, en fait, et il faut traverser les frontières de deux États pour s'y rendre.

Répondant à sa question muette, il ajouta :

— L'Indiana. Trois heures de route.

— Je ne parviens pas à m'imaginer vivre loin d'une ville, dit-elle en soutenant son regard.

Oh, mais c'est qu'on pourrait se perdre dans ces immenses yeux noisette ! songea-t-il.

— Vous avez toujours habité Londres ?

— Oui. Je suis née ici. Dans la maison où j'habite avec mes parents. Mais j'ai toujours désiré découvrir le monde, visiter de nouveaux lieux. Je ne suis jamais allée au-delà de Southend.

— Dans ce cas, vous avez de l'avance sur moi, Nellie. Certains des autres gars, y compris Clayton que vous voyez là-bas, sont allés à Southend, moi pas. Ils disent que la jetée est fermée pour empêcher les Allemands d'atterrir, et que la plage est couverte de canons antichars.

— Je n'y suis pas retournée depuis le début de la guerre. Ce n'est pas le souvenir que j'en garde. À l'époque, on se promenait sur la place à dos d'âne et on mangeait des crèmes glacées sur la promenade.

Ray fut frappé par la pointe de tristesse qui perçait dans sa voix. Cela devait être très dur, songea-t-il, de voir sa ville devenir la cible de bombardiers ennemis, nuit après nuit, de découvrir que votre destination de vacances préférée avait été désertée, et d'ignorer combien de temps ça allait durer.

— Ils remettront tout en état quand la guerre sera terminée, dit-il gentiment.

Et il fut récompensé par un sourire éblouissant.

— Je l'espère. J'aimerais emmener Flo là-bas, un jour.

— Et vous le ferez. C'est certain.

— J'aimerais l'emmener dans des endroits plus exotiques, aussi.

— Lesquels ?

— En Afrique. En Amérique. En Australie.

Elle traça un cercle avec la main, pour dessiner le globe terrestre, et faillit envoyer voler sa bière.

— Oups ! Désolée, Ray.

Il rit.

— Je l'ai rattrapée à temps. Eh bien, pour ma part, j'ai voyagé à travers tous les États-Unis : est, ouest, nord et sud. Et je suis allé à Hawaï. Et au Mexique, une fois, avant la guerre.

Il remarqua les étincelles qui s'allumaient dans les yeux de Nellie, et son cœur s'emballa. Clayton et Barbara, avait-il observé, semblaient bien s'entendre. Ils échangeaient des plaisanteries et flirtaient gentiment. Le garçon esseulé – le frère de Barbara dont Ray n'était pas fier d'avoir déjà oublié le nom – s'était éloigné en direction du piano et regardait la barmaid jouer.

Quant à Ray… eh bien, il était déjà follement épris. Nellie voulait découvrir le monde, et soudain, il se prenait à vouloir le lui montrer. Il fallait qu'il trouve le moyen de passer davantage de temps avec elle. Absolument. Une idée lui vint aussitôt à l'esprit.

— Dites, les filles, il y aura un bal le week-end prochain, à notre base. Pourquoi ne viendriez-vous pas ? Il y a un bus qui part d'ici et monte à North Weald. Et la dernière navette quitte la base assez tard pour vous laisser le temps de danser un moment. Qu'est-ce que vous en dites ?

Il retint sa respiration tandis que Nellie consultait Barbara du regard, avec un sourire en coin qui suggérait qu'elle était très tentée d'accepter. À sa plus grande joie, Ray vit l'amie hausser les sourcils et incliner légèrement la tête.

— Je veux bien y aller, si ça te tente, dit-elle.

Ray aurait pu se pencher par-dessus la table pour l'embrasser.

— Eh bien… d'accord, dans ce cas. Pourquoi pas ? répondit Nellie avec un grand sourire.

Elle but une gorgée de sa boisson, mais ses yeux restèrent rivés aux siens, ce qui, s'il ne se trompait pas (et il espérait tant ne pas se tromper !) signifiait qu'elle l'appréciait aussi.

— De quoi s'agit-il ?

Le frère de Barbara était revenu pour voir ce qui les animait ainsi.

— D'un bal, à la base aérienne de Clayton et Ray, lui expliqua Barbara. Samedi prochain. Tu viendras, toi aussi ? Ça ne pose pas de problème, n'est-ce pas, Clay ?

— Bien sûr que non ! Plus on est de fous, plus on rit !

Mais le frère (ah oui, c'était Billy, son nom !) secoua la tête, l'air sombre.

— Je ne peux pas. Je suis de service le week-end prochain. Les deux nuits. Babs, tu es certaine que tu peux…

— Nous serons ensemble, Nellie et moi. Nous prendrons soin l'une de l'autre, répondit-elle d'un ton ferme qui indiquait clairement qui avait le dessus dans cette relation frère-sœur.

— Nous veillerons sur elles, Billy. Nous sommes bien élevés. Vous n'avez aucune inquiétude à avoir.

Ray espérait que ces paroles rassureraient le jeune homme. C'était bien de sa part de se sentir responsable de sa sœur et de son amie, mais elles étaient adultes et capables de prendre leurs propres décisions.

— J'aurais quand même préféré être là, insista-t-il, une pointe d'irritation dans la voix.

Il fusillait Ray du regard, comme s'il lui avait dérobé un bien précieux.

— Oh, Billy. Quel dommage que tu sois obligé de travailler ce soir-là, dit Nellie en tapotant le bras de son ami. Mais ce n'est que partie remise, pas vrai ? La prochaine fois, nous pourrons y aller tous ensemble, n'est-ce pas ? Vous organisez souvent des bals à la base aérienne ? Est-ce qu'il y aura beaucoup de filles là-bas ?

Ray sentit la jalousie monter en lui à la vue du geste de tendresse machinal. Ces deux-là étaient clairement proches. S'agissait-il de la familiarité qui se noue entre des voisins, ou d'un sentiment plus profond ? Il espéra sincèrement que sa première supposition était la bonne.

— Oui, il y a beaucoup de filles, répondit Clayton. Certaines sont du coin, d'autres, de Londres. Et il y a également des employées de la base. On organise des bals tous les mois.

— Naturellement, nous espérons que Billy pourra venir au prochain, ajouta Ray.

Il leva son verre pour trinquer avec le jeune homme, mais récolta une œillade orageuse en échange.

— Je ferais mieux de rentrer, dit-il. Je travaille demain. À tout à l'heure, Babs. Bonne nuit, Nellie.

Il se leva et quitta le pub.

— Ah, ne faites pas attention à lui, l'excusa Barbara, avec un petit rire. Il est juste jaloux. Il n'aime pas voir d'autres hommes discuter avec Nellie.

— J'espère ne pas avoir commis d'impair ?

Il fallait qu'il pose la question, non ? Au cas où Nellie et Billy seraient liés par un accord tacite… Il retint sa respiration en attendant la réponse.

— Pas du tout, répondit Nellie.

Dieu merci, elle arborait un grand sourire.

— Billy est un peu comme un frère pour moi. Il se montre toujours protecteur envers nous deux.

— C'est bien d'avoir un ange gardien, commenta Ray, secrètement ravi d'être débarrassé du jeune homme qui avait fait retomber leur bonne humeur.

À présent, ils pouvaient se remettre à rire et plaisanter. Faire un peu mieux connaissance tout en se réjouissant de la perspective de se revoir au bal, le week-end suivant. À condition qu'il survive à ses missions dans l'intervalle, bien entendu.

10.

— Ça ne me gênerait pas si Billy vous accompagnait, déclara Charlie, quand Nellie lui demanda la permission de se rendre au bal, le dimanche soir suivant.

Flo était couchée et George se trouvait dans sa chambre. Elle avait attendu que ses parents soient détendus, sachant qu'ils seraient plus enclins à accepter. Mais son père avait la mine renfrognée.

— Ça ne me plaît pas que Nellie sorte avec des hommes que nous ne connaissons ni d'Ève ni d'Adam.

— Je n'y vais pas seule, papa. Babs sera là, elle aussi.

Elle croisa les bras avec un air de défi. Elle ne voulait pas s'opposer à la volonté de son père, mais elle était adulte. Babs et elle étaient capables de se débrouiller seules. Et elle avait vraiment, vraiment envie d'aller danser. De s'amuser, de nouer de nouvelles connaissances… et, pour être tout à fait sincère avec elle-même, de revoir Ray. Son cœur fit un petit bond dans sa poitrine. Il y avait quelque chose chez lui – la gentillesse que trahissait son sourire, l'honnêteté qu'on lisait dans ses yeux – qu'elle trouvait extrêmement séduisant. Et il était différent des garçons de l'East End. Plus exotique, plus intéressant. Il avait voyagé. Visité des tas d'endroits qu'elle rêvait de voir. La Californie ! New York ! Hawaï ! Oui, Nellie avait très envie d'apprendre à le connaître. Avec du recul, elle était embarrassée de l'avoir jugé arrogant lors de leur première rencontre, et de s'être montrée si grossière quand il essayait juste de l'aider.

— Laisse-la aller à ce bal, Charlie, plaida Em. Les filles méritent de s'amuser un peu. Cette terrible guerre est en train de dévorer leur jeunesse. Et, comme le dit Nellie, Babs et elle prendront soin l'une de l'autre.

— Je ne sais pas, ma fille. Je ne sais pas si c'est sage de te laisser y aller. Je ne songe qu'à ta sécurité, tu sais. On entend dire tellement de choses sur ces Américains.

— Quelles choses, papa ?

— Qu'ils sont riches, coureurs, et omniprésents. Je veux que tu restes sur tes gardes en leur présence, tu m'entends ?

Nellie retint un hoquet de surprise.

— Ça signifie que je peux y aller ? Si je reste sur mes gardes ?

— Hum.

Charlie fixa son regard sur l'âtre vide de la cheminée.

— Fichue guerre, dit-il, songeur. Si on n'était pas bombardés en permanence et qu'on ne risquait pas d'être tués à tout instant, comme ma pauvre Ruthie, je t'interdirais d'y aller. Mais ta maman a raison. Tant que tu me promets que tu te tiendras convenablement et que tu seras de retour avant minuit…

Il secoua un index menaçant, la mine grave.

— Sinon, ce sera la première et la dernière fois.

Nellie se jeta sur lui pour l'embrasser.

— Oh, merci, papa !

— Allons, lâche-moi, mon enfant ! Nul besoin de toutes ces effusions, la rabroua Charlie, mi-ravi, mi-embarrassé par ce témoignage d'affection.

*

Les jours suivants parurent interminables à Nellie. Mme Bolton se montrait tantôt irritée, tantôt soucieuse de ne pas avoir reçu de réponse de la Sécurité civile concernant sa demande de fonds pour sécuriser l'accès à la station de métro. Nellie se déplaçait sur la pointe des pieds pour ne pas ajouter à sa nervosité. Mais rien ne pouvait gâcher sa bonne humeur à la perspective de danser avec Ray ce week-end. Elle ne pensait même qu'à cela. Et c'était bon, aussi, d'avoir Flo à la maison, pour égayer ses soirées.

Le samedi arriva enfin ; et après avoir aidé Em à accomplir quelques tâches ménagères, Nellie monta se préparer pour le bal.

Babs ne tarda pas à la rejoindre, chargée d'un sac rempli de vêtements, de bigoudis, de maquillage et d'accessoires de toutes sortes.

— Ce n'est pas grand-chose, dit-elle, mais on va partager.

Flo étant sortie jouer dans la rue avec des camarades, elles avaient la chambre pour elles seules.

— Et on peut partager ce que j'ai aussi, répondit gaiement Nellie. On sera belles à tomber par terre, tu verras ! Quelle robe je dois mettre, à ton avis ? La rouge et vert, ou la bleue ?

Elle désigna les deux robes étalées sur son lit.

— J'adore la bleue, mais tu l'as déjà portée la semaine dernière. Il t'a déjà vue avec. Alors l'autre.

— Mais je trouve qu'elle me fait ressembler à un sapin de Noël, répondit Nellie, regrettant de ne plus avoir de coupons de vêtements pour s'en acheter une nouvelle.

De toute façon, il n'y avait aucune nouveauté dans les magasins. Elle voulait tant paraître à son avantage, ce soir. Elle voulait tant que Ray tombe à la renverse en la voyant. Elle visualisa la scène en souriant.

— Ne dis pas de sottises, tu es splendide dedans ! Pourquoi souris-tu comme ça ?

— Oh, c'est juste que… je suis impatiente d'être là-bas, éluda-t-elle.

L'excitation lui donnait le vertige.

— Moi aussi ! Ouvre vite la fenêtre. On étouffe ici. Je ne veux pas suer dans ma robe, dit Babs, s'éventant d'une main.

— Hum, il n'y a que les chevaux qui suent. Et les messieurs transpirent. Les dames, elles, ont juste des vapeurs, rétorqua Nellie avec un air snob et l'accent de la haute société.

Prise de gloussements irrépressibles, Babs se rua sur la fenêtre à guillotine pour faire entrer un peu d'air frais dans la pièce.

— Ouf, c'est mieux, dit-elle.

— Dis, Babs. Tu trouves que Ray est joli garçon ?

— Mon Dieu, oui. Il est extrêmement séduisant ! répondit son amie, faisant mine de se pâmer.

— Pourquoi tous ces rires, les filles ? s'éleva une voix, côté rue.

Nellie ouvrit un peu plus la fenêtre et passa la tête dessous. Billy était penché à une fenêtre de la maison voisine, une cigarette entre les doigts.

— Je croyais que tu travaillais, aujourd'hui ?

— J'assure le service du soir.

— Oh, mon pauvre. Et dire que nous, pendant ce temps-là, on dansera, le taquina-t-elle. Enfin, il faut bien que quelqu'un veille à la sécurité de notre pays, n'est-ce pas, Monsieur le garde ARP ?

— Ouais. Bon. Amusez-vous bien, alors.

Billy disparut et rabaissa la fenêtre de sa chambre.

— Il me tuerait s'il m'entendait, mais… il est jaloux, tu sais ? lui chuchota Babs. Que tu passes toute une soirée avec un bel Américain.

— Oh, il y en aura plus d'un, plaisanta Nellie. La base aérienne en est pleine ! Et ton Clayton sera là, lui aussi !

Barbara secoua la tête.

— Ce n'est pas *mon* Clayton. Il est gentil et il me fait rire, mais ce n'est pas mon genre d'homme.

Elle plongea ses yeux dans ceux de son amie.

— Ray te plaît beaucoup, hein ? Ton visage s'illumine littéralement chaque fois que je mentionne son nom.

Les joues de Nellie virèrent au rouge.

— Nous nous entendons plutôt bien. Et, oui, il me plaît. Mais, oh, Babs, tout ça est si récent. Qui sait quelles autres rencontres nous attendent là-bas ?

Et cependant, elle était certaine qu'aucun d'eux ne pourrait égaler Ray Fleming. Elle avait beau le connaître depuis très peu de temps, le frisson agréable qui la parcourait chaque fois qu'elle repensait à la soirée au pub était éloquent.

*

— Tu me promets d'attraper le dernier autobus ? Et n'oublie pas ce qu'a dit ton père : tu dois être ici à minuit, répéta Em, en aidant sa fille à enfiler son manteau.

— Oui, c'est promis.

C'était la énième recommandation que sa mère lui faisait. Pour la première fois depuis que le pays était en guerre – la première fois tout court, puisqu'elle n'avait que quinze ans quand le conflit avait éclaté –, Nellie passait une soirée hors de Londres. Et sa mère était clairement anxieuse.

— Et vous vous montrerez *raisonnables*, n'est-ce pas ?

Babs et elle acquiescèrent. Du coin de l'œil, Nellie vit son amie étouffer un rire.

— Promis, maman. Nous prendrons soin l'une de l'autre.

— Bon, alors amusez-vous. Sagement et convenablement. Dieu sait que les occasions de se détendre sont rares. Cette guerre interminable est en train de vous voler votre jeunesse.

Elle les serra contre elle l'une après l'autre, leur embrassant les deux joues. Nellie fut déconcertée par les larmes qui brillaient dans ses yeux.

— Merci, maman, dit-elle, répondant à son étreinte. Allez, Babs, il faut qu'on parte.

Bras dessus, bras dessous, elles quittèrent gaiement la maison pour gagner l'arrêt d'autobus. Nellie trépignait littéralement d'impatience. Dans un petit moment, elle allait revoir *Ray*.

*

Quelques minutes plus tard, elles montèrent à bord du bus qui devait les conduire au village de North Weald, au nord de Londres, et trouvèrent un siège double vacant au milieu du véhicule. Lorsque les portes de l'autobus s'étaient ouvertes, plusieurs soldats britanniques en étaient descendus, les gratifiant de sifflets admiratifs.

— Où allez-vous comme ça, les filles ? avait lancé l'un d'eux. Ça m'étonnerait que vous vous amusiez autant que si vous restiez avec nous, pas vrai les gars ?

Elles avaient plaqué un sourire sur leurs lèvres et les avaient royalement ignorés. Quand le bus repartit, Babs confia à Nellie :

— J'ai peine à croire que nous allons passer la soirée hors de Londres. Et que nous n'aurons pas à craindre qu'un raid aérien nous oblige à descendre dans le métro, qui plus est.

— Nous ne sommes pas encore tout à fait éloignées d'un tel risque, lui rappela Nellie. Je veux dire que, si la sirène se déclenchait, là…

Babs fit la grimace.

— Oui, tu as raison. Le chauffeur nous conduirait à l'abri le plus proche et nous ferait tous descendre du bus. Et l'abri le plus proche, pour l'instant, est celui de Bethnal Green. Mon Dieu, tu nous imagines là-bas, avec nos belles robes et toutes pomponnées ?

— Plus vite, chauffeur, plus vite ! Vivement qu'on quitte Londres, murmura Nellie.

Elle ne supportait pas l'idée qu'une nouvelle attaque aérienne les prive de leur soirée de liberté, surtout à présent qu'elles étaient si proches du but. En outre, elles n'auraient aucun moyen de prévenir Ray et Clayton de la raison de leur absence, et risquaient de ne jamais les revoir.

Elle croisa les doigts et pria en silence que tout se déroule comme prévu. À côté d'elle, Babs fixait la vitre, derrière laquelle s'étendait un paysage citadin dévasté par les bombes. Regardant les bâtiment intercalés de ruines, Nellie savait que son amie et elle partageaient la même pensée : elles ne pourraient se détendre et se réjouir d'assister à ce bal que lorsqu'elles auraient quitté Londres.

11.

Près d'une heure plus tard, le bus freina devant un arrêt de North Weald, situé à l'angle de la salle de bal. Le bâtiment était festonné de fanions, et des groupes de personnes, en uniforme et en civil, piétinaient devant l'entrée. Nellie attrapa son sac et son manteau et descendit derrière Babs. Elle fut aussi surprise que ravie de découvrir que Ray et Clayton les attendaient à la station, fumant, assis sur un muret. Sitôt qu'ils les virent, ils bondirent sur leurs pieds et écrasèrent leurs cigarettes.

— Nellie ! Barbara ! Vous êtes venues ! s'exclama Ray.

Nellie lui sourit, le cœur battant la chamade. Il était encore plus beau que dans son souvenir et semblait sincèrement heureux de les voir.

— Bien sûr ! À présent, montrez-nous le chemin. Il est temps de danser !

Il lui prit le bras, Clayton proposa le sien à Babs, et les quatre jeunes gens se dirigèrent vers la salle de bal.

— Attention au trottoir, ici, dit Ray, la tirant gentiment sur le côté. Il est un peu inégal à cet endroit.

— Merci, répondit-elle, s'accrochant à lui.

Elle aimait se savoir sous la protection d'un homme si courtois. Elle aimait aussi le contact de ce bras, chaud et ferme sous sa main.

Ils laissèrent leurs manteaux au vestiaire et entrèrent dans la salle où un orchestre jouait de nouveaux morceaux de Glenn Miller.

— Je vais nous chercher à boire, déclara-t-il. Gin tonic, n'est-ce pas, Nellie ?

Elle acquiesça, et il s'éloigna vers le bar, laissant Clayton leur dénicher une table.

— Tu n'as jamais songé à rejoindre la Force féminine auxiliaire de l'aviation ? demanda Nellie à Babs, avec un sourire en coin.

— Non. Et je trouve que le bleu te va mieux qu'à moi, rétorqua son amie, la gratifiant d'un clin d'œil.

Elles pouffèrent.

— Mince alors, ce que vous êtes jolies, Mesdemoiselles ! s'exclama Ray, réapparaissant avec leurs verres.

Nellie rougit, constatant qu'il la dévorait des yeux.

— Avez-vous passé une bonne semaine ? s'enquit-elle, quand il prit place à ses côtés.

— Plutôt, oui. J'ai exécuté mes missions de vol. Et j'ai survécu, de même que la totalité de mon équipage. Je ne pouvais pas rêver mieux.

Il se glissa un peu plus près d'elle.

— Je me demandais ce qui vous avait amenés à Bethnal Green, le week-end dernier, lui avoua-t-elle. Ce n'est pas l'endroit le plus intéressant du monde. On s'attendrait plutôt à vous voir passer vos journées de permission dans le West End.

C'était une question qui l'avait taraudée toute la semaine.

— En fait, l'un de mes grands-pères est originaire de Bethnal Green, répondit-il. Il est parti pour l'Amérique, il y a cinquante ans. Jc voulais voir de mes yeux l'endroit où il avait vécu. Quand j'ai écrit à mes parents que j'étais stationné à l'est de Londres, ils m'ont suggéré d'y faire un saut.

Il y avait un quart d'East Ender en lui, alors. Ce fait le lui rendit d'autant plus attachant.

— Vous avez aimé ?

— C'est un bel endroit, oui. Très chouette. À des lieues des vastes cieux et des grands espaces auxquels je suis habitué. Je vous ai déjà parlé de la ferme de mes parents, au bord du lac Michigan. L'été, nous y faisons du voilier. Et parfois, l'hiver, il est assez gelé pour qu'on patine dessus.

— Ça a l'air formidable !

— Oui, ça l'est. Peut-être que vous le verrez un jour ?

Il lui souriait comme s'il s'agissait d'une invitation.

Soudain Nellie ne songea plus qu'à partir avec lui pour faire du voilier l'été, et du patin à glace l'hiver. Ce qui ressemblait le plus à un lac, aux environs de Bethnal Green, c'était le petit étang où Flo nourrissait les canards.

— Moi, en Amérique ? Oh, j'adorerais, répondit-elle avec un soupir. En bateau ? Ou en avion ? Ce serait formidable, je n'ai jamais pris l'avion.

— J'ai déjà survolé Paris. J'ai vu la tour Eiffel, la Seine, Notre-Dame. Mais du ciel seulement. Les bombardements ont fait beaucoup de dégâts, il faudra tout reconstruire, dit Ray, désenchanté.

— Oui, comme à Londres.

Elle songea aux rues de Bethnal Green où des trous béants avaient remplacé certaines maisons. Comme celle de Ruth et John qui avait si longtemps été un refuge pour elle ; cette demeure où elle avait été choyée et chérie, enfant, et qui aujourd'hui n'était plus qu'un monceau de gravats. Elle tressaillit.

Son expression dut trahir ses pensées car il lui adressa un regard compatissant et prit sa main dans les siennes. Une onde de chaleur envahit son corps.

— Un jour, lorsque nous aurons gagné cette guerre, nous reconstruirons tout. Croyez-moi, Nellie.

Elle plongea ses yeux dans ceux de Ray, comme si elle pouvait y voir son avenir, dès que la paix serait revenue.

L'orchestre se mit à jouer « Chattanooga Choo Choo » et il bondit sur ses pieds, l'entraînant avec lui.

— C'est l'heure de danser, mademoiselle Morris ! Debout !

Et elle n'eut pas le temps de réfléchir qu'elle était dans ses bras, filant à travers la piste, hoquetant de surprise et de rire.

Ray était un excellent danseur. Il la guidait d'une légère pression de la main ou d'un mouvement du bras et Nellie adoptait sans peine la cadence du lindy hop alors même qu'elle le dansait pour la première fois. Le souffle ne tarda pas à lui manquer, mais elle savoura chaque seconde du morceau, s'abandonnant à l'étreinte de son cavalier.

— Où avez-vous appris à danser ainsi ? lui lança-t-elle, haletante.

— Au lycée de Lake Shore. Ma partenaire avait deux pieds gauches. Elle m'a fait trébucher au bal de la promo, j'ai bien failli me rompre le cou.

Il sourit et ajouta :

— Vous la surpassez à tous les égards, Nellie Morris.

Quand la musique s'arrêta, il l'attira contre lui et leurs regards se nouèrent comme s'ils étaient soudain seuls au monde. Elle se sentait si bien. Elle n'avait jamais rien ressenti de tel. C'était un peu comme dans ces films où l'héroïne tombait amoureuse du héros dès leur première rencontre. Enfin, la *troisième* pour elle et Ray. Nellie était toujours un peu gênée quand elle repensait à son comportement, ce fameux premier jour, mais c'était déjà du passé. À présent, leurs visages se touchaient presque, Ray la contemplait et elle se sentait à sa place dans ses bras.

Ils finirent par se séparer à contrecœur et la salle de bal réapparut autour d'eux. Ray lui prit la main et la raccompagna à leur table.

— Donc, vous avez appris à danser à l'école ? reprit-elle quand ils furent assis.

— Oui, avec toute la classe. Et vous, où avez-vous appris à chanter ?

Elle sourit, ravie du compliment.

— Pareil, à l'école. Notre professeur s'appelait Mlle Lacey, elle nous enseignait la musique et dirigeait la chorale de l'établissement. C'était mon moment préféré de la semaine.

— Moi, j'adorais les maths. Et vous savez quelle matière je détestais le plus ? La géographie !

Il se pencha sur elle et, du ton de la confidence, ajouta :

— Une fois, le professeur m'a traîné jusqu'au tableau pour avoir copié des passages d'un livre au lieu d'avoir écrit ma dissertation tout seul.

Il lui adressa un clin d'œil.

— J'avais recopié le texte mot pour mot, même le passage qui disait : « voir chapitre dix-huit ». Je pense que c'est ce qui m'a trahi.

Elle éclata de rire.

— Oui, c'est fort probable ! J'aimais beaucoup la géographie pour ma part.

Il secoua la tête.

— Je crois que j'avais envie de découvrir tous ces endroits par moi-même, pas de lire ce qu'on en disait dans des livres poussiéreux.

— Oh, moi aussi, j'en ai envie !

Elle était si heureuse de découvrir qu'ils partageaient ce désir d'aventure. Au moment où elle se faisait la promesse de réaliser ce rêve, elle s'aperçut qu'elle se représentait Ray, voyageant à ses côtés. Ce n'était que leur troisième rencontre, et voilà qu'elle se mettait à leur envisager un avenir commun ! Et si Ray était l'homme qui l'emmènerait loin de Bethnal Green pour lui faire découvrir ces pays qu'elle rêvait de connaître ?

12.

— Nellie ! On ferait mieux d'y aller si on ne veut pas manquer le bus et prendre un savon ! s'écria Babs, l'air paniqué.

— Déjà ? Quelle heure est-il ?

Elle chercha une horloge du regard, mais n'en vit aucune sur les murs de la salle de bal. Le temps avait passé si vite, elle aurait voulu que cette soirée dure toujours.

— On a moins de cinq minutes pour l'attraper. Dépêche-toi !

Charlie la tuerait si elle manquait le bus. Et il ne l'autoriserait jamais plus à sortir le soir. Elle lança un regard triste à Ray et suivit son amie. Leurs compagnons bondirent aussitôt pour les raccompagner.

Une minute plus tard, leurs manteaux sur le bras, ils couraient tous les quatre à l'arrêt d'autobus.

— Oh, non ! Regardez, il vient de partir ! s'exclama Babs.

Mais Nellie s'élançait déjà derrière le véhicule. Ça valait le coup d'essayer, le chauffeur la verrait peut-être, se disait-elle.

— Décidément, c'est une manie, chez vous, de courir après les autobus ! s'esclaffa Ray, la rattrapant et l'enveloppant de ses bras pour l'immobiliser. On n'a aucune chance, cette fois, Nellie.

— Mais, mais… on ne peut pas le manquer !

Elle se débattit un instant pour repartir, mais se rendit vite à l'évidence : il avait raison, le bus disparaissait déjà au loin.

Babs et Clayton les rejoignirent.

— Mon Dieu, nous voilà coincées ici, maintenant ! se lamenta son amie.

— C'est notre faute. On aurait dû regarder l'heure, se reprocha Ray.

— Non, c'était à nous de faire attention, insista Babs.

Nellie secoua la tête.

— Il faut qu'on trouve un moyen de rentrer.

Elle les dévisagea, pensive. Elles ne pouvaient pas rentrer à pied, leur rue se situait à des kilomètres d'ici ! Devaient-elles trouver un endroit pour dormir et prendre le premier bus du lendemain matin ? Auraient-elles une chance d'arriver avant le réveil de leurs parents ? La main levée à la bouche, Babs paraissait catastrophée à l'idée des ennuis qui l'attendaient. Clayton fixait ses chaussures, les mains dans les poches.

— Je crois que j'ai une idée, déclara Ray.

— Laquelle ? s'enquit son ami, soutenant son regard.

Son visage s'éclaira aussitôt.

— Oh, je vois à quoi tu penses. Mais ce n'est pas un peu risqué ?

— Risqué ? répéta Nellie.

Quelle pouvait bien être l'idée de Ray ? De toute façon, ça ne pouvait pas être plus effrayant que le courroux de son père.

— Mais non, voyons, répondit-il à son ami. Tu sais bien qu'il va retrouver sa petite amie tous les samedis soir. Il ne s'apercevra de rien.

La demi-lune les éclairait juste ce qu'il fallait pour que Nellie remarque l'étincelle d'excitation dans les yeux de Ray. Elle dévisagea les deux amis, tour à tour, de plus en plus perplexe.

— D'accord. Tant que personne ne nous voit, convint Clayton en souriant.

Ray lui adressa un clin d'œil.

— On ne s'est pas fait prendre la dernière fois.

Babs se redressa, les mains sur les hanches.

— Est-ce que l'un de vous va se décider à nous expliquer ce que vous mijotez, à la fin ?

Les deux pilotes éclatèrent de rire.

— Ne vous inquiétez pas, les filles, si le plan de Ray fonctionne, vous serez chez vous avant le bus que vous venez de manquer !

Ray attrapa la main de Nellie, et ils suivirent tous Clayton qui longea le bâtiment où ils avaient dansé, puis traversa le village avant de s'engager dans une allée qui menait à la base d'aviation. Ils croisèrent bien quelques militaires qui prenaient le même chemin, mais le bal battait son plein, et les rues étaient quasi désertes.

— Il faut qu'on se dépêche, leur lança Clayton. Ils vont tous sortir d'un coup dès que le bal sera terminé.

— Aucun souci, lui assura Ray. On contournera le bâtiment par l'arrière. Reste ici avec ces dames, dit-il.

Et il disparut dans le noir.

— C'est quoi, ce fameux plan ? s'impatienta Babs.

— Tu ne vas pas tarder à le savoir, rétorqua Clayton avec un sourire en coin, s'appuyant négligemment sur le capot de la belle automobile, garée à côté d'eux.

— Oh ! hoqueta Nellie, comprenant ce que les deux pilotes avaient en tête.

Babs tapa du pied.

— Quoi ? Quelqu'un veut bien m'expliquer ce qu'il se passe ?

— Je pense qu'ils vont nous reconduire chez nous avec ça, lui répondit Nellie, en désignant la voiture.

Son amie ouvrit des yeux ronds comme des soucoupes.

— À qui appartient-elle ?

— À notre capitaine de groupe. Mais il n'en a pas besoin ce soir, et vous, si.

Clayton se tourna vers Ray, qui venait de réapparaître à l'angle de l'enceinte de la base.

— Mission accomplie ?

Ray brandit un trousseau de clefs.

— Et voilà, Mesdemoiselles, votre carrosse est avancé.

En dehors de M. et Mme Bolton, personne ne roulait en automobile dans le cercle de connaissances de Nellie à Bethnal Green. Les habitants de l'East End se déplaçaient à pied. Ils n'avaient ni les moyens, ni le besoin de s'acheter une voiture. On pouvait se rendre à peu près partout en bus ou en métro. Nellie n'était jamais monté dans une automobile, et, à sa connaissance, Babs non plus. Les seuls véhicules à moteur à bord desquels elles avaient voyagé étaient des autobus, et l'autocar qui les conduisait à Southend, dans leur enfance, quand le catéchisme organisait une sortie. Mais elle n'avait aucune intention de s'étendre sur le sujet à cet instant.

— Clay et Babs, montez à l'arrière, pour que Nellie puisse s'asseoir devant, à côté de moi, vous voulez bien ? demanda Ray en ouvrant leurs portières.

Nellie comptait laisser Clayton s'installer à côté de son ami, mais cet arrangement lui convenait parfaitement. Elle fit le tour de la voiture avec Ray, qui l'aida à s'installer sur le siège passager.

Et ce n'était pas une mince affaire ! Il fallait glisser un pied à l'intérieur et baisser la tête au même moment pour ne pas se cogner. Il existait sûrement des manières plus dignes de s'asseoir dans une voiture, mais, à défaut de les connaître, Nellie fit ce qu'elle pouvait. Galamment, Ray referma la portière.

Elle sentit une tape sur son épaule et, se tournant vers la banquette arrière, découvrit le visage enthousiaste de son amie, qui lui adressa un clin d'œil, comme pour lui lancer : *C'est extraordinaire ! Mais ne leur dis pas que nous ne sommes jamais montées dans une automobile avant ce jour !* Nellie réprima un gloussement et se tourna vers Ray qui s'installait derrière le volant. Chaque instant qu'elle passait en compagnie de cet homme était une véritable aventure !

— Vous êtes prêtes, Mesdemoiselles ? déclara-t-il. Bien. Vous vous trouvez à bord d'une Austin 10 Cambridge. Elle a été fabriquée en 1938 et appartient à notre chef, alors nous allons en prendre soin et il ne saura jamais que nous l'avons empruntée, parce que nous la remettrons à sa place avant son retour.

Je connais bien le chemin de Bethnal Green, alors vous serez bientôt en sécurité chez vous.

— Tu sais conduire cette machine, n'est-ce pas ? s'assura Nellie, prise d'un doute.

Il éclata d'un rire franc.

— Évidemment. Je conduis depuis que j'ai quinze ans. Non, j'ai commencé bien avant. Je manœuvrais déjà les tracteurs de la ferme de mes parents quand j'avais douze ans. Il y a beaucoup plus d'automobiles qu'ici aux États-Unis ; en particulier dans le coin de campagne d'où je viens. Nous n'avons pas d'autre moyen d'aller d'un endroit à l'autre.

Il lui adressa un clin d'œil et ajouta :

— Et j'ai déjà conduit cette voiture, mais ne le répétez pas à notre capitaine de groupe ! Bon, filons vite avant de nous faire remarquer.

Il pressa le bouton du starter et le moteur s'ébranla avec un rugissement. Un instant plus tard, ils roulaient sur les routes de campagne à une allure qui semblait nettement supérieure à celle d'un bus. Ou était-ce le fait d'être assise si bas qui donnait cette impression à Nellie ? Ray manœuvrait l'automobile avec une assurance évidente, tournant le volant avec souplesse à chaque virage. Quand ils atteignirent la périphérie de Londres, la route était dégagée, ce qui lui simplifia beaucoup la tâche. Les feux de la voiture avaient été réglés en conformité avec la réglementation du couvre-feu : ils étaient partiellement occultés de sorte à n'éclairer que la route. Les silhouettes sombres et indistinctes des immeubles défilaient rapidement, et, çà et là, un piéton, de retour du pub ou d'une visite, reprenait le chemin de la maison, camouflant le rayon de sa lampe torche.

Sans les arrêts et les redémarrages incessants d'un voyage en autobus, le trajet de retour dura bien moins longtemps que celui de l'aller, et Nellie ne tarda pas à reconnaître les rues de son quartier. Ils approchaient de sa maison quand une explosion retentit soudain. Elle laissa échapper un cri aigu et baissa instinctivement la tête.

Ray posa la main sur son épaule.

— Ce n'est rien, Nellie, la rassura-t-il, tandis que Clay étouffait un rire sur la banquette arrière. C'était juste un retour de flamme dans le pot d'échappement.

— J'ai cru qu'on nous tirait dessus ! s'exclama-t-elle, soulagée, mais toujours un peu secouée par la déflagration.

— On aurait entendu plus de deux explosions si les Allemands s'étaient posés, confirma Clayton. Ça aurait plutôt fait « ra-ta-ta-ta-ta ! ».

Son imitation de la mitrailleuse souleva un éclat de rire général.

— À gauche, juste ici, puis la prochaine à droite, indiqua Nellie, s'apercevant qu'ils étaient dans Cambridge Heath Road et qu'ils approchaient de son intersection avec Roman Road. Quelques habitants du quartier se dirigeaient vers la station de métro pour y passer la nuit.

— Le métro fonctionne si tard ? demanda Ray, étonné.

— Oh non, notre station n'est pas encore en service. Elle sert d'abri antiaérien. Certaines personnes s'y rendent chaque soir, au cas où…

La vie devait être si différente pour ceux qui vivaient en dehors de Londres, songea-t-elle. Même si un terrain d'aviation était sans doute une cible de choix pour l'ennemi.

— J'ai effectivement entendu dire que certaines stations de métro avaient été transformées en abris. J'ignorais que la vôtre était l'une d'elles. C'est ici que vous vous abritez avec vos familles ? s'enquit-il, jetant une œillade à Nellie.

— Oui, mais uniquement pendant les attaques. Nous y avons passé presque toutes nos nuits pendant la Blitzkrieg.

— Difficile de l'imaginer, commenta Clayton en secouant la tête.

— Nous sommes arrivés, déclara Babs lorsqu'ils furent dans Morpeth Street, au niveau de leurs maisons respectives.

— Heureux de vous savoir rentrées sans encombre, Mesdemoiselles, dit Ray.

Il arrêta le moteur et descendit de l'automobile afin d'ouvrir la portière de Nellie, tandis que Clayton aidait Babs à descendre et la raccompagnait à sa porte.

Nellie s'extirpa de son siège avec un peu plus d'élégance qu'elle ne s'était assise dessus et leva les yeux vers Ray. Il prit ses deux mains dans les siennes.

— J'ai passé la plus merveilleuse des soirées. Merci.

Elle lui sourit.

— Merci de nous avoir invitées, et reconduites chez nous ! Je pensais que nous étions cuites quand nous avons manqué ce bus. Nous aurions eu de sérieux ennuis si nous n'étions pas rentrées à temps.

Elle jeta un coup d'œil aux fenêtres éteintes de sa maison. La chambre de ses parents donnait côté cour, ils ne pouvaient pas les voir. Et Flo dormait sûrement. Seul George risquerait d'avoir entendu la voiture et de regarder dehors. Elle reporta son attention sur Ray. Allait-il l'embrasser ? Ce serait son tout premier baiser. Enfin, en dehors du petit bisou sur la bouche que Billy et elle avaient échangé sous une branche de gui. Mais c'était d'un baiser de Ray qu'elle avait envie à cet instant.

Du coin de l'œil, elle constata que Babs était rentrée chez elle et que Clayton se tenait à une distance respectueuse et faisait mine d'être fasciné par le ciel nocturne. Elle reporta son attention sur le pilote, laissant glisser son regard sur son visage.

— Oh, Nellie, murmura-t-il avec fougue.

Il l'enveloppa de ses bras et elle sentit soudain le contact de ses lèvres sur les siennes. Elle noua ses bras autour de son cou, pour l'attirer tout contre elle, et le baiser qu'ils échangèrent alors fut aussi brûlant et langoureux qu'elle se l'était imaginé. Il lui semblait que son âme se fondait dans celle de Ray, que le temps s'était arrêté, que le monde avait cessé de tourner, que la guerre n'était plus qu'un vague souvenir. Elle songea alors que si elle devait choisir de rester figée à jamais dans un instant, elle choisirait celui-ci.

13.

— C'est bon de te voir si joyeuse. On dirait que tu flottes au-dessus du sol, Nellie Morris ! s'exclama Gladys alors qu'elles faisaient la queue à la cantine pour prendre leur café du matin, le lundi suivant.

— Merci, dit-elle. Oui, c'est vrai.

Son amie la dévisagea un instant, puis campa ses mains sur ses hanches.

— Il t'est arrivé quelque chose, c'est évident…

Nellie lui sourit de toutes ses dents.

— J'ai rencontré quelqu'un.

— Un homme, tu veux dire ?

Elle acquiesça avec une moue coquette.

— Gentil ?

— Ma foi, je pense que oui !

— C'est le principal, alors. Je suis vraiment contente pour toi. Tu mérites de t'amuser un peu, lui dit gentiment Gladys. Mais ne le laisse pas t'enlever à nous. On a besoin de toi à la mairie. Mme Bolton ne cesse de répéter qu'elle ne s'en sortirait jamais sans ton aide.

Nellie rougit de fierté en entendant ces mots.

— Ne dis pas de sottises. Il n'y a aucune raison que je parte. De toute façon, je viens juste de le rencontrer.

— Mais tu es déjà mordue. Ça se voit, rétorqua sa collègue avec un clin d'œil complice.

De fait, Nellie était si heureuse qu'elle éprouvait toutes les peines du monde à se retenir de sautiller.

Elle regagna le bureau de la maire avec son café et découvrit Mme Bolton en train d'arpenter la pièce, une lettre à la main.

— Je ne parviens pas à y croire. Ils nous refusent l'aide que j'ai demandée.

Elle posa sa tasse sur son bureau.

— De quoi s'agit-il ?

— Du financement que j'ai sollicité pour sécuriser l'accès à la station de métro. Ils nous l'ont refusé.

La maire s'écroula dans son fauteuil et envoya la lettre sur sa table de travail.

— C'est *trop cher*, selon eux. Et la sécurité de nos concitoyens ? A-t-elle un prix, Nellie ?

Elle dévisagea sa patronne se demandant ce qu'elle était censée répondre. « Non, la sécurité de nos concitoyens n'a pas de prix. Mais la Sécurité civile de Londres doit estimer qu'il y a de meilleures causes à financer. » Bien que la somme réclamée par la municipalité de Bethnal Green pour effectuer ces travaux fût assez modique, à en juger la lettre que Nellie avait tapée.

— Comment peuvent-ils nous faire ça ? Vous ne leur demandiez pas une somme exorbitante. Qu'est-ce qu'ils espèrent, que nous renoncions purement et simplement à effectuer ces améliorations ? Nous allons nous battre, n'est-ce pas, madame Bolton ?

— Oui, bien entendu, Nellie. Je n'ai nullement l'intention de baisser les bras. Je vais leur écrire une fois encore et plaider notre cause avec une plus grande fermeté.

Elle frappa son bureau du plat de la main.

Surprise par sa véhémence, Nellie ramassa son bloc-notes et son crayon pour prendre sa dictée.

— Oh non, ma chère, pas maintenant, dit sa patronne, en secouant la tête. Je suis trop fâchée pour écrire une lettre. J'ai besoin de retrouver mes esprits avant. Vous vous souvenez de l'ingénieur que nous avons reçu ici ?

— M. Smith ?

— Lui-même. Il redoutait un *potentiel désastre.* Ce sont les mots qu'il a employés, insista la maire, dressant un index menaçant. Je l'ai cité dans mon courrier, et ça n'a eu aucun effet.

Elle se leva et se remit à faire les cent pas.

— Qu'attendent-ils ? Qu'une personne se brise le cou dans cet escalier ? Parce que, si cela se produit, nous aurons tous du sang sur les mains !

— Ne pourrions-nous pas effectuer les travaux sans leur autorisation ? La municipalité ne dispose-t-elle pas de fonds qu'elle pourrait affecter à ce projet ? C'est une question de sécurité, argua Nellie, prudemment, craignant d'outrepasser ses prérogatives, ou de formuler une idée stupide qui pourrait lui faire perdre l'estime de sa supérieure.

— Je suis bien tentée de le faire, répondit Mme Bolton. Mais je crains que nous ne puissions utiliser l'argent des contribuables sans autorisation. Nous avons l'obligation légale de demander l'aval du ministère concerné avant d'effectuer ce type de dépense. Dans le cas présent, il s'agit du ministère de l'Intérieur, dont dépend la Sécurité civile. Si nous avions obtenu leur autorisation, nous pourrions lancer les travaux sachant que nous serions remboursés par la Trésorerie générale. Mais ce n'est pas le cas. Oh, cette histoire me contrarie tellement.

Sur ces mots, elle quitta le bureau, ses talons cliquetant sur les dalles de pierre.

Nellie termina son café et s'assit devant sa machine à écrire, réfléchissant à ce qu'elle venait d'entendre. Elle se représenta la bouche de métro, avec ses marches sombres aux bords irréguliers et sa palissade inadéquate. Puis la foule qui s'y engouffrait, lorsque les sirènes se mettaient à hurler. Une fois qu'ils atteignaient le niveau du hall des tickets, tout paraissait plus sûr ; ils étaient déjà sous terre, protégés du gros des bombardements, et Billy et les autres gardes de l'Air Raid Precautions étaient là pour veiller à leur sécurité jusqu'à ce qu'ils gagnent les quais du tunnel. C'était le goulet d'étranglement du départ qui posait problème. Pourquoi diable la Sécurité civile n'avait-elle pas approuvé les propositions de l'ingénieur ? Elles semblaient simples à réaliser, et le bénéfice qu'ils en retireraient paraissait immense en comparaison.

Elle songea qu'elle devrait peut-être en parler à ses parents, mais craignit aussitôt que, dès le prochain bombardement, ils choisissent de rester à la maison ou de gagner un abri plus éloigné, qu'ils risquaient de ne pas atteindre à temps. En même temps, si elle gardait le silence et que l'un d'eux se blessait en descendant cet escalier, elle ne se le pardonnerait jamais. Elle décida qu'il fallait qu'elle y fasse allusion d'une manière ou d'une autre.

*

Plus tard, ce soir-là, quand ils eurent fini de dîner et commencèrent à se raconter leurs journées respectives, Nellie se racla la gorge.

— Il s'est produit quelque chose aujourd'hui au travail, et ça me trotte dans la tête. Je ne suis pas certaine d'être autorisée à en parler, mais je vais quand même le faire.

Em et Charlie la dévisagèrent avec curiosité, et George et Flo patientèrent sagement sur leurs chaises.

— Nous avons demandé à un ingénieur d'inspecter l'entrée de la station de métro. Il pense que l'escalier… enfin, vous savez, on s'est toujours dit qu'il ne serait pas bon de trébucher en descendant pendant une attaque aérienne.

— Ça m'est arrivé une fois, l'interrompit Em. Je me suis tordu la cheville.

— Oui, je me souviens. Bref, l'ingénieur a suggéré de possibles améliorations et Mme Bolton a écrit à la Sécurité civile pour qu'elle autorise et finance les travaux, mais on lui a opposé un refus.

— Quel genre d'améliorations ? questionna Charlie, toujours désireux de connaître le détail de chaque chose.

— Des rampes, une barrière de sécurité, un meilleur éclairage.

— C'est affreux qu'ils aient dit non à tout ça, commenta Em.

— Oui, la maire est vraiment fâchée. Elle va faire appel de cette décision. Mais, en attendant, nous devrons tous nous montrer particulièrement prudents en descendant dans le métro, d'accord ? Flo, tu devras toujours tenir la main de l'un de nous.

Sa sœur la dévisagea avec de grands yeux effrayés. Elle lui passa un bras autour des épaules.

— Oh, mon chou, n'aie pas peur. Tout ce que je dis, c'est que tu devras faire un peu plus attention que d'habitude en descendant. Juste au cas où, tu veux ?

La fillette hocha la tête solennellement.

— Voilà. J'ai terminé, conclut Nellie avec un sourire.

— Merci, ma chérie, lui dit son père.

Et elle sut qu'elle avait bien agi. Elle avait informé sa famille du danger, sans pour autant la dissuader de continuer à s'abriter dans le métro.

— Préviens-nous si la mairie finit par obtenir cette autorisation. Le problème, c'est qu'ils ne pourront pas fermer la station pendant les travaux. Il faudra qu'elle reste ouverte au public en cas d'attaque aérienne. Je me demande si c'est pour cette raison que la Sécurité civile a dit non.

Peut-être, songea Nellie. Mais il était sûrement possible d'effectuer les améliorations nécessaires tout en maintenant la station ouverte le soir. N'était-ce pas ce que M. Smith avait préconisé ?

Elle secoua la tête. Tant qu'elle vivrait, Nellie ne pourrait se pardonner ce qu'il était arrivé à Ruth et John. Mais elle pouvait au moins veiller à ce que rien de tel n'advienne aux siens. Et elle était résolue à faire tout son possible pour les protéger.

14.

Les journées étaient de plus en plus froides à l'approche de l'hiver. Les jours raccourcissaient et les journaux étaient pleins de récits de la guerre en Afrique du Nord, où les Alliés repoussaient les troupes de Rommel.

— Ce Montgomery est un héros, dit Charlie, alors qu'il écoutait le bulletin d'information à la TSF un soir.

Mais c'étaient les mots de Churchill qui avaient le plus apaisé Nellie, lorsqu'il avait déclaré : « Ce n'est pas la fin. Ce n'est même pas le commencement de la fin. Mais c'est, peut-être, la fin du commencement. » C'était réconfortant de penser que les Alliés gagnaient du terrain sur l'ennemi.

— Nous allons finir par l'emporter, hein, papa ? demanda-t-elle.

Voyant Charlie hocher la tête, elle sourit, songeant que ces avancées les aideraient à tenir le coup.

Et puis, Ray lui rendait ces temps austères très agréables. Nellie était ravie de toutes les nouvelles expériences qu'elle vivait avec lui. Cela faisait bien longtemps qu'elle n'avait pas été aussi heureuse.

Il passait toutes ses permissions à Bethnal Green depuis le bal. Ils allaient au cinéma, exploraient les parcs avoisinants, se promenaient le long du canal, et avaient même fait le marché ensemble. Nellie aimait lui faire découvrir son quartier et elle adorait écouter ses anecdotes sur son quotidien aux États-Unis. La ferme de ses parents semblait exiger une somme de travail impressionnante, et il avait beaucoup appris en les aidant à la tenir tout au long de son enfance. Les tracteurs et les moissonneuses-batteuses n'avaient plus aucun secret pour lui. Son monde était si différent de celui de la fille de la ville qu'elle était. Il lui avait parlé de sa jeune sœur, Nora, dont le caractère ressemblait à celui de Flo ; de son grand frère, qui s'occupait également de la ferme, et de leur chien, un bâtard du nom de Paddy. Ils l'avaient trouvé quand il n'était encore qu'un tout jeune chiot et l'avaient nourri au biberon. Ray et lui étaient inséparables avant qu'il ne quitte la maison pour rejoindre l'US Air Force.

— Pauvre Paddy. Maman m'a dit qu'il ne savait plus quoi faire de lui-même, lorsque je suis parti. Mais il s'est attaché à Nora depuis. Il dort dans son lit et il mange dans sa main – ce que maman juge dégoûtant.

— On dirait que Paddy fait partie de votre famille comme Oscar de la nôtre, avait commenté Nellie.

— Oui, bien que Paddy n'ait pas aussi fière allure que votre Oscar. Et il ne court certainement pas aussi vite.

Ses parents savaient qu'elle sortait avec Ray, mais les présentations officielles n'avaient pas encore eu lieu et Charlie commençait à grommeler qu'il avait besoin de s'assurer que c'était un gars « convenable ». C'est ainsi qu'il fut invité à prendre le thé un dimanche après-midi.

— Je ne sais pas pourquoi je me sens si nerveuse à l'idée de le rencontrer, lui confia Em, peu avant son arrivée. C'est idiot, n'est-ce pas ? Peut-être parce que je n'ai jamais rencontré d'Américain. Dire qu'il est né de l'autre côté de l'océan, et que, maintenant, il est là, à Bethnal Green !

— Hum, grogna Charlie. C'est juste un gars comme les autres. Même s'il a intérêt d'être unique si notre fille est amoureuse de lui.

— Eh bien, vous en jugerez par vous-mêmes dans un instant, répondit Nellie, sentant son ventre se serrer. Il sera ici dans une demi-heure.

— Une demi-heure !

Sa mère se couvrit le visage des mains.

— J'ai perdu la notion du temps. Je dois encore me coiffer et finir le gâteau que j'ai préparé pour lui !

Elle fila à la cuisine.

— Ce satané Yankee va être mieux traité que moi sous mon propre toit, marmonna Charlie.

Mais Nellie voyait bien qu'il était impatient de rencontrer Ray. La nervosité de ses parents ne l'aidait pas à se calmer. Elle ne cessait de voleter en tous sens, puis de revenir vers le miroir pour vérifier que sa coiffure avait tenu. Elle avait essayé trois tenues différentes avant d'opter pour une jupe rouge et un pull bleu marine. En réalité, elle ne craignait pas que la rencontre se passe mal, c'était juste qu'elle voulait que tout soit parfait, parce qu'elle avait vraiment le béguin pour Ray.

*

On frappa un petit coup à la porte. Nellie se leva d'un bond pour aller ouvrir.

— C'est sûrement lui !

Elle trouva Ray sur leur palier, dans son uniforme, son calot à la main. Il était si élégant, si séduisant, qu'elle avait du mal à croire à sa chance.

— Nellie, tu es radieuse ! s'exclama-t-il, lui déposant un baiser sur la joue.

— Toi aussi, tu es radieux ! Entre. Tout le monde meurt d'impatience de te rencontrer.

Elle le guida jusqu'au salon et lui présenta Charlie, Em, George et Oscar.

— Et tu connais déjà Flo.

— Bien sûr. D'ailleurs, il faut que je te remercie, jeune Flo. C'est grâce à toi que j'ai rencontré ta merveilleuse sœur.

Il s'inclina bien bas devant elle, lui arrachant des gloussements.

— Tu as un pistolet, l'ami ? questionna la fillette.

Elle imitait les garçons qu'elle entendait interpeller tous les soldats Américains qu'ils croisaient dans la rue.

— J'ai bien mieux que ça, répondit Ray.

Il enfonça sa main dans sa poche et en sortit un sac en papier.

— Tu aimes les sucreries ?

— Les sucreries ?

— Les bonbons, Flo, lui traduisit Nellie.

Son visage s'éclaira quand elle découvrit son contenu.

— Oh, merci ! s'exclama-t-elle, les yeux grands comme des soucoupes.

Ray avait également des bas Nylon pour Nellie et Em, et un gros cigare pour Charlie. Il leur expliqua qu'on lui avait conseillé de se constituer un stock d'articles de ce genre avant de quitter les États-Unis, parce qu'ils se faisaient rares en Angleterre, et étaient très appréciés. À George, il offrit un tas de ces cartes qu'on trouvait dans les paquets de cigarettes, qu'il collectionnait lui-même. Nellie et les siens le remercièrent chaleureusement, touchés par sa générosité.

— Bien, il est temps de préparer le thé, déclara Em, filant à la cuisine.

Ray sourit.

— Ah, les Anglais et leur thé.

— Rien de tel qu'une bonne tasse, approuva Charlie. Vous buvez du thé, vous autres Yankees ?

— Pas autant que vous. Mais il faut dire que vous avez l'art de le préparer ! Chez nous, on ajoute une tranche de citron dedans à la place du lait. J'ai mis un peu de temps à m'habituer au changement, mais, maintenant, je préfère le thé anglais, expliqua Ray.

— Du citron ! s'exclama Nellie. Je ne me souviens même pas de la dernière fois que j'ai vu un citron frais. C'était certainement avant la guerre.

— C'est parce que tu ne vas jamais faire la queue chez le primeur quand il en reçoit, rétorqua Em, revenant au salon avec un plateau garni de tout ce qu'il fallait pour servir le thé et de la génoise qu'elle avait confectionnée.

— Voilà. Il y a la ration de sucre hebdomadaire de la famille dans ce gâteau, alors j'espère que vous ne sucrez pas votre thé !

— Non, Madame, je l'aime juste avec un peu de lait. Il sent délicieusement bon. Je suis honoré.

Em en coupa une tranche avec fierté et Nellie commença à se détendre. Ray se montrait aussi charmant avec tout le monde qu'elle s'y attendait. Ils échangèrent un regard discret, et le sourire qu'il lui adressa alors l'inonda de bonheur. C'était la première fois qu'elle amenait un petit ami à la maison. La première fois qu'elle avait un petit ami ! Et elle était tellement soulagée que Ray fasse une si bonne première impression à ses parents.

Absorbés par le thé et la conversation, ils ne voyaient pas le temps passer.

— C'est une bonne chose que vous et les vôtres soyez venus nous donner un coup de main, déclara Charlie. On a une chance que ça se termine plus vite, maintenant.

— Certainement, Monsieur, répondit Ray. D'une certaine manière, les Japs ont rendu service à l'Europe en bombardant Pearl Harbor. Sinon les politiques isolationnistes américaines auraient prévalu plus longtemps.

— C'est une honte qu'il ait fallu qu'une chose aussi terrible se produise pour vous décider à nous soutenir.

Les deux hommes échangèrent un regard entendu et se turent un instant, songeant manifestement aux victimes.

Le gâteau ayant été mangé, George proposa à Ray de lui présenter ses poules et l'entraîna dans le jardin.

Quand elle les rejoignit, quelques minutes plus tard, Nellie les trouva en train de discuter du meilleur moyen de gérer une ponte interne.

— Mes parents aussi ont des poules, lui expliqua Ray. J'ai grandi en les voyant courir partout dans notre jardin. Ton frère fait du bon boulot avec ce petit poulailler.

Un sourire empreint de fierté éclaira le visage de George.

— Même si, en toute honnêteté, je ne m'attendais pas à en voir en plein cœur de Londres ! Et dans un espace si exigu. Chez nous, les poules disposent de bien plus d'hectares qu'elles ne sont capables d'en parcourir, plaisanta Ray.

Puis, jetant un coup d'œil à sa montre, il ajouta :

— Je vais devoir y aller. J'espérais pouvoir emprunter l'automobile de notre chef de groupe, mais ça n'a pas été possible. Il faut que j'attrape un autobus. Je suis censé être à la base dans une heure.

— D'accord. Je t'accompagne à l'arrêt, décida Nellie, l'entraînant à l'intérieur pour qu'ils récupèrent leurs manteaux et que son petit-ami puisse dire au revoir à ses parents.

Ils tournaient à l'angle de sa rue, main dans la main, quand Nellie s'autorisa à pousser un soupir de soulagement.

— Ouf. Ça s'est bien passé, mais je suis contente que ce soit terminé !

Elle était ravie qu'il se soit si bien entendu avec les siens. Il s'était débrouillé pour charmer tout le monde ! Et elle était également heureuse que ses parents et son frère aient eu l'air d'apprécier sincèrement Ray.

— Ta famille est chouette, lui répondit ce dernier. C'était un plaisir de rencontrer tes parents. Je suis si impatient de te présenter les miens.

— Cela risque d'être un peu compliqué, dit-elle doucement.

— Pour l'instant. Mais la guerre ne durera pas toujours, Nellie.

Il s'arrêta et la prit dans ses bras.

— Ça arrivera. Il faut y croire. Et il faut me croire quand je te dis que j'espère de tout cœur que nous tiendrons le choc, toi et moi.

— Je l'espère aussi, murmura-t-elle.

Il l'embrassa, et, l'espace de ce long baiser, il lui sembla que le temps s'était arrêté.

Ray finit par s'écarter et ils se remirent à marcher d'un pas vif.

— Toi, moi et les bus, on ne fait décidément pas bon ménage, plaisanta-t-il, attrapant néanmoins le sien juste à temps.

Elle lui fit un signe de la main, sentant encore la pression de ses lèvres sur les siennes, ses paroles résonnant toujours dans sa tête. Il espérait de tout cœur qu'ils tiendraient le coup ! Il souhaitait qu'elle rencontre ses parents ! Dans le Michigan ! Cette pensée lui procurait un sentiment de joie presque étourdissant.

*

Les journées de travail qui séparaient leurs rencontres étaient interminables. Seules les pauses-déjeuner avec

Gladys, impatiente d'entendre les derniers détails de leur histoire d'amour, la tiraient de cette monotonie.

— Quand cette guerre finira, tu te précipiteras… où ça déjà ? Dans le Montana ? Le Missouri ?

— Le Michigan, corrigea Nellie.

Assises à la cantine, elles finissaient leur repas.

— Ça semble si… exotique ! Tu as beaucoup de chance, Nellie. J'adorerais qu'un pilote américain dérobe mon cœur et m'emmène loin d'ici.

— Je ne vais nulle part pour le moment, rétorqua-t-elle en riant. Il faut d'abord qu'on gagne cette guerre. Et Ray est ici pour nous y aider.

Elle ressentit une pointe d'inquiétude. Ils n'avaient jamais abordé ce sujet, mais la menace qu'il ne survive pas à la prochaine mission en vol, ou à celle d'après, était omniprésente. Tout pouvait s'arrêter d'un jour à l'autre.

— C'est un homme bien, comme tous les siens. Les Américains font leur possible pour nous aider à vaincre Hitler.

— En parlant de vaincre Hitler, s'éleva la voix de Mme Bolton, qui venait d'apparaître derrière elles à pas de loup, il est temps de regagner votre bureau Nellie. Je vais vous dicter une nouvelle lettre qu'il faudra taper et adresser à la Sécurité civile.

— Désolée, s'excusa-t-elle, bondissant sur ses pieds.

Elle n'avait dépassé le temps alloué pour le déjeuner que d'une minute, mais elle savait que la maire était à cheval sur les horaires.

*

Le samedi suivant fut un jour de grisaille typique du mois de novembre. Nellie et Ray avaient choisi de faire un saut au marché de Roman Road, rempli de monde, en dépit du mauvais temps. Nellie reconnut Mme Perkins, qu'elle salua d'un signe de la main. Peu après, ils aidèrent un soldat avec une jambe de pantalon repliée jusqu'au genou et des béquilles à choisir un petit pain de savon parfumé pour l'offrir à sa mère. Ray en profita pour lui en acheter un. Il choisit aussi un sachet de caramels pour Flo. Nellie adorait se promener à son bras en admirant les étals. Le marché était loin d'être aussi animé qu'auparavant, mais c'était toujours un endroit agréable et Ray semblait s'y plaire autant qu'elle.

— Dis donc, on trouve tout ici, fit-il remarquer alors qu'ils passaient devant un étal de laine.

— Presque, mais il y avait beaucoup plus de vendeurs et de marchandises avant la guerre.

Elle remarqua alors de jolis modèles de gants, d'écharpes et de bonnets à tricoter, et se demanda si elle serait capable de suivre les instructions. Ce serait un cadeau de Noël idéal pour Ray. Elle décida qu'elle reviendrait acheter de la laine et un modèle plus tard, afin de lui en faire la surprise.

— Nous n'avons pas de marchés de ce genre chez nous, dit-il. Seulement des magasins normaux, mais plus grands, plus récents et moins fréquentés. J'aime bien ça, faire des courses dehors.

— C'est très bien tant qu'il ne pleut pas, lui dit Nellie.

Et comme si le dieu de la pluie l'avait entendue, quelques gouttes se mirent à tomber.

Ray lui saisit la main.

— Courons !

Elle s'élança avec lui, riant en esquivant les marchands qui s'évertuaient à couvrir leurs produits de bâches. Ils remontèrent la rue et s'abritèrent à l'entrée d'un magasin désaffecté.

— Attendons ici, proposa-t-il, l'attirant contre lui.

Il y avait très peu de place. À peine cinquante centimètres carrés de trottoir abrité par le petit porche de la porte. Il semblait à Nellie qu'il y avait une bijouterie, ici, avant la guerre. Depuis le début des hostilités, plus personne n'avait les moyens de s'acheter des bijoux ; ni même le besoin, d'ailleurs.

Pressée contre Ray, les mains sur son torse puissant, elle ressentait la chaleur de sa peau à travers son manteau.

— Qu'allons-nous faire en attendant que la pluie s'arrête ? dit-elle d'une voix enjôleuse.

— Je n'en ai pas la moindre idée, répondit-il sur le même ton.

Il inclina alors la tête et elle noua ses mains autour de son cou tandis qu'il posait ses lèvres sur les siennes. Elle se demanda si quelqu'un risquait de la reconnaître et de parler à ses parents, puis décida qu'elle s'en moquait. Le baiser de Ray était doux et chaud, et, comme chaque fois qu'il l'embrassait, le temps s'arrêtait, le monde disparaissait et il ne restait plus qu'elle et lui. Rien d'autre n'avait la moindre importance.

— Mince. Il ne pleut plus, marmonna-t-il, quand ils s'écartèrent l'un de l'autre pour reprendre leur souffle. Nous ferions mieux de partir d'ici avant que…

Il laissa sa phrase en suspens et Nellie pensa qu'il était plus sage de ne pas demander d'explications. Une onde de chaleur envahit tout son corps quand elle lui prit la main et qu'ils regagnèrent la rue.

— Et si nous allions boire un café et manger des gâteaux pour... retrouver nos esprits ? proposa-t-il.

Elle acquiesça.

Ils entrèrent dans la première Lyons Corner House qu'ils trouvèrent sur leur chemin. Beaucoup de passants s'y étaient réfugiés durant l'averse.

— Ils servent de la chicorée en guise de café, le prévint-elle.

— Oui, mais j'aime bien ça. Je me suis habitué à ses arômes de noisette et de bois. Oh, regarde, ils ont de la limonade.

— Hum, c'est ce que je vais prendre. Avec un scone.

Ils échangèrent un sourire, ravis de leur journée. Qui aurait pu croire que faire le marché, fuir la pluie et aller boire une limonade pouvait se révéler aussi magique ? En compagnie de Ray, les activités les plus banales devenaient merveilleusement amusantes.

Insistant pour l'inviter, il passa commande et attendit que la serveuse soit partie pour poser la main sur la sienne.

— Tu me rends si heureux, Nellie. C'est tellement épatant d'être avec toi.

— Je ressens la même chose, dit-elle.

Ils se dévisagèrent, se tenant la main sur la table, jusqu'à ce que le retour de la serveuse avec leurs boissons les oblige à détacher le regard l'un de l'autre.

— Noël approche, dit Nellie.

— Et si nous allions dans le West End pendant ma prochaine permission ? On pourrait s'offrir un moment dans une boîte de nuit chic pour célébrer Noël. Qu'en dis-tu ?

Nellie essaya de se souvenir de la dernière fois qu'elle était allée dans le West End. Y avait-elle déjà passé une soirée ? Sans doute pas, non. Mais, avant la guerre, elle y allait pour faire les magasins et les musées.

— Oh, ce serait formidable !

— Je vais demander aux gars de me conseiller un endroit, alors. Je veux en trouver un digne de la princesse que tu es, Nellie.

Elle avait véritablement l'impression d'être une princesse quand elle était avec Ray. Et Dieu qu'elle aimait ce sentiment !

15.

Ils eurent la chance d'avoir du beau temps pour leur journée de congé dans le West End. Le soleil était trop pâle pour les réchauffer, mais le ciel était limpide et lumineux. Ray était impatient de voir tous les monuments dont il avait entendu parler. Nellie avait emprunté un plan des rues du centre de Londres à son père, qui l'avait aidée à élaborer un itinéraire. Ray et elle sautèrent d'abord dans un bus pour Oxford Street où ils visitèrent Selfridges. Les fenêtres du grand magasin avaient été murées depuis qu'il avait été touché lors des premiers bombardements, mais l'endroit grouillait de clients impatients d'effectuer leurs derniers achats de Noël.

— J'aimerais t'offrir quelque chose pour marquer cette journée spéciale, lui dit Ray.

— Il faudrait qu'on le porte jusqu'à ce soir, objecta Nellie. On va faire des kilomètres et des kilomètres si tu veux tout visiter.

D'un commun accord, ils décidèrent de se contenter d'admirer un peu les étalages, puis ils ressortirent et marchèrent jusqu'à Oxford Circus avant de s'engager dans Regent Street. Lorsqu'ils passèrent devant le magasin de jouets Hamleys, ce fut au tour de Nellie de regretter de ne pas pouvoir s'arrêter pour rapporter un petit quelque chose à Flo. Mais elle se consola en songeant qu'elle lui avait déjà acheté son cadeau de Noël.

À Trafalgar Square, la tête renversée en arrière, Ray admira l'amiral Nelson, bien droit sur sa colonne.

— Il a aidé les Britanniques à remporter la guerre contre Napoléon, si j'ai bien retenu mon cours d'histoire.

— Tout juste. Et, à ton avis, qui est notre Nelson d'aujourd'hui ?

— Churchill, je dirais. Ou le général Montgomery, proposa-t-il.

Ils gagnèrent le bord de la rivière et se penchèrent sur les barrières pour voir le pont de Westminster enjamber la tamise, à leur droite, et admirer les péniches chargées de marchandises qui glissaient tantôt d'un côté, tantôt de l'autre. Nellie frissonna légèrement. Une brise fraîche s'était levée. Lorsque Ray l'attira contre lui pour la réchauffer, elle posa la tête sur son épaule.

— Nous reviendrons quand la guerre sera finie, et nous remonterons toute la rivière en bateau, lui murmura-t-il.

Elle acquiesça.

— Quand il n'y aura plus de couvre-feu et que les lumières se refléteront à nouveau sur l'eau, ajouta-t-elle.

Il la serra plus fort.

— Ça sera magnifique.

— Quoique, le couvre-feu a ses bons côtés, reprit Nellie. En temps normal, on ne peut pas voir les étoiles avec toutes les lumières de la ville.

— Il y en a des millions dans le ciel du Michigan. Tu ne trouves pas incroyable que les étoiles que j'admirais, enfant, étaient les mêmes que celles qui brillaient au-dessus de chez toi ?

Elle lui adressa un regard en coin.

— Et maintenant tu vas dire que si nous devions être séparés, un jour, il nous suffira de lever les yeux vers la voûte étoilée pour nous sentir tout près l'un de l'autre, dit-elle en riant. C'est ce que diraient les personnages d'un film, en tout cas.

Il lui sourit.

— Oui, et ils auraient raison.

— J'espère que je ne serai jamais séparée de toi, Ray, lui souffla-t-elle, s'accrochant à son cou.

— Ni moi de toi.

Leurs regards se nouèrent et ils s'embrassèrent. La vie était si parfaite, s'extasia Nellie, savourant le contact des lèvres chaudes sur les siennes et se réjouissant à l'idée de la merveilleuse soirée qui les attendait.

Ils se promenèrent le long d'Embankment en direction des imposantes Maisons du Parlement. Big Ben carillonna sur leur passage, et, imitant l'appel des veilleurs de nuit d'antan, elle s'exclama :

— Il est trois heures et tout va bien !

— Et maintenant. Où allons-nous ? s'enquit Ray.

— Nous pourrions aller jeter un coup d'œil à l'abbaye de Westminster, où notre roi a été couronné, puis traverser St James's Park pour lui rendre visite.

— Au roi ?

— Oui, bien entendu, il se trouve que je le connais personnellement. Je l'ai vu des tas de fois.

— Sérieusement ?

Voyant son expression incrédule, elle pouffa.

— Oui, sur nos pièces de monnaie et nos timbres, plaisanta-t-elle. En fait, je suggérais juste de longer Buckingham Palace. Comme ça, tu pourras admirer les gardes du roi postés devant leurs guérites dans leurs beaux uniformes rouges.

— Nous n'avons rien de semblable à ça, aux États-Unis, dit Ray, songeur. Vous avez tellement de traditions ici.

— Oui. Et c'est pour cette raison que nous nous battons contre Hitler. Pour les préserver.

Ils parcoururent encore plusieurs kilomètres, main dans la main, sans jamais se trouver à court de sujets de discussion ou de motifs d'émerveillement. Le West End était tellement chic et séduisant. À Bethnal Green, les rues étaient bordées de petites maisons mitoyennes familiales ; ici, les bâtiments étaient plus imposants et abritaient des boutiques et des entreprises. Et si l'on remarquait des traces des bombardements, çà et là, cela n'avait rien de comparable avec les trous béants qui déchiraient les rues de l'East End, pensa Nellie, triste que sa communauté soit la plus durement touchée par les attaques de l'armée allemande. Ces rues-ci étaient pleines de gens séduisants vêtus de beaux habits, même s'ils dataient de la mode de l'avant-guerre. Voyant qu'il commençait à faire sombre, Ray s'arrêta devant un restaurant.

— Et si nous mangions quelque chose avant d'aller au club de jazz qu'un des gars m'a recommandé ?

— Excellente idée ! accepta Nellie d'un ton joyeux.

Elle n'aurait jamais cru pouvoir vivre une si belle journée !

*

Le bar que Ray avait choisi était niché au fond d'une ruelle de Soho. Nellie sentit ses nerfs se tendre quand ils en franchirent le seuil. Elle n'avait jamais mis les pieds dans un club de jazz, et la jolie robe rose que Babs lui avait prêtée lui paraissait soudain horriblement commune pour l'endroit. Le sourire adorateur de Ray, lorsqu'il l'invita à passer devant elle, la réconforta un peu.

— Tu es ravissante, lui chuchota-t-il à l'oreille, en lui prenant la main.

Il alla au bar leur chercher un gin tonic à chacun, et ils se trouvèrent une petite table, non loin de la scène, où une chanteuse de jazz se produisait. Elle portait une robe en lamé argent qui attrapait la lumière et scintillait à chacun de ses mouvements. Nellie n'avait jamais rien vu d'aussi ravissant. Elle avait la voix rauque des femmes qui fumaient beaucoup et ses chansons étaient très différentes que celles que Nellie connaissait.

— On dirait qu'elle a un goût prononcé pour le tabac, lui chuchota Ray avec un sourire complice. Elle ne t'arrive pas à la cheville, comme chanteuse.

— Oh, je t'en prie, voilà que tu exagères encore, le gronda-t-elle, le gratifiant d'un coup de coude taquin.

Cependant, le compliment la toucha. De même que la pression affectueuse de sa main sur son bras. Quand le tour de chant de cette artiste fut terminé, Nellie applaudit avec enthousiasme, puis Ray se leva pour aller leur chercher un deuxième verre. Il était encore au bar au moment où le groupe suivant s'installa. Il s'agissait d'un quintet enjoué, très bruyant.

Quand Ray revint avec leurs boissons, il se pencha sur elle pour lui parler. Nellie vit ses lèvres remuer sans parvenir à l'entendre.

— Pardon ? Peux-tu répéter ? demanda-t-elle.

Il se pencha plus près de son oreille.

— J'ai dit : Es-tu une amatrice de jazz ?

— Je n'en suis pas certaine. J'ai l'impression qu'ils sont toujours en train de s'accorder, fit-elle avec une moue.

Il sourit et, à nouveau, elle ne réussit pas à comprendre ce qu'il lui dit.

*

Quand les musiciens prirent enfin une pause, Ray grimaça.

— Ce n'est pas vraiment ton genre de musique, n'est-ce pas ?

Elle pencha la tête de côté, comme si elle réfléchissait à la question. Il se faisait une telle joie de l'emmener ici. Et il avait payé l'entrée et deux tournées onéreuses : il lui paraissait difficile de lui répondre qu'elle détestait ça. Néanmoins, elle n'avait aucune envie de lui mentir.

— Je… Ma foi…

Il éclata de rire.

— Ton expression est éloquente, n'ajoute rien.

Il lui passa un bras autour des épaules.

— Je sais qu'il est encore tôt… mais autant arrêter les frais, non ? suggéra-t-il, terminant son verre.

Elle approuva et fit de même. Il l'entraîna vers la sortie et ils retrouvèrent bientôt l'air frais de la nuit.

— Oh, Ray, s'exclama-t-elle, lui tombant dans les bras, hilare, quand ils se furent suffisamment éloignés de l'affreuse cacophonie. Je suis désolée, mais ce quintet… vraiment. Je ne pense pas pouvoir me familiariser un jour avec ce type de musique. J'aime l'aventure et tenter de nouvelles choses, ça ne signifie pas que je suis obligée d'aimer tout ce qui est nouveau !

— Je suis absolument de ton avis. Le gars qui m'a recommandé cet endroit y avait entendu un orchestre jouer des morceaux de Glenn Miller. C'était la raison de mon choix…

Elle fronça les sourcils. Allait-il suggérer d'aller dans un autre club ?

— Et si on allait à l'Angel and Crown ? proposa-t-il de but en blanc. Tu pourras peut-être nous chanter quelque chose ? Rien ne me plairait davantage.

— Avec grand plaisir, répondit-elle, flattée.

— Parfait, alors essayons d'attraper un autobus.

Ils traversèrent le dédale de rues de Soho en sens inverse, et se remirent à longer la rivière dans la lumière du crépuscule. À un moment, comme sous le coup d'une impulsion, Ray s'arrêta et la prit dans ses bras, et ils échangèrent un long baiser langoureux.

— J'en pince vraiment pour toi, Nellie Morris, murmura-t-il contre sa joue, en soupirant.

Elle attira à nouveau ses lèvres contre les siennes, songeant que c'était la conclusion idéale d'une journée absolument merveilleuse.

16.

Billy alluma une cigarette médicinale, s'emplit les poumons d'une bouffée apaisante, puis ouvrit la fenêtre de sa chambre.

La nuit était claire. Mais, Dieu merci, la lune n'était pas assez pleine et lumineuse pour faciliter les bombardements, de sorte qu'ils avaient un répit. Il admira les étoiles un moment, puis remarqua deux personnes qui avançaient dans la rue, bras dessus, bras dessous. Le couple s'arrêta presque sous sa fenêtre, et c'est alors qu'il reconnut Nellie et l'Américain, discutant trop bas pour qu'il puisse les entendre. Quand ils levèrent les yeux, pour contempler les étoiles, à leur tour, Billy recula pour ne pas être vu. Mais il continua à les observer, retranché derrière ses rideaux.

L'Américain pointa le doigt vers le ciel et Nellie regarda dans la direction indiquée. Ses lèvres remuèrent et ils éclatèrent de rire. Puis, l'homme lui passa les bras autour de la taille et se pencha pour l'embrasser. Nellie se serra contre lui, s'accrochant à son cou.

C'est lui qui aurait dû être en bas, à la place de cet homme, en train de témoigner son amour à l'élue de son cœur, songea-t-il. Ils s'étaient déjà embrassés une fois, à Noël, l'année précédente, sous une branche de gui. Leur baiser avait été bref, mais, à l'époque, il sentait que tous les espoirs étaient permis. Cependant, il n'avait rien fait pour franchir l'étape suivante. C'était sa fichue faute s'il l'avait perdue. Il avait beaucoup trop tardé. Dire qu'il avait prévu de l'inviter à dîner avec lui le soir où elle avait rencontré cet Américain.

Il aurait dû se déclarer bien avant. Lui avouer ses sentiments, lui confier son espoir, son rêve qu'ils puissent un jour vivre côte à côte. Qu'aurait-il pu lui arriver de pire que d'être rejeté, s'il avait été assez brave pour parler ? Nellie aurait pu lui répondre qu'elle ne ressentait pas la même chose pour lui, certes, mais ç'aurait été plus facile à supporter que ça : la vue de la femme qu'il aimait, abandonnée dans les bras d'un autre, clairement amoureuse. C'était une torture, et la douleur était d'autant plus cuisante qu'elle ignorait que Billy était amoureux d'elle, qu'il rêvait de lui appartenir.

Tout espoir était perdu, désormais. Il avait laissé filer sa chance. Il savait que Nellie attendait davantage de l'existence que ce qu'il était en mesure de lui offrir. Il aspirait seulement à passer sa vie à Bethnal Green, comme ses parents et ses grands-parents avant lui. À se trouver une petite maison dans Morpeth Street, ou dans une rue des alentours, et à y fonder un foyer avec Nellie.

On frappa un léger coup à sa porte. C'était Babs. Elle était rentrée de sa soirée au pub depuis un moment.

— Billy ? lança-t-elle. Je peux t'emprunter ton scotch ? Je suis en train d'emballer un cadeau pour Amelia.

— Bien sûr que tu peux, lui cria-t-il. Entre.

Il se dit qu'une petite conversation avec sa sœur lui remonterait peut-être le moral, ou l'empêcherait de sombrer dans le puits de désespoir qui menaçait de l'engloutir.

— Salut, dit-elle, envoyant sur son lit tout ce qu'elle avait dans les bras. Regarde, je lui ai acheté une boîte de talc et un bonnet de bébé. Tu penses que je peux l'emballer avec ce papier ?

Elle tendit une feuille qu'il reconnut : c'était celle qu'il avait utilisée pour envelopper le cadeau d'anniversaire de Babs.

— Il est parfait. C'est une gentille attention de ta part.

— Elle va bientôt quitter Londres pour avoir son bébé, alors j'ai pensé qu'il valait mieux le lui donner avant. *Brrr !* Il ne fait pas peu froid ici ? Tu as laissé ta fenêtre ouverte ?

Sa sœur traversa la chambre et abaissa la fenêtre à guillotine.

Nellie et son chéri devaient être encore là, car Babs se tourna vers lui, le front plissé de rides.

— Tu l'espionnais ?

— Non. Je fumais quand elle est arrivée dans la rue, avec lui.

Il essayait de prendre un ton neutre, mais elle le connaissait trop bien pour être dupe.

Babs s'approcha de lui et passa un bras autour de ses épaules.

— Oh, Billy. Ça t'a causé un choc, n'est-ce pas ?

Il se laissa tomber sur son lit. Sa sœur s'assit à ses côtés et le serra contre elle.

— J'aurais dû me déclarer, murmura-t-il tristement. J'aurais dû agir avant qu'elle ne fasse sa connaissance. Il est trop tard, maintenant. Je n'ai pas su saisir ma chance. Cet Américain a ravi son cœur.

— Oui, elle est très attachée à lui. Je suis vraiment désolée, Billy.

Il hocha la tête.

— C'est fichtrement évident qu'elle est attachée à lui. S'il ose la faire souffrir, de quelque manière que ce soit, je t'assure qu'il aura affaire à moi, dit-il rageusement. Je le tuerai.

— C'est un homme bien. Il ne lui causera aucun mal, j'en suis certaine. Il tient à elle, lui aussi.

Le ton de Babs était doux mais catégorique.

Billy se tourna vers sa sœur.

— Je ne souhaite que son bonheur, tu sais ? Seulement qu'elle soit heureuse. Et je pense que j'aurais réussi à lui offrir une belle vie, si j'avais eu ma chance. Je n'aurais pas ménagé ma peine pour y parvenir. J'aurais soulevé des montagnes pour Nellie. Seulement, c'est *lui* qui va devoir veiller à son bonheur, pas moi.

— Je pense qu'elle est heureuse, mon cher frère. Je crois sincèrement qu'il y parvient.

Elle l'étreignit encore un peu, puis reprit :

— Bon, je ferais mieux d'emballer tout ça.

Billy tira son rouleau de scotch d'un tiroir et le lui tendit. Sa sœur avait réussi à le persuader que cet Américain était digne de Nellie. Il allait juste falloir qu'il s'habitue à l'idée qu'elle était en couple avec un autre, à présent. Il n'avait pas le choix. Il était sincère quand il avait dit à Barbara qu'il ne souhaitait que son bonheur, avec ou sans lui.

— Tu feras le meilleur des maris un jour, cher frère, reprit sa sœur, déposant un baiser sur sa joue avant de quitter la chambre, son cadeau emballé sous le bras.

Billy rouvrit la fenêtre. Nellie rentrait chez elle en sautillant gaiement, adressant un signe de la main à son Américain, qui s'éloignait dans la rue. Son cœur se serra. Rencontrerait-il un jour une femme qui pourrait se mesurer à Nellie Morris ? Il en doutait.

Il essayait d'imaginer son avenir avec cette future épouse sans visage, quand il entendit Nellie chanter. Elle devait avoir ouvert sa fenêtre. Sa chambre se trouvait juste à côté de celle de Billy. Combien de fois était-il resté allongé sur son lit à se représenter son amie, étendue sur le sien de l'autre côté de ce mur ? Il rougit à cette idée.

Il reconnut l'air du *Magicien d'Oz*. Babs, Nellie et lui étaient allés le voir ensemble, dès sa sortie, au début de la guerre. Ils étaient rentrés en sautillant et en fredonnant « We're Off to See the Wizard ».

Mais c'était « Over the Rainbow » qu'elle chantait en ce moment. Flo s'était peut-être réveillée en l'entendant rentrer. Elle devait essayer de la rendormir. Il écouta attentivement les paroles qui suggéraient qu'il existait un lieu où les rêves se réalisaient, quelque part, de l'autre côté de l'arc-en-ciel ; qu'il fallait juste en découvrir le chemin. Il se mit à fredonner. C'était comme si Nellie avait choisi cet air pour lui : pour exprimer en chanson les sentiments qui le submergeaient. Comme si elle avait lu dans ses pensées et perçu son désir.

Il savoura la quasi-perfection de l'instant. Nellie, si proche, chantant pour lui, sans le savoir. Et lui, seul sans sa chambre, fumant et se rêvant une vie avec elle.

Il savait que ce rêve ne se réaliserait jamais, mais, le temps d'une chanson, il se prit à croire que, de l'autre côté de l'arc-en-ciel, tout était encore possible, qu'il pouvait continuer à espérer la faire sienne.

17.

En décembre, un an après l'attaque de Pearl Harbor, les journaux publièrent le bilan complet des pertes américaines lors de cette bataille, le chiffre ayant récemment été révélé par la Navy américaine.

— Près de deux mille cinq cents morts ! s'exclama Charlie. C'est inimaginable.

Parallèlement, les journaux racontaient dans le détail la manière dont les U-boote allemands attaquaient les navires alliés. C'était vraiment une guerre mondiale : on se battait tant sur terre qu'au fond de l'océan. On n'était en sécurité nulle part, les combats faisaient rage et rien n'indiquait qu'ils étaient près de s'arrêter. Pourtant, Noël approchait, et Nellie passait ses pauses-déjeuner à écumer les magasins afin de trouver des cadeaux pour ses parents et ses amis. Elle était retournée au marché acheter le modèle de tricot qu'elle avait remarqué en s'y promenant avec Ray, et elle lui avait confectionné une écharpe et des gants avec la laine d'un vieux pull bleu marine qu'elle avait défait. Elle avait opté pour le point de côte, pour l'écharpe, et était ravie de l'élégance de l'ensemble. À sa mère, elle comptait offrir une jolie petite bouteille d'eau de Cologne, achetée à une personne croisée au pub – et donc sans doute issue du marché noir, mais peu lui importait. Em serait folle de joie. Et elle avait déniché des livres des auteurs préférés de George et Charlie chez un bouquiniste. C'était le cadeau de Flo qui lui avait donné le plus de fil à retordre. Nellie avait décidé de lui offrir une boîte d'aquarelles, mais elle avait mis des semaines à se procurer suffisamment de jolies couleurs pour la garnir.

Elle savait que Ray n'aurait pas de permission pour les fêtes, il ne pourrait donc pas lui rendre visite à Bethnal Green. De son côté, elle travaillerait le 24 décembre. Ils étaient donc convenus de se retrouver le dimanche précédent. En dépit du froid glacial, ils se promenèrent dans le parc avant de s'asseoir sur un banc pour s'échanger leurs cadeaux.

Nellie poussa des petits cris de joie en découvrant le contenu du panier que Ray avait emballé pour elle. Du chocolat, des bas Nylon, un rouge à lèvres rose, un roman sentimental, un foulard en soie et un sachet de berlingots à la poire.

— Les bonbons sont pour Flo, précisa-t-il. Mais je me suis dit que tu ne m'en voudrais pas si je les glissais dans ton panier.

— C'est si attentionné de ta part de m'avoir choisi tous ces merveilleux présents. Je les adore. Et Flo va sauter de joie en découvrant ses bonbons. Merci.

Elle l'embrassa avec fougue, avant de lui tendre son présent.

— Et voici pour toi.

Elle l'avait emballé avec le papier vert qu'elle avait mis de côté depuis le Noël dernier, et qui passait sans doute de main en main depuis le début de la guerre. Il était froissé et légèrement déchiré, mais il remplissait son office. Nellie était nerveuse. C'était la toute première fois qu'elle offrait un cadeau à un prétendant. Et la toute première fois qu'elle avait un prétendant à qui offrir un cadeau. Elle espérait vivement qu'il lui plairait.

Ray défit le paquet et en sortit les gants et l'écharpe.

— Ma foi, ils sont parfaits, s'exclama-t-il, ravi.

— La laine est usagée, mais je les ai tricotés moi-même.

Il enroula aussitôt l'écharpe autour de son cou.

— Je les aime d'autant plus que je sais que chaque centimètre de cette laine s'est enroulé autour de tes doigts. Merci, beaucoup. Ça a dû te prendre un temps fou !

— Environ une semaine, répondit-elle rougissante.

Elle n'avait rien d'une tricoteuse accomplie, mais l'écharpe était jolie et les gants, à sa taille. Cela l'avait détendue de s'asseoir au coin du feu de charbon avec son ouvrage, le soir, pour écouter la TSF – enfin, lorsqu'ils n'avaient pas eu besoin de courir se mettre à l'abri.

— J'aurai une permission de deux jours la semaine prochaine, lui annonça-t-il. J'aimerais beaucoup la passer avec toi pour que nous commencions la nouvelle année ensemble.

— Oh, ce serait magnifique ! dit-elle, enthousiaste.

Il la serra contre lui et l'embrassa.

— *Brrr !* fit-elle quand ils se séparèrent. Il commence à faire frisquet.

— Tiens, essaie cette magnifique écharpe.

Il la lui enroula autour du cou, puis, tirant sur les extrémités, lui vola un baiser.

— Et si nous allions nous réchauffer au cinéma ? proposa Ray.

— Bonne idée !

Il y avait un film qu'ils n'avaient pas encore vu à l'affiche de l'Empire. Sur le chemin, Nellie songea à quel point sa vie avait changé depuis leur rencontre. Elle ne pouvait même plus se l'imaginer sans lui. C'était le quatrième Noël qu'elle célébrait dans un pays en guerre, mais son tout premier avec Ray. C'était si exaltant de pouvoir partager de tels moments avec son bien-aimé qu'elle se prit à espérer que ce serait le premier d'une longue série.

*

Le soir du réveillon, alors que tous les employés de la mairie se préparaient à rentrer chez eux, Mme Bolton tendit à Nellie un modeste panier en carton rempli de denrées rares.

— Ce n'est pas grand-chose, mais j'espère que ça égayera votre repas de Noël, déclara-t-elle, regardant Nellie déballer les conserves, les fruits confits, le jambon en boîte et les deux belles oranges.

— Oh, c'est merveilleux, merci beaucoup, Madame !

Le mouchoir brodé des initiales de sa patronne que Nellie lui avait offert paraissait très peu de chose en comparaison.

— Vous l'avez vraiment mérité, ma chère. Profitez bien de Noël. À lundi, alors, lui dit la maire, enfilant son manteau.

— Oui, à lundi. Encore merci et bon réveillon à vous et M. Bolton.

— Oh, il est de service. Il sera dans la station de métro, je pense. Je descendrai le rejoindre pour lui tenir compagnie pendant ses pauses.

Mme Bolton haussa les épaules.

— Ce n'est pas très festif, mais l'effort de guerre passe avant tout, n'est-ce pas ?

Nellie pria en silence pour que personne d'autre n'ait besoin de s'y rendre, ce soir-là. Pour que sa petite Flo puisse se réveiller dans son lit, le matin de Noël.

Mais son vœu n'était pas voué à se réaliser. Ils venaient de finir de dîner et s'apprêtaient à laver la vaisselle, quand le gémissement trop familier résonna dehors. La fillette fondit aussitôt en larmes.

— Le Père Noël ne me trouvera jamais là-bas, gémit-elle. Je n'aurai pas de cadeaux !

— Chut, ma chérie. Bien sûr que si. Il sait qu'il y aura beaucoup d'enfants dans l'abri, lui assura Nellie, se dépêchant de lui enfiler son manteau et l'entraînant vers la bouche de métro, qui n'avait toujours pas été sécurisée. C'était Percy Bolton qui accueillait la foule dans le hall des tickets, ce soir-là, et non Billy. Nellie fut déçue de ne pas le voir.

L'abri était plus animé que de coutume. Des chants de Noël résonnaient dans le tunnel et on trinquait à la bière rapportée de la maison. Bombardement ou pas, les gens étaient déterminés à réveillonner.

Quand Babs arriva avec ses parents, elle informa Nellie que Billy était de garde à un autre poste de l'abri, ce soir.

— Oh, et je viens d'apercevoir Amelia au bout du quai, ajouta-t-elle. Elle avait l'air bouleversée.

— Tu penses qu'on pourrait aller la voir ? J'ai un cadeau pour elle – enfin, pour le bébé surtout –, mais je l'ai laissé à la maison.

— Oui, allons-y. On pourra peut-être lui remonter le moral. Elle doit être triste que Walter ne puisse pas passer les fêtes avec elle.

Amelia était allongée sur une couchette du bas, son gros ventre dépassant du matelas étroit. Elle avait les yeux rouges et les joues marbrées, comme si elle avait beaucoup pleuré.

Nellie s'assit à côté d'elle et lui posa une main réconfortante sur la hanche.

— Que t'arrive-t-il, ma chérie ?

Ravalant un sanglot, la jeune femme se redressa et tira un télégramme froissé de sa poche.

— Oh non... souffla Nellie, fixant l'enveloppe, horrifiée.

Nul n'était besoin de lire la missive pour comprendre ce qu'elle annonçait.

— C'est Walter ? demanda-t-elle néanmoins.

— Tué... au combat, hoqueta Amelia, faisant tourner sa bague de fiançailles autour de son annulaire. Nous... ne nous marierons jamais. Il... ne connaîtra pas... notre bébé.

Elle posa des mains protectrices sur son ventre.

— Mon Dieu, je suis affreusement désolée, murmura Babs.

— Oh, Amelia, c'est...

Les mots paraissaient si vains en pareils moments. Qu'était-on censé dire ? Existait-il seulement des mots pour exprimer ces sentiments-là ?

Elle enveloppa son amie de ses bras, et, assise de l'autre côté, Babs l'imita.

Peut-être n'était-il pas nécessaire de parler, après tout. Peut-être suffisait-il d'être là, de l'étreindre et de lui caresser les cheveux, comme elle le faisait.

— C'est… Walter qui m'a réconfortée quand maman est morte. Il m'a trouvé cet emploi au pub, et l'appartement qui va avec. Il a pris soin de moi et m'a aidée à m'installer, sanglotait-elle, les larmes ruisselant sur ses joues.

Autour d'elles, les gens leur coulaient des regards compatissants et s'écartaient pour leur laisser un peu d'intimité. Une dame leur tendit un coussin que Nellie et Babs acceptèrent pour qu'Amelia puisse poser sa tête dessus.

— Tiens, mon chou, ajouta une voisine de lit, lui tendant une couverture.

Nellie en couvrit son amie.

— Un peu de thé ? proposa un monsieur.

Sans attendre sa réponse, il ouvrit sa Thermos et lui en servit une tasse.

La jeune femme but une gorgée du liquide chaud, le remerciant d'un pâle sourire.

Du thé, un coussin, une couverture, ce n'était pas grand-chose, songea Nellie, rien qui puisse la consoler de la perte de son Walter, rien qui ne soit susceptible d'atténuer son chagrin ; pourtant, ces petits témoignages de gentillesse, venant de personnes qui possédaient si peu pour elles-mêmes, étaient touchants. *Nous sommes tous dans le même bateau,* semblaient suggérer leurs gestes, *et nous traverserons ça ensemble, peu importe ce qui nous attend encore.*

— Essaie de dormir, maintenant, murmura Nellie.

Amelia acquiesça, les yeux fermés.

Babs et elle lui déposèrent chacune un baiser sur la joue, et l'observèrent encore un instant avant de s'éloigner. La dame qui leur avait offert sa couverture leur chuchota :

— Je vais veiller sur elle. Je la connais, j'habite à côté de chez elle. C'est bien triste ce qu'il lui arrive, n'est-ce pas ?

— Oui, très. Merci, Madame.

— Allez rejoindre vos familles, et ne vous inquiétez pas.

Elles retournèrent vers leurs couchettes, main dans la main, essuyant discrètement leurs larmes. C'était un tour bien cruel que le destin jouait à leur amie qui, à un âge où on a toute la vie devant soi, avait déjà été frappée par tant de deuils et de tragédies.

— Chante-nous quelque chose, Nellie ! s'éleva une voix alors qu'elles approchaient de leurs couchettes.

— Tu t'en sens capable ? la questionna Babs, l'air sceptique.

Non, elle n'avait pas vraiment envie de chanter. Néanmoins, c'était le soir du réveillon de Noël et les gens méritaient de se détendre un peu.

— Je crois, oui, répondit-elle.

Elle se posta devant les rangées de couchettes, sourit aux visages tournés vers elle, et entonna « Hark ! The Herald Angels Sing » d'un ton assez entraînant pour que tout le monde se joigne à elle.

Mais le cœur n'y était pas. Parce qu'ils étaient coincés sous terre un 24 décembre, parce qu'ils ignoraient s'ils retrouveraient leurs maisons au petit matin, et parce que Amelia allait devoir surmonter la perte de son fiancé. Nellie n'osait même pas imaginer ce qu'elle ressentirait s'il arrivait malheur à Ray. Si on déposait un jour un télégramme semblable entre ses mains… Non, elle n'osait même pas se le formuler. Ce serait la fin de ses espoirs, de ses rêves, de cette joie qu'elle ressentait en sa compagnie…

Elle chassa ces vilaines pensées de son esprit. Comment pouvait-elle spéculer sur ses propres sentiments quand le pire s'était produit pour son amie ? C'était Amelia qui venait de perdre son fiancé, la veille de Noël, alors qu'elle allait bientôt accoucher de leur bébé. Cette guerre était terriblement cruelle.

DEUXIÈME PARTIE

Hiver-printemps 1943

18.

C’était une journée froide de la mi-février, mais un soleil éclatant illuminait le ciel limpide. Comme tous les week-ends, Nellie attendait l’appel de Ray. Il devait avoir une journée de liberté et lui avait promis de passer la prendre chez elle pour l’emmener faire une longue excursion. Elle était impatiente et d’humeur d’autant plus joyeuse qu’elle venait de lire un article qui traitait de la capitulation de la 6e armée allemande face aux Soviétiques, à l’issue de la bataille de Stalingrad. Tous les commentateurs expliquaient avec enthousiasme qu’il s’agissait d’un tournant décisif, et que désormais l’ennemi menait une guerre de défense.

Nellie portait sa jupe en tweed favorite et un pull. Elle venait d’enfiler son manteau et attrapait son chapeau quand on frappa à la porte et qu’elle trouva Ray sur le seuil de la maison, tout sourire. Elle jeta un coup d’œil derrière lui et remarqua la bicyclette noire, appuyée contre un réverbère.

— Tu as fait la route jusqu’ici avec ça ? l’interrogea-t-elle.

— Sans aucun doute, dit-il. Et comme son guidon est très solide… je me demandais si tu serais partante pour une balade à vélo ? Nous pourrions visiter l'East End. Traverser tous les parcs que nous trouverons sur notre chemin. Votre carrosse est avancé, mademoiselle Morris.

Elle éclata de rire.

— D'accord, pourquoi pas ?

Ray enfourcha la bicyclette et la tint bien droite tandis que Nellie se perchait sur le guidon, se sentant totalement en sécurité entre ses bras.

— Prête ? lança-t-il.

Elle se retourna et déposa un baiser sur ses lèvres.

— Prête !

Elle poussa un cri strident quand il les propulsa en avant et qu'ils tanguèrent légèrement, mais aggripa le guidon, maintenant le poids de son corps bien au centre. Trouvant leur rythme de croisière, ils se mirent bientôt à filer gaiement à travers les rues de Londres.

— C'est là que je travaille ! s'exclama-t-elle quand ils longèrent la mairie.

— Oh, quel beau bâtiment ! lui cria Ray en retour.

Une silhouette avançait sur le trottoir un peu plus loin. Sa joie fut si grande lorsqu'elle reconnut l'uniforme des gardes de la lutte antiaérienne qu'elle leva la main et appela :

— Billy !

Son ami répondit à son salut mais pas à son sourire. Avec une pointe de culpabilité, Nellie se remémora la promesse qu'elle avait faite à Babs de ne pas briser le cœur de son frère. Seulement, comment l'éviter ? Elle ne pouvait quand même pas renoncer à voir

Ray pour préserver Billy. Il fallait bien penser à son propre bonheur, parfois.

Elle était certaine que son ami rencontrerait une fille qui saurait voir toutes ses qualités, et qui l'aimerait comme il le méritait. Une fille qui lui ferait ressentir ce qu'elle-même ressentait pour Ray.

Ils traversèrent Regent's Canal, et ses péniches amarrées à la berge, et pénétrèrent dans Victoria Park, sous l'œil vigilant des deux chiens de pierre, amis de Flo, qui en gardaient l'entrée.

Ray se mit alors à chantonner et Nellie l'imita.

— *Daisy, Daisy, réponds-moi, dis-moi oui,*
Je suis à moitié fou, mais fou d'amour pour toi
Ce ne sera pas un mariage chic, il n'y aura pas de calèche,
Mais tu seras si jolie, sur notre tandem.

Ils chantaient et riaient si fort, tandis que Ray manœuvrait le vélo à travers les chemins du parc, qu'elle eut bientôt mal aux côtes. La voyant croiser les bras, haletante, Ray freina et l'aida à descendre du guidon. Alors qu'elle se penchait pour reprendre son souffle, toujours hilare, il glissa les bras à l'intérieur de son manteau et se mit à lui chatouiller la taille impitoyablement.

— Oh, tu es affreux ! gloussa-t-elle, en se tortillant.

Il s'élança pour lui échapper et se cacha derrière un arbre. Elle lui courut après et essaya de l'attraper, mais chaque fois qu'elle se penchait d'un côté du tronc, il bondissait à l'opposé, déclenchant chez elle un nouveau fou rire.

Hors d'haleine, ils finirent par cesser de jouer au chat et à la souris et se jetèrent dans les bras l'un de l'autre pour échanger un long baiser passionné.

— Tu es toute rouge, la taquina Ray, l'écartant gentiment de lui.

— Je me demande bien pourquoi. Et tu ne l'es pas moins, rétorqua-t-elle, lui caressant la joue.

Nellie souhaita soudain qu'il en soit toujours ainsi entre eux : qu'ils continuent à rire et à faire les idiots à la moindre occasion. Mais, surtout, elle songea qu'elle voulait passer sa vie aux côtés de cet homme. Les espoirs avaient beau être fragiles en ces temps incertains, celui-ci ne cessait de grandir en elle : elle espérait sincèrement que Ray et elle vivraient ensemble un jour.

Il l'entraîna vers un banc et la couvrit de baisers, la serrant fort contre lui.

— J'aimerais que cette journée dure éternellement. Je voudrais rester ici à jamais, avec toi, dans ce parc, sous ce ciel splendide. Loin de la guerre, des combats et des soucis.

— Moi aussi. Oh, tellement, soupira-t-elle.

Il l'étreignit encore un instant, puis lui prit la main.

— Tu crois que nous aurons un chien ? Après la guerre ?

Il parlait comme s'il allait de soi qu'ils seraient toujours ensemble, quelque part, n'importe où. Elle ouvrait la bouche, sans vraiment savoir ce qu'elle allait répondre, quand il reprit :

— Ce que je veux dire, Nellie Morris, c'est que je t'aime. Et que je souhaite demeurer ma vie entière à tes côtés – en Angleterre, aux États-Unis, ou ailleurs – quand cette guerre sera enfin terminée.

Elle le dévisageait, sidérée. Il l'aimait ! Il voulait vivre avec elle ! Était-ce… *une demande en mariage* ?

— Je veux dire…

Il secoua la tête.

— Mince… Ce que j'essaie de te dire, Nellie Morris, c'est : me feras-tu l'honneur de devenir ma femme ?

Il leva une main pour lui imposer le silence.

— Après la guerre, j'entends. Pas tant que je peux disparaître à tout moment au cours d'une mission. Je ne veux pas prendre le risque de faire de toi une veuve de guerre. S'il devait m'arriver quelque chose, je voudrais que tu sois libre de trouver quelqu'un d'autre et d'avoir une vie heureuse. Tu n'es pas obligée de me répondre tout de suite. Mais tu dois savoir que c'est ce que je souhaite, de tout mon cœur. Et j'espère que tu partages mes sentiments.

— Oh ! Oui, Ray. Je les partage, dit-elle, la gorge serrée.

Une onde de joie intense l'envahit à mesure que le sens de ses paroles s'imprimait dans son cœur.

Ray plongea ses yeux brillants dans les siens.

— Je suis si heureux. Je ne cessais de me répéter qu'il était trop tôt, que notre relation était trop récente pour que je me déclare. Mais avec cette guerre qui nous menace… il faut savoir saisir sa chance quand elle se présente. C'est ce que tout le monde dit, en tout cas. Alors… voilà, j'ai saisi la mienne. Cet accord suffit à me rendre heureux. Je t'aime tellement.

— Moi aussi, je t'aime, souffla-t-elle.

Elle avait l'impression de flotter au-dessus du sol. L'homme dont elle était tombée amoureuse partageait ses sentiments. Et il désirait l'épouser. Sitôt que la guerre serait terminée. Elle n'avait jamais autant souhaité la fin des combats qu'à cet instant.

Le visage de Ray trahissait une joie sans mélange quand il l'enveloppa de ses bras et l'embrassa avec transport. Sentant leurs corps entremêlés vibrer de cet amour partagé, Nellie songea qu'elle n'avait jamais rien éprouvé de tel : elle n'était plus qu'un bouillonnement de passion et d'allégresse.

— Oh, ma douce. Je suis si heureux ! Mais je préférerais que nous gardions notre engagement secret pour l'instant, si tu veux bien ? Que nous attendions le bon moment pour officialiser les choses.

— Oui. Et dès que la guerre sera finie, nous irons le crier sur tous les toits !

Elle voulait que le monde entier l'entende. Elle voulait qu'il ressente la joie intense qu'elle éprouvait en cet instant. C'était si merveilleux d'aimer et d'être aimée ! Il lui semblait que c'était la solution à tous les maux de la terre. Si les gens étaient aussi amoureux qu'elle et Ray, il n'y aurait pas de guerre, pas de morts, pas de bombes.

Il lui coula un regard énamouré et lui baisa les mains.

— Viens, partons d'ici, dit-il. Il commence à faire froid.

Nellie remonta sur le guidon de la bicyclette, et Ray pédala en direction de Morpeth Street. À l'approche de la station de métro, il secoua la tête.

— Je ne réussis toujours pas à croire que tu passes des nuits entières là-dedans, même si c'est un soulagement de te savoir à l'abri pendant les bombardements. Le tunnel du métro est l'endroit le plus sûr qu'on puisse imaginer, c'est certain.

— Oui, dit-elle, hésitante. Seulement, l'escalier… est un peu glissant quand il pleut. Et il est très sombre, aussi.

— Alors, je t'en prie, fais attention chaque fois que tu le descends.

Il freina et désigna la tour de l'église, de l'autre côté de la rue.

— On pourra se marier ici, si tu veux.

Elle lui sourit.

— Rien ne pourrait me faire plus plaisir. Tous les gens du coin s'unissent à l'église St John. C'est l'endroit idéal.

— Viens, alors.

Il appuya le vélo contre la grille d'une maison et l'entraîna à travers le portail de l'église, qu'il contourna par la droite.

— Il y a encore un détail à régler, maintenant que notre décision est prise, déclara-t-il.

Il sortit un canif de sa poche, choisit une pierre du mur et entreprit d'y graver leurs initiales et la date du jour. Nellie monta la garde, redoutant que le bedeau les surprenne et les réprimande pour avoir dégradé l'édifice, mais ravie que Ray ait songé à immortaliser ainsi leur amour.

— Voilà, finit-il par dire. *NM et RF, février 1943.* C'est gravé dans la pierre à présent. Quand nous serons mariés, j'ajouterai la date de notre mariage.

Elle se pencha pour admirer les lettres délicates. On ne les distinguait qu'en y regardant de très près, mais l'entaille dans le grès était profonde.

— Est-ce que ça tiendra ?

— Je pense, oui. Il le faudra bien : parce que je souhaite que cette trace demeure ici aussi longtemps que durera notre amour, dit-il, l'attirant à lui et scellant ce vœu d'un baiser.

Nellie n'avait jamais été aussi heureuse. Cet homme bon, drôle, tendre et fort à la fois était celui que son cœur avait toujours attendu. Ivre de joie, elle laissa échapper un soupir.

— Tu es contente ? lui demanda-t-il, lorsqu'ils remontèrent sur la bicyclette.

— Heureuse, dit-elle.

Ils n'allaient pas tarder à gagner cette guerre et Nellie deviendrait Mme Fleming. Ray et elle parcourraient le monde et vivraient des tas d'aventures ensemble. Elle aurait voulu danser, chanter, hurler la nouvelle à qui voulait l'entendre. Comment allait-elle pouvoir garder le secret alors qu'elle désirait que le monde entier sache ce qu'ils ressentaient l'un pour l'autre ? Elle se pelotonna contre lui, tâchant de ne pas faire tanguer le vélo, et se sentit follement aimée lorsqu'il se pencha pour déposer un baiser sur sa tête.

*

Ray aurait souhaité que cette journée parfaite dure toujours. Ils s'étaient tant amusés et ils venaient de franchir une étape si importante de leur relation. Il aurait eu envie que le temps s'arrête : rester pour toujours sur cette bicyclette, sentir la chaleur de Nellie contre son torse, la caresse de sa chevelure sur son visage. Il n'avait jamais été aussi heureux de sa vie. Il ignorait qu'on pouvait aimer autant. Elle était tout pour lui.

À présent que les Alliés commençaient à prendre l'avantage, la fin de la guerre était proche. Et dès qu'elle serait finie, ils se marieraient et ne se quitteraient jamais plus.

En attendant, il faudrait qu'il survive à ses missions en vol. Et qu'il fasse son possible pour rester en vie.

19.

Le mois de mars était déjà là. L'année 1943 filait à toute allure. Les journaux ne parlaient que de la nouvelle campagne de bombardements de la RAF qui frappait toute l'Allemagne, et plus particulièrement Berlin. La situation s'était apaisée depuis Noël, mais, pour les habitants de Bethnal Green, l'attaque de Berlin ne pouvait signifier qu'une chose : que les représailles étaient imminentes. Que la Luftwaffe ne tarderait pas à revenir bombarder Londres. Et qu'ils allaient devoir recommencer à passer plusieurs nuits par semaine dans le métro. Nellie s'y était résignée, s'accrochant à l'espoir que chaque jour écoulé les rapprochait un peu plus de la fin des combats. Que pouvait-on faire d'autre que de se mettre à l'abri en attendant que cette maudite guerre soit terminée ? Et que Ray et elle puissent être libres de se marier ? Un léger frisson d'excitation la parcourut : elle allait devenir Mme Fleming !

— C'est reparti, soupira Em, lorsque les sirènes retentirent à nouveau.

Ils avaient dîné et Flo était déjà couchée.

— J'ai compris qu'on allait être bombardés sitôt que la TSF s'est arrêtée. C'est toujours mauvais signe. J'avais prévu de recoudre l'ourlet défait du pantalon de ton père ce soir. Il faudra que ça attende. George, enferme Oscar dans la cuisine. Nellie, tu peux aller réveiller ta sœur ?

Nellie monta en courant et trouva Flo dormant à poings fermés en dépit du vacarme. Elle la secoua gentiment.

— Allez, Flo. Il faut qu'on descende dans le métro. Mets des chaussures et ton manteau, vite. Je m'occupe de ton baluchon.

L'enfant la dévisagea un instant, les yeux mi-clos, éprouvant des difficultés à saisir les instructions à travers les brumes du sommeil. Puis, comprenant de quoi il s'agissait, elle se frotta le visage, hocha la tête, et envoya ses jambes par terre.

— Tu es une bonne petite. On se retrouve en bas dans une minute.

Nellie redescendit en vitesse et fila au salon récupérer leurs affaires.

George était déjà à la porte.

— Je n'ai eu aucun mal à enfermer toutes les poules dans leurs cages, annonça-t-il, content de lui. Je ne serai pas le dernier aujourd'hui.

— Ces satanés poulets causeront notre mort, marmonna Charlie.

— Ce n'est pas juste, papa. Je n'ai pas perdu de temps cette fois. Je ne fais jamais rien de bien, pas vrai ?

Un gémissement s'éleva à l'étage :

— Je n'arrive pas à trouver Spotty !

Flo apparut en haut de l'escalier. Elle était encore en pyjama, mais elle avait au moins enfilé ses chaussures rouges.

— Pour l'amour de Dieu, s'impatienta Charlie. George, toi qui te crois si efficace, aide donc ta sœur à dénicher son fichu jouet.

— Cherche-le toi-même, s'emporta ce dernier, leur tournant le dos et sortant aussitôt de la maison.

— Ce garçon mériterait une bonne correction ! Nellie, accompagne-le. Em et moi vous rejoindrons avec Flo.

Son père monta l'escalier au pas de charge et cueillit la fillette dans ses bras.

— Nelliiiie ! geignit Flo.

La voyant hésiter, Em la poussa dehors.

— Non, ma chérie, partez devant. Je vous rejoins tout de suite avec Flo. Allez, file.

— On se retrouve dans le métro, lança-t-elle à sa petite sœur. J'ai des bonbons pour toi de la part de Ray, je te les donnerai dès que nous serons dans nos couchettes.

Nellie courut pour rattraper George.

— Papa avait tort de s'en prendre à moi comme ça, lui dit son frère, quand elle parvint à son niveau. J'ai réussi à enfermer les poules à temps et il me crie quand même dessus.

— C'est parce qu'il a aussi peur que nous, lui expliqua-t-elle, pour le calmer.

Au-dessus de leurs têtes, les canons à lumière balayaient le ciel nocturne à la recherche de bombardiers ennemis.

— Ça va être un gros raid, prédit George. Je le sens dans mes os.

Ils tournèrent au coin de la rue et se dépêchèrent de gagner la bouche de métro. Ils approchaient de l'escalier quand deux autobus se rangèrent le long du trottoir. Un flot de passagers s'en déversa et s'écoula dans la même direction.

Comme à son habitude, Nellie descendit, comptant les marches une à une. Dix-neuf. Un quart de tour à droite. Et sept de plus. C'était un bon moyen d'éviter de trébucher dans l'obscurité.

Arrivée au hall des tickets, elle chercha Billy du regard. Les gardes de la lutte antiaérienne avaient déjà pris leur service, et elle finit par découvrir son ami à son poste habituel, près de l'escalator.

— Descends, George, dit-elle à son frère. Je vais juste dire un mot à Billy.

Elle s'approcha de lui, mais ce dernier continua à superviser la descente des familles vers le tunnel, comme s'il ne l'avait pas vue

— Bonsoir, Madame. Regardez où vous mettez les pieds, Monsieur. La cantine est ouverte si vous voulez boire un thé bien chaud.

— Billy ? l'appela-t-elle. Ça fait une éternité que je ne t'ai vu. Où étais-tu passé ?

— Salut, Nellie. Je pense que c'est parce que tu étais trop accaparée par ton Américain. Babs est déjà en bas.

— Oh, d'accord.

En temps normal, il lui souriait, et prenait le temps d'échanger quelques mots avec elle. Il était vrai qu'elle ne l'avait pratiquement pas vu depuis Noël.

Les deux derniers mois avaient filé si vite. Néanmoins, elle ne s'attendait pas à cet accueil glacial. Certes, elle passait le plus clair de son temps libre avec Ray, mais cela ne l'empêchait pas de rencontrer Babs. Entre les raids aériens (au cours desquels elles se tenaient compagnie, dans l'abri), elles se retrouvaient souvent dans le jardin, derrière leurs maisons. Et elles avaient passé deux ou trois soirées ensemble à l'Angel and Crown. Seulement, Billy était de service ces soirs-là. Et elle ne l'avait croisé ni dans leur rue, ni même dans la station de métro. À bien y réfléchir, elle l'avait à peine vu depuis le jour où elle s'était promenée à bicyclette avec Ray.

Elle jeta un coup d'œil du côté de l'entrée : les gens continuaient à affluer. Ses parents et sa sœur n'étaient toujours pas en vue.

— Papa, maman et Flo ne devraient pas tarder à arriver, dit-elle. Ils ont été retardés parce que ma sœur a perdu son porte-bonheur et refuse de venir sans. C'est un petit chien en porcelaine que je lui ai offert l'année dernière. Tu veux bien les guetter, s'il te plaît ? Et les prévenir que George et moi leur gardons leurs couchettes habituelles ?

Billy daigna enfin lever les yeux. Elle lut de la tristesse dans son regard et comprit que, même s'il ne l'admettrait jamais, il avait du mal à s'habituer à ce qu'elle et Ray forment un couple. Et il ignorait encore qu'ils étaient promis l'un à l'autre. Elle songea qu'il méritait qu'elle le mette dans la confidence. Oui, c'était la moindre des choses. Ensuite, elle essaierait d'obtenir son pardon.

— D'accord, Nellie, dit-il, hochant la tête.

Et il se détourna aussitôt pour répondre à une autre sollicitation.

— On se voit plus tard, alors, lança-t-elle, s'engageant dans l'escalier mécanique.

Elle essaya de croiser son regard une dernière fois, mais il avait les yeux fixés droit devant lui.

20.

Mon Dieu, elle était plus belle que jamais, songea Billy, tandis que Nellie s'éloignait vers l'escalier roulant. Il l'évitait depuis quelque temps. Il espérait que s'il ne la voyait pas, il cesserait de l'aimer. De penser à elle à chaque instant. Elle allait épouser ce bel Américain qui lui offrait des bas Nylon et du chocolat, et qui avait charmé toute sa famille. Il le savait et cette certitude lui brisait le cœur. Babs lui assurait qu'il finirait par rencontrer quelqu'un d'autre, que chaque âme avait une âme sœur qui l'attendait quelque part. Seulement, Billy était persuadé que Nellie était *la sienne.* Depuis l'enfance. Il le sentait déjà quand ils s'amusaient à sonner aux portes des voisins avant de se sauver. Il l'avait compris quand ils s'étaient embrassés sous cette branche de gui. Et à nouveau quand il l'avait entendue chanter « All Through the Night » pour calmer sa petite sœur, une nuit, dans l'abri antiaérien. Ça ne pouvait être qu'elle.

Il fit de son mieux pour ne pas la regarder, mais il fallait quand même qu'il se montre poli, non ? Quand elle lui demanda comment il allait, il aurait voulu répondre qu'il avait le cœur brisé, mais ça n'aurait pas été bien de sa part. Elle ne lui avait jamais donné de faux espoirs. Elle n'y pouvait rien s'il était incapable de s'empêcher de l'aimer, sachant pourtant que son sentiment n'était pas payé de retour.

Un gros *boum* retentit au-dessus d'eux. Une explosion de feu d'artifice, ou un retour de flamme dans un pot d'échappement, difficile à dire. Puis une personne hurla.

Il traversa le hall et remonta la première volée de marches pour guetter l'arrivée de Charlie, Em et Flo, comme Nellie le lui avait demandé.

Il faisait sacrément sombre dans cet escalier avec cette ampoule dont la lumière avait été atténuée. Il se plaqua contre le mur et dévisagea les nouveaux arrivants qui descendaient par douzaines, espérant reconnaître les parents de son amie.

Une femme poussa soudain un cri de douleur. Il comprit qu'elle avait trébuché sur la dernière marche. Il s'avançait pour l'aider à se relever quand une personne trébucha sur elle, puis une autre sur la personne précédente, et ainsi de suite…

Tout arriva si vite. Un instant plus tard, ils basculaient tous la tête la première dans l'obscurité, tels des dominos, poussant des hurlements en s'écrasant au sommet de la pile. Rien ne semblait endiguer le flot de personnes qui se déversait dans la bouche de métro, dégringolant à leur tour et ajoutant leur corps au goulet d'étranglement humain qui entravait désormais l'accès au hall des tickets. Des gémissements et des hoquets étranglés s'élevaient de toutes parts. Billy tendit la main à la dame tombée juste devant lui, mais elle était coincée sous le poids des personnes qui s'étaient abattues sur elle.

— Tirez-moi de là ! le supplia-t-elle.

Bientôt, un brouhaha de cris analogues résonna dans tout l'espace.

Il faisait tellement noir qu'il y voyait à peine ! Il chercha sa lampe torche à tâtons et l'alluma.

— Dieu tout-puissant ! souffla-t-il.

La scène qu'il avait devant les yeux était insoutenable. Il n'aurait jamais imaginé qu'une telle chose fût possible. Ça ressemblait… à des visions de l'enfer : ces tableaux montrant les corps de pécheurs précipités dans des fosses… non, pas des corps… il s'agissait de *personnes*. D'hommes, de femmes et d'enfants…

— Aidez-moi ! gémit une voix suraiguë au-dessus de lui.

Encore plus près, il entendit le râle de quelqu'un qui semblait étouffer.

— Ne te contente pas de nous éclairer, toi ! Aide-nous ! Pour l'amour de Dieu ! On est bloqués, s'écria un homme.

Billy orienta le rayon de sa lampe dans sa direction et vit que les jambes du monsieur étaient prises en étau entre deux masses de corps. Le cœur battant à tout rompre, il s'approcha de lui et, coinçant ses bras sous les siens pour avoir une meilleure prise, se mit à tirer de toutes ses forces. S'il parvenait à dégager un seul individu, pensait-il, peut-être qu'ils cascaderaient tous d'un coup et qu'ils se relèveraient. Ils rajusteraient leurs vêtements et riraient de la peur bleue qu'ils venaient d'avoir, soulagés de s'en sortir avec quelques ecchymoses et des bobos sans gravité.

Mais les jambes de l'homme étaient trop écrasées pour que Billy parvienne à les déloger. Un peu plus haut, quelqu'un hoqueta :

— Mon dos ! Oh, mon dos !

Il leva le rayon de sa lampe et vit un jeune gars couché sur le dos. Il devait avoir tenté de remonter en vitesse, mais la foule qui continuait à descendre l'avait fait basculer à la renverse.

— Mon Dieu, il va se briser en deux, murmura Billy.

Il relâcha l'homme qu'il tenait par les bras et, autant pour lui-même que pour eux, lança :

— Je vais chercher de l'aide.

Il retraversa le hall en courant. C'était M. Bolton qui supervisait l'équipe ce soir, et il savait qu'il y avait au moins deux autres gardes ARP en service, dans la station.

Il trouva son chef dans la petite pièce qui leur servait de bureau.

— Monsieur ! Il y a un engorgement dans l'escalier ! s'écria-t-il d'une voix sifflante, les poumons contractés.

Il se frappa la poitrine, ne sachant que faire d'autre : ce n'était vraiment pas le moment d'avoir une crise d'asthme.

— Ah ? Eh bien, désengorgez-moi ça, mon garçon ! répondit M. Bolton. Faites-vous aider d'un ou deux…

Voyant Billy secouer la tête, incapable de parler, il se leva.

— D'accord, montrez-moi, marmonna-t-il.

Billy courut jusqu'au bas de l'escalier et éclaira la masse de membres qui battaient l'air, en vain. Elle avait encore grossi en son absence. Il avait l'impression qu'il y avait plus de gens mais moins de cris. Ils occupaient l'escalier sur toute sa largeur à présent ; et Dieu seul savait où s'arrêtait la bousculade, en haut des marches. Le rayon de sa lampe torche balaya les visages suffoquants aux yeux exorbités de terreur. M. Bolton se figea, bouche bée, secouant la tête, comme s'il cherchait à se réveiller de ce qui ne pouvait être qu'un cauchemar.

— Dieu du ciel, finit-il par dire. Ils sont trop nombreux. Il nous faut des renforts. Essayez d'en dégager quelques-uns, Waters, si vous y parvenez ; je vais chercher les autres et appeler la police. Il faut qu'on intervienne des deux côtés à la fois.

— Bien, Monsieur, souffla-t-il, tandis que son chef courait donner l'alarme.

Billy se tourna vers le mur de corps et entreprit de déloger ceux auxquels il avait accès. Sa lampe à la main, il chercha les personnes les plus susceptibles d'être secourues et fut terrifié par la vue des visages qui viraient déjà au violet. Certains étaient presque noirs. Ces gens étaient-ils… (Il avait du mal à formuler les mots, même en pensée.) Étaient-ils en train de *mourir étouffés* ?

Remarquant une chaussure rouge d'enfant, comme celle de Flo, il l'attrapa, mais elle lui resta dans la main. C'est alors qu'il vit une tête minuscule, coincée entre la poitrine d'un homme et la cuisse d'une femme, un peu plus haut. Celle d'un bébé qui ouvrait et fermait la bouche pour essayer d'aspirer un peu d'air. Il était vivant. Et suffisamment petit pour qu'il parvienne à le dégager, lui semblait-il.

Il tendit les bras et se hissa le plus haut possible, mais il n'était pas assez grand pour l'atteindre. Aussi, un pied après l'autre, il se mit à escalader les corps du bas. Aucun cri de douleur ne s'en éleva. Il parvint enfin à attraper la tête et un bras du bébé. Il se mit à tirer, terrifié à l'idée de le blesser, mais se raisonnant aussitôt : soit il le sortait de là, soit le petit être mourait étouffé.

Oui, il progressait, cette fois. Il appuya un peu sur le torse de l'homme qui se trouvait au-dessous du bébé, il réussit à lui ménager assez d'espace pour le déloger. C'était une fillette. Elle portait une robe et des collants.

Quand Billy descendit des pauvres âmes qu'il avait dû escalader, son souffle s'élevait en hoquets rauques, comme si sa poitrine était aussi comprimée que les leurs. Tenant fermement le bébé, il essaya de contrôler sa panique, décidé à le sauver, quand bien même ce serait la dernière chose qu'il ferait.

M. Bolton et un autre garde étaient de retour. Déjà, ils saisissaient des bras, des jambes – tout ce à quoi ils avaient accès –, et tiraient de toutes leurs forces pour tenter de délivrer les personnes qui pouvaient l'être.

— La police est en route, lui cria son chef. Emportez vite ce bébé au poste de secours.

Puis, le dévisageant, il ajouta :

— Et pour l'amour du ciel, faites-vous examiner, par la même occasion !

Billy n'avait pas besoin qu'on le lui répète deux fois. Il se traîna jusqu'au poste de secours en ahanant, serrant le bébé contre lui, comme une bouée de sauvetage. En passant devant l'escalier mécanique, il remarqua que d'autres gardes empêchaient les gens de remonter de l'abri.

L'infirmière tricotait, inconsciente du drame qui se jouait à l'entrée, quand il fit irruption dans le poste de secours attenant au hall des tickets. En temps normal, elle soignait essentiellement des migraines, les contusions occasionnées par des prises de bec, ou le genou éraflé d'un enfant ayant trébuché sur le quai.

— Prenez… le bébé, réussit-il à articuler.

Elle s'empressa d'attraper la fillette qu'elle allongea sur un lit de camp.

— Vous avez l'air de revenir du front, vous-même, nota-t-elle, le voyant s'écrouler sur le siège le plus proche.

Billy ne tenait plus debout, mais savait que ce serait pire s'il s'allongeait. Il valait mieux qu'il reste assis, le dos bien droit pour faire entrer le maximum d'oxygène dans ses poumons. Tandis que l'infirmière auscultait le bébé, il fourra la main dans sa poche pour en tirer ses cigarettes médicinales mais ne les trouva pas. Il avait dû les perdre en chemin.

— N-nébuliseur, hoqueta-t-il.

— Vous êtes asthmatique ?

Le voyant hocher la tête, l'infirmière s'empressa d'ouvrir un placard et en sortit l'appareil. Il inséra le tube dans sa bouche et se servit de la poire en caoutchouc pour pulvériser de fines gouttelettes de médicament dans sa gorge. Il inspira aussi profondément que possible et sentit aussitôt ses voies respiratoires se dégager et sa panique retomber.

— Ça va mieux ? s'enquit la femme.

Elle était toujours penchée sur le bébé, qui se mit à pousser des petits cris plaintifs qui réchauffèrent le cœur de Billy. La fillette survivrait sans doute. Il avait réussi à sauver une âme.

Il répondit à l'infirmière d'un signe de tête et inspira deux autres bouffées de gouttelettes avant de se relever. Il fallait absolument qu'il retourne là-bas pour aider les autres. Aucun blessé n'avait été amené depuis qu'il était ici. Ce n'était pas bon signe. Pourtant, ils avaient dû dégager quelques personnes depuis son départ.

Billy regagnait l'entrée quand il se remémora la promesse faite à Nellie de guetter l'arrivée de ses parents et songea avec angoisse qu'ils se trouvaient peut-être au cœur de cette bousculade. Em, Charlie et la jeune Flo… Se pouvait-il qu'ils soient piégés sous ces dizaines, ou même ces centaines, de personnes coincées dans l'escalier ? L'image de la chaussure rouge s'imposa à lui. Dieu merci, Nellie était en bas. Dieu merci, elle était saine et sauve.

La scène qu'il découvrit au pied des marches lui parut plus catastrophique encore que lorsqu'il s'était éloigné avec le bébé. Des gardes de la lutte antiaérienne et quelques volontaires essayaient de démêler les corps sans grand succès. L'espace était rempli de leurs cris et de leurs jurons d'impuissance, mais les personnes entassées elles-mêmes, constata Billy horrifié, étaient désormais muettes, livides, inertes.

21.

Ray avait obtenu la permission de son capitaine d'emprunter l'automobile, sinon, il n'aurait jamais pu faire l'aller-retour de la base à Bethnal Green à cette heure-ci. Il fallait absolument qu'il voie Nellie. Il avait une nouvelle à lui annoncer. Une nouvelle difficile à annoncer si peu de temps après cette magnifique journée au cours de laquelle la jeune femme avait accepté de l'épouser. Il avait l'impression de marcher sur un nuage, depuis. Enfin, avant qu'un événement ne le fasse brusquement retomber sur terre. Et il voulait à tout prix lui en parler de vive voix.

Il roulait à travers les rues dévastées de l'est de Londres, qui lui étaient devenues si familières, quand il entendit la sirène d'alarme. Il ne manquait plus que cela. Une fichue attaque aérienne. Il continua à rouler tout en réfléchissant à un plan alternatif. Nellie et sa famille étaient sûrement en route pour l'abri, il valait mieux qu'il la retrouve là-bas. Le frère de Babs y travaillait comme garde APR, il pourrait sans doute l'aider à la trouver.

Lorsqu'il s'engagea dans la rue de la station, une foule importante s'était formée devant la bouche de métro. Nellie était peut-être parmi ces gens ? Il se rangeait derrière un bus en train de se vider de ses passagers quand son fichu pot d'échappement se mit à pétarader. Une femme poussa un hurlement de terreur :

— Les Allemands ! Ils sont là ! Ils nous tirent dessus ! s'écria-t-elle.

Ray bondit sur le trottoir pour aller la rassurer, mais elle se ruait déjà vers l'abri. Au même instant, un tir de canon antiaérien résonna au-dessus de leurs têtes, suivi d'autres cris angoissés.

Il gagna l'escalier que les gens dévalaient aussi vite qu'il était raisonnable de le faire sans créer de mouvement de panique.

Ray n'avait descendu que quelques marches quand les personnes qui le précédaient s'immobilisèrent. Il s'arrêta net, mais le flot continu qui venait de la rue le propulsa contre un dos. Il était pris en sandwich et la pression ne cessait d'augmenter.

— Arrêtez ! Reculez ! Vous m'écrasez ! hurla-t-il.

— On ne peut pas ! s'éleva une voix, derrière lui. Ils nous poussent vers l'avant !

— Qu'est-ce qui les empêche d'avancer en bas ? Allez, dépêchez-vous, il y a des bombardements ! s'exclamait-on plus haut, comprenant encore moins ce qui provoquait le blocage.

La lumière de l'ampoule ayant été atténuée afin qu'elle n'éclaire pas la rue, il faisait extrêmement sombre dans l'escalier. Ray ne voyait pas grand-chose, mais des dizaines d'individus, peut-être même des centaines, étaient plaqués les uns contre les autres et dans l'incapacité de bouger.

Il attendit, mais rien ne se produisit, personne ne bougea. Derrière lui, de plus en plus de gens étaient propulsés par la foule qui continuait d'affluer pour gagner l'abri. La pression ne cessant d'augmenter, il lui fut bientôt impossible de respirer. Il essaya d'appeler au secours, mais découvrit qu'il ne pouvait pas crier non plus : sa voix était aussi faible qu'un murmure.

Désespéré, il fouilla la foule du regard à la recherche de Nellie. Son ventre se serra à l'idée qu'elle était peut-être un peu plus bas, prisonnière, tout comme lui. Il se mit à prier pour qu'elle soit en sécurité, loin de cet escalier.

Des lumières dansaient devant ses yeux et les sons lui parvenaient comme à travers un épais brouillard. Il allait perdre connaissance – *Oh, Seigneur, non, ne t'évanouis pas !* pensa-t-il. Il essaya de bouger, de reculer d'un pas, mais il parvint seulement à détacher ses pieds du sol. Comme il sentait que, désormais, seule la pression des corps le maintenait à la verticale, sa panique redoubla. Devant lui, une femme renversa sa tête en arrière et il comprit qu'elle s'était évanouie. En essayant de bouger, quelqu'un lui envoya son coude en plein visage. Des cris s'élevaient, de plus en plus fort – arrivant de la rue pour la plupart –, et la pression augmentait, impitoyablement. Ray distingua alors le rayon d'une lampe torche qui éclaira de manière fugitive le nombre incalculable de gens piégés dans l'escalier.

Certes, il était prêt à mourir lorsqu'il s'était engagé dans l'US Air Force, mais en combattant l'ennemi, pour que l'Europe demeure libre.

Pas comme ça. Pas écrasé par la foule, victime d'une tragédie inutile et évitable. Non, c'était impossible...

Il essaya d'appeler Nellie, mais il n'en avait pas la force. Sentant sa vision se brouiller, il se représenta la jeune femme, assise sur le guidon du vélo, se remémora leurs rires et leur joie alors qu'ils se promenaient dans le parc, ce jour-là.

*

Ray rouvrit lentement les yeux, étourdi et égaré. Une douleur lancinante lui traversait la jambe. La pression qui s'exerçait sur son corps s'était un peu relâchée. Sentant le contact des marches en béton sous lui, il comprit qu'il avait glissé à terre. Il prit une profonde inspiration afin de remplir ses poumons, comme on le lui avait enseigné lors de sa période d'entraînement militaire. Puis une seconde fois pour se calmer et réunir assez d'énergie pour s'agenouiller. C'est alors que des bras le saisirent par-derrière et le tirèrent assez fort pour qu'il parvienne à escalader les quelques marches qui le séparaient de la rue.

— Ça va, mon gars ? s'enquit l'inconnu.

Ray hocha la tête, étourdi, ne réussissant toujours pas à croire qu'il avait failli mourir.

Il se releva tant bien que mal et regarda autour de lui. Un immense attroupement s'était formé devant la bouche de métro. Beaucoup jouaient des coudes pour essayer de descendre, mais un groupe de volontaires les en empêchait. À intervalles réguliers, ils remontaient des personnes de l'escalier, et, comme lui un instant plus tôt, les rescapés se relevaient malaisément et secouaient la tête, incrédules.

— Que se passe-t-il ? demanda-t-il à l'inconnu le plus proche de lui.

— Je ne sais pas, répondit l'homme. Il y a quelque chose qui bloque en bas.

Le sifflement d'un nouveau tir de canon antiaérien causa de nouveaux remous dans la foule. Ce n'était pas le son habituel des ack-ack : ça ressemblait à l'explosion d'un gigantesque feu d'artifice qui laissait un sillage rouge à travers le ciel nocturne.

Ray pivota vers l'escalier et observa les silhouettes entassées, espérant de tout son cœur que Nellie avait réussi à gagner le tunnel, ou qu'elle était encore en chemin. Tout valait mieux que de se trouver dans cet enfer. Ses yeux s'arrêtèrent soudain sur un visage familier : une femme décoiffée remontait vers la rue, son manteau pendant sur une épaule.

— Ray ! Oh mon Dieu, Ray, est-ce que Nellie est avec vous ? s'écria Em, avançant vers lui d'un pas chancelant, sa robe déchirée dans l'empoignade.

— Madame Morris ! Je la cherchais justement, mais je ne l'ai pas vue !

— J'étais coincée ! hoqueta-t-elle, pointant un doigt tremblant vers l'escalier. Ils ne sont pas en bas, n'est-ce pas ? Je vous en prie, dites-moi qu'ils ne sont pas là-dedans !

Elle s'accrocha à son bras, les yeux exorbités de terreur.

— Je ne crois pas, je me tenais un peu plus haut et je ne les ai pas vus. Vous n'étiez pas ensemble ?

s'enquit-il, s'exhortant au calme pour ne pas l'inquiéter davantage.

— Ils étaient tous partis devant. Mon porte-monnaie est tombé de ma poche, j'ai dû rebrousser chemin pour le récupérer. Je ne sais pas ce qu'il s'est passé. Les gens se sont arrêtés subitement.

À nouveau, la peur étreignit la poitrine de Ray. Mais, cette fois, c'était pour Nellie qu'il s'inquiétait. Si l'amour de sa vie était là-dedans, il fallait qu'il la trouve et qu'il la sauve.

— Je vais voir ce que je peux faire, dit-il à Em, d'un ton rassurant. Et si vous vous asseyiez, là-bas, en attendant ?

Il désigna le muret qui entourait l'église St John, sur le trottoir d'en face. Dans un état second, elle lui obéit. La sirène se remit à hurler, leur rappelant qu'ils étaient toujours exposés à l'autre danger : celui qui venait du ciel.

Il fendit la cohue pour regagner l'escalier. L'homme qui l'avait hissé dehors était toujours là, s'appliquant à faire la même chose pour d'autres. Il se présenta :

— Ray Fleming de l'US Air Force. Est-ce que je peux vous aider ?

— Thomas Penn. Police de Londres. Pas en service mais…

Il pointa le menton vers le bas.

— Je vais essayer de passer par-dessus, pour voir ce qui cause l'engorgement. Vous voulez bien me donner un coup de main ?

Ils descendirent les marches sur lesquelles Ray avait failli suffoquer, quelques minutes plus tôt. À en juger par les contours des formes dans l'obscurité, tout l'espace était obstrué par les corps empilés les uns sur les autres. Penn se hissa sur la pointe des pieds et scruta le sommet de l'amas vivant, cherchant le moyen de l'escalader pour jeter un coup d'œil de l'autre côté. Ray lui fit la courte échelle et il s'élança dessus, sa lampe torche tendue au bout du bras.

— Eh ! Vous n'avez pas le droit de nous passer devant ! gronda un homme derrière eux.

— Le goulet d'étranglement est compact, au bas des marches, lança Penn.

Il balaya l'avalanche humaine du rayon de sa lampe, et Ray vit des têtes dodelinant mollement, des visages violacés figés dans l'agonie, des bras et des jambes dépassant çà et là. Innombrables. Il n'y avait presque aucun mouvement, les gens ne criaient plus, et, pour la plupart, ne respiraient plus. C'était inimaginable. Cela dépassait l'horreur figurée dans les pires représentations de l'enfer. Son regard tomba sur la tête d'un enfant, coincée sous le ventre d'un homme. Sur un foulard qui avait glissé de la tête d'une femme, révélant son visage terreux, sans vie. Un bras tordu dans un angle improbable qui émergeait entre deux corps.

— Aidez-moi à redescendre, lui cria le policier.

Ray attrapa sa main et le tira en arrière.

— Seigneur tout-puissant, dit son compagnon, livide, on dirait qu'il y en a des centaines. Il n'y a plus beaucoup d'espoir pour la plupart d'entre eux. Il nous faut des renforts, et vite.

Il se tourna vers la foule et interpella un adolescent.

— Cours au commissariat de police. Dis-leur de nous envoyer tous les hommes disponibles, immédiatement.

Le garçon acquiesça et fila à toute vitesse.

Ray entraîna son sauveur jusqu'au trottoir pour qu'il s'asseye et reprenne son souffle. Quelques instants plus tard, une demi-douzaine de policiers en uniforme se présentèrent. L'agent Penn se leva, massant son épaule contusionnée qui apparaissait par l'ouverture de sa veste déchirée, et s'approcha pour leur rapporter tout ce qu'il savait tandis que Ray retournait vers l'escalier pour essayer de se rendre utile. Bientôt, ils se mirent tous au travail, repoussant la foule stationnée devant l'entrée du métro et l'orientant vers les autres abris de la zone. Par chance, la sirène qui gémissait du haut du clocher de l'église avait fini par se taire.

Ray insista pour rester, en dépit de la présence des secours. Nellie était peut-être coincée plus bas. Il ne partirait pas tant qu'il ne serait pas assuré qu'elle était saine et sauve. Il *fallait* qu'elle le soit. Il ne pouvait envisager qu'il en fût autrement. Elle le comblait de joie et d'amour, l'idée de la perdre était inconcevable. Elle comptait plus que tout. Il resta avec les volontaires et les sauveteurs qui s'étaient organisés en équipes et commençaient à démêler les victimes une à une, redressant parfois de force leurs membres raidis avant de les hisser en haut des marches et de les allonger sur le trottoir.

Des corps sans vie aux visages violacés, essentiellement. Un commissaire de police demanda qu'on apporte de l'eau. Une boutique du coin fut ouverte, et des seaux ne tardèrent pas à arriver. Il en aspergea les victimes.

— Ça pourrait les ranimer, expliqua-t-il. C'est ce que je fais quand ma femme s'évanouit.

Mais rien ne se produisit.

Em réapparut.

— Ils ne sont pas… morts… n'est-ce pas ? Ils sont juste inconscients ?

Ray était sur le point de lui répondre quand un sauveteur cria :

— On en a une vivante, ici !

On libéra un espace sur le trottoir et plusieurs agents arrivèrent, portant une femme à moitié asphyxiée dont le visage gris exprimait la sidération. Des ambulances approchaient en file indienne, leurs sirènes remplaçant celles de l'alerte aérienne. Des infirmiers apparurent et se précipitèrent sur la rescapée.

Ray balaya le trottoir du regard. Il y avait si peu de survivants. Ses yeux se fixèrent sur une fillette dont un côté du visage avait été écrasé, sans doute par une chaussure. Il n'y avait plus aucun espoir pour elle. Il prit Em par le bras et l'entraîna au loin, priant pour qu'elle ne l'ait pas vue.

— Allons, madame Morris. Restez assise et laissez-moi retourner les chercher.

— Charlie… Nellie… Flo… George, murmura-t-elle, se laissant entraîner vers le muret de l'église.

Le cœur de Ray se serra à l'idée qu'ils étaient peut-être tous dans l'escalier, que le prochain corps qu'on allongerait sur ce trottoir pourrait être celui d'un des membres de sa famille. Celui de Nellie, même.

Comment parviendrait-il à survivre à cela ? Comment poursuivrait-il son existence alors que tous ses espoirs, tous ses rêves de bonheur seraient anéantis ?

Comment réussirait-il à vivre sans son âme sœur ? Il cligna des yeux pour refouler ses larmes autant que cette pensée.

Et c'est avec une fougue redoublée qu'il retourna vers la bouche de métro. Ils avaient réussi à remonter des personnes en vie, alors il allait faire tout ce qui était humainement possible pour tirer Nellie de là avant qu'il ne soit trop tard.

22.

— Où sont-ils ? murmura Nellie, à moitié pour elle-même.

George haussa les épaules, concentré sur le dernier numéro du *Journal des garçons*, étalé en travers de sa couchette.

— J'sais pas. Chut, je lis une aventure de Biggles. *Boom ! Ra-ta-ta-ta !*

Il faisait des bruits de bataille aérienne pour accompagner les combats du brave pilote de la dernière guerre.

Nellie descendit de son lit et se mit à marcher le long du quai. Elle n'aurait su dire pourquoi, mais elle avait un mauvais pressentiment. Charlie, Em et Flo auraient dû les suivre de près, mais plus personne n'arrivait depuis un moment. Ce n'était pas normal.

— Vous ne pouvez pas monter, Mademoiselle, l'informa un garde qu'elle ne connaissait pas, quand elle approcha de l'escalator.

— Je cherche juste ma famille. S'il vous plaît, permettez-moi de vérifier qu'ils sont en chemin.

— Non, je regrette, je ne peux pas vous laisser passer. Les gens continuent d'affluer, vous risquez de causer un blocage.

Seulement, personne ne descendait et elle commençait sérieusement à s'inquiéter. Ce n'était pas le genre de ses parents de traîner autant. Elle sentit son rythme cardiaque s'accélérer.

— Est-ce que Billy Waters est là-haut ? Il faut que je lui parle.

Cette fois, le garde se posta devant elle pour lui barrer le passage.

— Je suis sûr qu'il est occupé, Mademoiselle. Vous ne pouvez pas monter, point final. Retournez aux couchettes, comme la gentille fille que vous êtes.

Nellie le fusilla du regard. Elle n'avait aucun besoin de sa condescendance.

Au moment où elle pivotait pour partir, une autre femme s'avança et interpella l'homme.

— J'ai besoin de monter, lui dit-elle. Je ne me sens pas bien. J'ai besoin de respirer un peu d'air frais. Et il me semble avoir entendu la sirène de fin d'alerte.

— Vous ne pouvez pas monter, Madame. La fin de l'alerte n'a pas encore sonné, je vous assure.

Incontestablement, il se passait quelque chose d'anormal, parce que, d'ordinaire, lorsque les gens cessaient d'arriver, ils étaient autorisés à aller et venir dans la station.

Nellie commença à se sentir nauséeuse. Elle retourna aux couchettes, retenant un haut-le-cœur.

— George, ils ne veulent pas me laisser remonter, dit-elle, folle d'angoisse. Je sens que la situation est inhabituelle. Je peux t'emprunter ta lampe torche pour aller vérifier que maman, papa et Flo ne sont pas à un autre endroit du tunnel ?

Son inquiétude devait se lire sur son visage car son frère s'alarma aussitôt.

— Je viens avec toi, dit-il. Laissons nos affaires ici pour qu'on ne nous prenne pas nos couchettes. De toute façon, il n'y a pas beaucoup de monde ce soir.

Non, en effet, et cela également était étrange. Il y avait des centaines de personnes derrière eux, quand ils étaient arrivés, et elles n'étaient pas descendues.

— Les amis de maman ont l'habitude de s'installer au bout de ce quai, raisonna Nellie. Peut-être qu'elle a décidé de les rejoindre.

— Il faut qu'on aille s'en assurer, approuva George.

Le sourire joyeux que son frère arborait en toutes circonstances avait laissé la place à un air déconcerté.

Ils progressaient lentement le long du quai, examinant les visages des occupants de toutes les couchettes quand Nellie entendit des pas précipités derrière eux.

— Poussez-vous, Mademoiselle, cria une voix.

George et elle se plaquèrent contre le mur pour laisser passer une douzaine de policiers qui se ruèrent vers l'escalator.

— Viens, on va voir où ils vont, lui lança son frère.

Elle secoua la tête.

— Non, on n'a pas le droit de monter. Allons plutôt voir d'*où* ils viennent.

— Qu'est-ce que tu veux dire ?

— Qu'ils n'étaient pas là quand nous sommes descendus. Comment sont-ils arrivés ici s'ils n'ont pas emprunté l'escalier roulant ?

Elle l'attrapa par le bras et l'entraîna dans la direction opposée. Au bout du quai, les lits étaient tous vides.

Une porte qu'elle n'avait jamais remarquée était ouverte. Elle donnait sur un couloir sombre.

— Ta lampe torche, George, dit-elle.

Il l'alluma et éclaira le passage.

— Regarde, on dirait qu'il y a un escalier, là-bas. Je parie que c'est une autre entrée. Pour les secours, ou l'entretien.

— Tu veux monter ? demanda son frère, les yeux écarquillés.

— Oui. Je veux savoir ce qu'il se passe. Viens.

Sans lui laisser le temps de répondre, elle lui prit la lampe des mains et franchit la porte pour gagner l'escalier.

— Bon sang, Nell. Ça ne me plaît pas du tout, mais il n'est pas question de te laisser y aller seule. Je te suis.

Nellie lui prit la main : elle ne voulait pas qu'un autre membre de sa famille s'éloigne d'elle ce soir. Il fallait qu'ils restent ensemble, au cas où ils auraient besoin de se soutenir.

Ils montèrent deux à deux une douzaine de marches, puis pivotèrent d'un quart de tour et grimpèrent une deuxième volée, puis une troisième et ainsi de suite. Cet escalier devait forcément mener dehors, se persuada-t-elle, commençant à haleter sous l'effort. Elle n'avait pas du tout envie d'arriver en haut pour se rendre compte que ça n'était pas une issue de secours et qu'ils devaient redescendre, éclairés du seul rayon de la lampe torche. Et si quelqu'un avait fermé la porte d'en bas, entre-temps ? Que feraient-ils s'ils se retrouvaient enfermés ici et que personne n'entendait leurs cris ? songea-t-elle, anxieuse.

Sors-toi ces idées de la tête, s'admonesta-t-elle.

Ils tournaient pour monter la volée de marches suivante quand ils aperçurent un éclat de lumière devant eux. Une échelle en métal montait dans un regard ouvert.

— Allez, encore un petit effort, dit-elle, grimpant l'échelle, George sur les talons.

Ils émergèrent dans la lumière du clair de lune, au milieu d'une rue déserte. Nellie regarda autour d'elle, essayant de s'orienter. Elle entendait des cris au loin, et des sirènes également. Pas le gémissement de l'alarme aérienne, mais plutôt celui de voitures de police ou de camions de pompiers. Elle se mit à trembler. Elle avait l'impression d'être revenue au temps de la guerre éclair.

— Carlton Square, reconnut-elle soudain.

Ils se tenaient à quelques centaines de mètres de l'entrée du métro.

— Viens, George.

— Où ça ?

— À l'entrée principale.

Son frère s'élança aussitôt et elle fit de son mieux pour rester à son niveau. Quand ils tournèrent dans la rue de la station de métro, ils la trouvèrent remplie de gens et de véhicules : non seulement les autobus qui avaient déversé leurs passagers sur le trottoir, au début de l'alerte, mais aussi…

— Des ambulances ! Oh, mon Dieu, George, il s'est vraiment passé quelque chose, il y a des blessés…

— Papa et maman vont bien. Tu paniques pour rien, Nellie, lui dit-il.

Mais sa voix trahissait le doute.

Les ambulanciers portaient des brancards dans l'église St John. Ils devaient soigner les blessés là-bas, songea-t-elle.

C'est alors qu'elle remarqua les tas de vêtements… avec des chaussures… et des pieds à l'intérieur… Des gens étaient allongés sur le trottoir ! Trempés, pour la plupart. Et leurs visages avaient une couleur étrange.

— Redonne-moi la torche, George, dit-elle.

Il la lui tendit en silence, et elle en orienta le rayon vers le tas le plus proche. C'était une femme. Son manteau était tout fripé sous elle. Elle avait la bouche ouverte et le teint violacé.

— Oh, mon Dieu. Elle est morte, souffla Nellie.

De la bile remonta dans sa gorge.

— Ils sont tous morts, murmura George.

Elle avait déjà vu des cadavres pendant la Blitzkrieg, mais c'était très différent, là. Ils n'avaient aucune blessure apparente. Ils étaient juste figés. Sans vie. Et il y en avait tellement.

— Nellie ! George ! Oh ! Oh, mes chéris !

Elle se retourna. C'était leur mère ! Nellie traversa la rue pour se jeter dans ses bras. *Oh, Dieu merci, Dieu merci. Maman est vivante, mais…*

— Maman ! Où sont papa et Flo ?

L'expression d'Em changea.

— Ils n'étaient pas avec vous ?

Nellie secoua la tête.

— Vous étiez ensemble… derrière nous, lui rappela George.

— Ils sont partis devant…

— Que s'est-il passé ici ? Où sont-ils ? Flo, Flo, où es-tu ? cria Nellie d'une voix étranglée, courant vers l'entrée du métro, désespérée.

Mais elle ne voyait ni son père, ni sa sœur. Et il y avait des corps étendus partout, étrangement contorsionnés. Des larmes d'impuissance et d'angoisse se mirent à rouler sur ses joues.

— Nellie ! Oh, mon amour… s'éleva une voix.

Ray ? Ici ? Et, soudain, elle était dans ses bras et il la couvrait de baisers passionnés. L'espace d'un instant, la peur panique qui s'était emparée d'elle retomba, et elle se sentit en sécurité.

— Oh mon amour, j'ai eu si peur… je craignais qu'ils ne te remontent, toi aussi… J'ai cru que tu étais en bas, avec eux…

— Ray ! Papa et Flo… Je ne parviens pas à les trouver…

Elle arrivait à peine à parler entre deux sanglots.

— Je ne les ai pas vus non plus, Nellie…

— George était avec moi dans le tunnel, mais nous étions seuls.

— Ils continuent à en remonter. Certains… sont encore… en vie…

La voix de Ray se brisa, et la terreur s'empara d'elle quand elle comprit que la plupart ne l'étaient plus.

De nouveaux secouristes se présentèrent et on les écarta de l'entrée. Ray insista pour demeurer sur place et continuer à apporter l'aide qu'il pouvait, mais laissa Nellie l'entraîner vers son frère et sa mère.

— Je ne comprends pas, dit Em à ses enfants. Vous étiez dans le tunnel tous les deux. Comment avez-vous fait pour sortir ? Ray m'a expliqué qu'on ne pouvait pas remonter à cause du… blocage.

L'idée de ce que ce mot sous-entendait remplissait Nellie d'horreur. Ça ne pouvait pas être vrai, elle allait se réveiller dans sa couchette, au-dessus de Flo.

— George et moi avons découvert une autre sortie, parvint-elle néanmoins à articuler. Celle du service d'entretien sans doute.

— Je suppose qu'ils vont essayer d'évacuer des gens par là-bas. On va retrouver Charlie et Flo, j'en suis sûre. Il ne faut pas perdre espoir.

George et Nellie hochèrent la tête, trop effrayés pour parler. Pour le moment, ils ne pouvaient rien faire d'autre que laisser la police, les gardes ARP, les ambulanciers et tous les services de secours poursuivre leur travail, assistés de Ray et des autres soldats en permission qui étaient arrivés sur les lieux.

— Ils vont les retrouver sains et saufs, murmura-t-elle.

Mais elle était loin d'être certaine de croire à ses propres paroles.

23.

— Peut-être qu'ils sont rentrés à la maison. Peut-être que, voyant qu'ils ne pouvaient pas descendre, ils ont rebroussé chemin, suggéra Em, nourrissant encore le faible espoir que Charlie et Flo étaient en sécurité quelque part.

— On devrait aller vérifier, marmonna Nellie.

George bondit sur ses pieds, l'air soulagé de pouvoir agir.

— J'y vais. Je cours là-bas et je reviens.

Il n'attendit pas la réponse de leur mère avant de piquer un sprint.

Rongée par l'angoisse, Nellie pria pour que Charlie et Flo soient à la maison, et se représenta sa petite sœur dans son lit et son père, assis au salon avec son journal et une tasse de thé, attendant leur retour.

Elle se serra contre sa mère qui, comme elle, osait à peine respirer depuis le départ de George. De l'autre côté de la rue, on continuait à allonger des gens sur des brancards. Certains, espérait-elle, pour les porter dans les ambulances et les conduire à l'hôpital. Mais, dissimulés sous des couvertures la quasi-totalité des corps passaient devant eux tandis qu'on les portait à l'intérieur de l'église. Son visage était figé en un masque de terreur devant l'abomination qui se déroulait sous ses yeux. C'était cauchemardesque. Em lui serra tendrement la main, mais, à ce stade, rien ne pouvait lui apporter le moindre réconfort. Et cependant, chaque fois qu'elle apercevait Ray qui travaillait sans relâche pour tenter de sauver des vies, elle ne pouvait s'empêcher de ressentir de la fierté : l'homme qu'elle aimait n'avait pas hésité à se porter au secours de ces pauvres gens.

Et, en bas, dans la station, elle était certaine que Billy agissait de même. Peut-être y avait-il davantage de survivants de l'autre côté ? Peut-être que, la pression s'étant atténuée, les personnes qui se trouvaient sur les marches du bas s'étaient relevées, saines et sauves. Et que Charlie et Flo se tenaient parmi elles ?

George réapparut. Il était inutile qu'il parle. Nellie lut la réponse à sa question sur le visage livide de son frère. Il secoua néanmoins la tête et confirma ses craintes :

— Ils… ne sont pas là-bas. Je ne les ai trouvés nulle part.

Il se pencha en avant, les mains sur les genoux, pour reprendre son souffle.

Nellie sentit son estomac se serrer comme un poing. Leur dernier espoir venait de partir en fumée. Elle s'accrocha à sa mère, incapable d'exprimer l'espoir ténu qu'il leur restait. Elle ne pouvait rien faire d'autre que d'attendre, dans la nuit froide, et de ravaler à tout prix ses sanglots qui n'aideraient personne. Chaque minute qui s'écoulait réduisait un peu plus leurs chances de retrouver Charlie et Flo en vie.

Enfin, Ray approcha, l'air épuisé.

— J'ai fait mon possible. Ils sont en train de remonter les derniers. Je n'ai vu ni M. Morris, ni Flo, mais… Je n'ai pas examiné tous les visages des victimes. Il y en a tellement.

— Qu'est-ce qu'on fait, maintenant ? murmura Nellie, d'une voix blanche.

Ils ne pouvaient pas rentrer à la maison et se coucher, comme si de rien n'était. Il y avait d'autres personnes autour d'eux, assises ou debout, la mine défaite, qui se posaient manifestement la même question. Ça paraissait si irréel. Si inconcevable. Comment était-on censé réagir dans un moment pareil ? Nellie était totalement désemparée.

Ray lui prit la main et l'attira contre lui.

— Ils ont emmené beaucoup de victimes dans l'église. Nous pourrions y aller pour voir si… ils sont là-bas. Je peux m'y rendre seul, pour vous épargner ça…

— Non, l'interrompit Em. C'est à moi d'y aller. Il s'agit de ma famille.

Elle se leva, chancelante, et George lui saisit le bras pour la soutenir.

— Je t'accompagne, maman, tu ne dois pas affronter ça toute seule, déclara Nellie.

Em acquiesça, les lèvres serrées.

— Je vais rester avec George, madame Morris, dit Ray.

Elle lui souffla un merci. Puis, lentement, marchant au même pas que sa mère, elle gagna le seuil de l'église. Le policier qui en gardait la porte les laissa entrer lorsqu'elles lui expliquèrent la raison de leur présence.

— Il y en a dans la crypte, et sur les bancs également, leur précisa-t-il.

Elle hocha sobrement la tête, essayant de se préparer à la réalité qui les attendait.

Se soutenant l'une l'autre, elles avancèrent dans la nef, observant des rangées de corps aux visages dissimulés sous des couvertures ou des vêtements, effleurant à peine du regard ceux qui ne pouvaient être ni Charlie ni Flo : les femmes, les enfants plus petits ou plus grands, les personnes vêtues différemment.

Quand un corps était couvert des pieds à la tête, Em lâchait le bras de Nellie pour se pencher et dévoiler le visage d'un jeune garçon qui paraissait endormi ; celui, sombre et creusé, d'une femme aux yeux grands ouverts ; les joues égratignées d'un vieil homme aux vêtements déchirés. Ou pire encore : une fillette dont la tête était à moitié écrasée. Nellie serra les paupières pour bloquer la vision d'horreur, mais chaque nouveau visage sans vie s'incrustait dans son esprit.

Elles n'étaient pas seules à avancer le long des bancs. Des douzaines d'autres personnes agissaient de même. De temps à autre, un long gémissement s'élevait, et Nellie poussait un cri angoissé, terrassée par cet avant-goût du désespoir qui allait bientôt s'abattre sur elles.

Elle savait que cette scène, ces images abominables ne s'effaceraient jamais de sa mémoire ; qu'elles la hanteraient et peupleraient ses pires cauchemars jusqu'à la fin de ses jours. Et qu'il en serait ainsi pour toutes les personnes présentes sur les lieux. Les témoins du drame, les rescapés et les gens qui, comme elle, avaient échappé de peu à la mort.

*

Elles gagnaient l'autre côté de la nef quand Nellie se figea, reconnaissant un pantalon noir à l'ourlet défait et de gros bottillons de travail. Le reste était dissimulé sous une couverture grise.

— Maman ? dit-elle d'une voix minuscule.

— Oh, mon Charlie ! gémit Em.

Elle tomba à genoux, et, d'un geste plein de révérence, souleva la couverture.

Nellie glissa à terre, secouée de sanglots déchirants. Son papa semblait endormi. Il avait les yeux fermés. Elle aurait voulu le secouer, lui dire de se réveiller, d'arrêter de faire le flemmard et de les aider à retrouver Flo. Mais son teint était bizarre, et son corps, étrangement contorsionné. C'est alors qu'elle comprit que si Charlie était ici, Flo ne devait pas être loin. Ils étaient ensemble. Il ne l'aurait jamais laissée s'éloigner de lui.

Em se pencha pour déposer un baiser sur le front de son mari et lui lisser les cheveux d'une main délicate.

— Merci, mon amour, pour ces années de bonheur. Tu étais toute ma vie. Je ne cesserai jamais de t'aimer, murmura-t-elle.

Puis, tremblant de tous ses membres, elle se releva, tamponna ses larmes de son mouchoir, et, le visage pâle comme un linge, se remit à chercher.

— Là-bas, lança-t-elle d'une voix brisée, pointant le doigt sur la première rangée de bancs.

Un enfant était couvert d'une veste d'homme. Une petite chaussure rouge et de longues chaussettes blanches en dépassaient. Des chaussettes identiques à celles que portaient tous les gamins du coin, à la différence près que l'une d'elles était trouée au niveau du genou, comme celle de Flo.

— Noooon ! Oh, non ! Mon bébé, ma chérie, ma toute petite !

Em s'écroula au pied de l'autel et serra contre elle le corps de la fillette. Nellie tomba à ses côtés et entoura sa mère et sa sœur de ses bras. Un hurlement de douleur intense résonna dans toute l'église, et elle mit un moment avant de s'apercevoir qu'il s'élevait de sa gorge. Sa sœur et son père. Morts. Tous les deux. Comme ça. Ça n'avait aucun sens ! En l'espace de quelques heures, elle avait perdu deux membres de sa famille. C'était inconcevable.

Elle s'accrocha à sa mère, priant désespérément pour remonter le temps, pour revenir à l'époque où elle n'était encore qu'une enfant insouciante. Avant la guerre, avant les bombardements, avant que la mort ne les frappe si cruellement.

Nellie ne voulait pas voir Flo, elle voulait se la remémorer telle qu'elle avait toujours été : cette petite fille enthousiaste et joyeuse qu'ils aimaient tous tant. Elle concentra son regard brouillé de larmes sur le visage défait de sa mère. Elle savait qu'ils ne se relèveraient pas de la perte de Flo et de Charlie. Que cette blessure demeurerait ouverte à jamais. Paralysées par la douleur, elles restèrent là, un long moment, à sangloter l'une contre l'autre.

Un infirmier équipé d'une planchette patientait non loin, prêt à ajouter les noms de son père et sa sœur sur sa liste. Deux corps identifiés de plus, pas des êtres qu'elles chérissaient et dont elles pleuraient la perte. La gorge nouée par les sanglots, Em lui communiqua leurs noms et il les inscrivit en silence sur des étiquettes, avec une expression empreinte de compassion.

Nellie s'obligea alors à jeter un regard au petit visage de sa sœur.

— Oh, ma Flo ! Tu n'imagines pas combien tu as été aimée et combien tu vas me manquer. Et toi aussi, papa, murmura-t-elle.

— C… combien vous serez t… toujours aimés, corrigea Em, en larmes.

— Toujours et à jamais.

24.

Ray avait passé un bras autour des épaules de George. Il aurait préféré accompagner Nellie pour la soutenir dans cette épreuve abominable. C'était un destin terriblement cruel qui frappait sa famille, et il savait l'adoration qu'elle vouait à sa chère sœur. Nellie ne se remettrait jamais de cette perte, c'était certain. Aucun d'eux ne se remettrait de cette tragédie.

— Ils sont morts, n'est-ce pas ? lui demanda le garçon, d'une voix plate et monocorde. Papa et Flo ?

— Nous ne pouvons pas en être certains, répondit Ray, lui pressant gentiment l'épaule.

— Ce cri qui nous est parvenu de l'église… Ça ressemblait à la voix de Nellie.

George se frotta le visage.

— Qu'est-ce qu'on va faire sans papa ? Et sans Flo ? Quand elle a failli être évacuée, la famille était toute disloquée. Si… Je ne sais pas comment maman et Nellie tiendront, sans elle.

— Elles sont fortes, George. Toi aussi, tu l'es.

Autour d'eux, des gens allaient et venaient, comme égarés, appelant les noms de leurs amis et parents, l'air abasourdi. La porte de l'église s'ouvrit devant une personne qui cherchait ses proches, et Ray aperçut Em et Nellie, accrochées l'une à l'autre, berçant un petit corps au creux de leurs bras.

Il se tourna vers George, espérant qu'il ne les avait pas vues, mais il était trop tard. Le garçon laissa échapper un sanglot qui lui déchira le cœur. Impuissant, Ray le serra contre lui, sachant qu'aucune parole n'aurait le pouvoir de l'apaiser en cet instant.

— J… je me suis disputé avec papa. Je suis parti devant… avec Nellie… c'est ma faute, répétait le garçon, entre deux hoquets.

— Chut, allons. Ce n'est pas ta faute, le consola-t-il, resserrant son étreinte.

Par-dessus l'épaule de George, tout n'était que désolation. Les secouristes avaient terminé leur dur labeur. Les agents de police épuisés étaient assis par terre, leurs casques posés à côté d'eux, la tête dans les mains. Des ambulances continuaient à aller et venir, chargées de corps sans vie pour l'essentiel. Les bus qui avaient déposé ici cette foule si dense, dont la majeure partie avait été décimée, étaient toujours garés le long du trottoir.

Au-dessus d'eux, la lune brillait dans un ciel limpide. Une lune idéale pour les bombardiers. Pourtant, aucun avion allemand n'avait traversé le ciel de Londres, cette nuit-là. C'était une fausse alerte. La mort de toutes ces personnes était absolument inutile.

Il jeta un coup d'œil à l'automobile de son capitaine de groupe, et songea au retour de flamme qui avait causé une explosion à son arrivée. Un mélange de peur et d'horreur s'empara de lui. *Oh, mon Dieu.*

Était-il responsable du mouvement de panique qui avait provoqué ce désastre ? Est-ce que tout cela était *sa faute, à lui et à lui seul* ? Il frissonna, pris de sueurs froides. Non, ce n'était pas sa faute… c'était cette femme qui avait hurlé que les Allemands leur tiraient dessus avant de se ruer dans l'escalier, suivie des hordes de voyageurs qui descendaient des autobus au même instant… Cependant, il était possible que Ray ait joué un rôle dans tout cela.

Soudain, un autre bus s'imposa à son esprit. Celui qui devait emporter Flo loin du danger, après lequel il avait couru pour l'arrêter. S'il ne l'avait pas fait, la fillette serait encore en vie à cet instant. Elle serait en sécurité à la campagne, au lieu d'être dans cette église, morte, entre les bras de sa mère et de sa sœur désespérées.

Il comprit alors que Nellie ne pourrait manquer de se sentir aussi coupable que lui. C'était elle qui s'était élancée la première derrière ce bus. Tôt ou tard, elle se reprocherait d'avoir empêché sa sœur de partir.

Des temps difficiles les attendaient avant qu'ils ne soient en mesure de surmonter l'immense douleur qui les terrassait – s'ils la surmontaient un jour. Tout ce que Ray désirait, à présent, c'était avoir la possibilité de soutenir Nellie du mieux qu'il le pourrait.

Seulement, il savait que ça ne serait pas possible. Il n'avait pas encore eu l'occasion de lui révéler la raison de sa présence à Bethnal Green. Et après ce qu'il s'était passé, comment la lui annoncer ? Elle avait besoin de lui, et il allait quand même devoir la quitter.

25.

Ils avançaient en direction de la maison, dans un silence sidéré. Nellie et George soutenaient Em qui marchait d'un pas chancelant. Ray avait un bras passé autour des épaules de Nellie. Il était tard, plus de deux heures du matin, quand ils tournèrent dans Morpeth Street. La rue était déserte, au grand soulagement de Nellie. Elle ne se sentait pas le courage d'expliquer ça à quiconque. Elle avait aperçu les Waters, dans l'abri. Ils devaient encore tout ignorer de la tragédie. À l'exception de Billy. Mon Dieu. Lui aussi devait avoir participé au sauvetage, se rappela-t-elle.

Elle ouvrit la porte de la maison et Em eut toutes les peines du monde à ne pas s'écrouler dans l'entrée.

— Je monte, leur annonça-t-elle d'une voix blanche.

— Moi aussi, marmonna George, les yeux rougis.

Nellie acquiesça et les regarda grimper l'escalier. Cet escalier que Charlie n'emprunterait plus jamais et que Flo ne s'amuserait plus à dévaler sur son derrière en gloussant. Brusquement, la maison lui parut vide.

— Essayez de vous reposer un peu, leur lança-t-elle d'une voix très faible.

Ce n'est que lorsqu'elle se retrouva seule avec Ray qu'elle s'aperçut qu'elle ne lui avait même pas demandé la raison de sa présence à Bethnal Green. Elle n'avait songé qu'au réconfort que lui procurait sa présence, et à la fierté qu'elle éprouvait en le voyant aider les secours.

— Asseyons-nous un moment. Ensuite, je te préparerai un lit…

Il secoua la tête.

— Pas besoin. Je… il faut que je te parle. Je n'ai pas envie de te quitter, mais je ne peux pas rester.

Elle l'entraîna au salon. C'était étrange de se retrouver dans cette pièce. Tout semblait si parfaitement, si affreusement normal, alors que rien ne serait jamais plus comme avant.

Ray jeta un coup d'œil au fauteuil, près de la cheminée – celui de son père –, et en choisit un autre. Nellie prit place sur le repose-pied, juste à côté, et leva les yeux vers le visage du jeune homme, qui trahissait l'angoisse.

Il soupira et lui prit la main.

— Je ne sais pas comment t'annoncer cela. Surtout après… ce terrible drame. Mais nous devons… quitter la base. Dès demain. Certains gars sont déjà partis.

— Pour aller où ? demanda-t-elle, ayant du mal à comprendre ce qu'il lui disait.

— Pour rejoindre une autre base de l'Air Force. Plus au nord. Je ne sais pas vraiment où, mais on m'a prévenu que je ne pourrais pas revenir à Londres, à moins d'avoir une permission de deux jours ou plus.

Il secoua tristement la tête.

— Ce sera assez loin.

— Assez loin ? Tu ne pourras plus venir me voir ?

— Oh, Nellie, mon amour, je viendrai chaque fois que ce sera possible. Je te le promets.

— Mais…

Mais, j'ai besoin de toi, plus que jamais, aurait-elle voulu protester.

— Je sais que le moment ne pourrait être plus mal choisi. Mais nous… nous sommes engagés l'un envers l'autre. Nous résisterons, Nellie, nous résisterons à tout.

Il l'attira à lui.

— Il le faut. Il faut qu'on survive à cette tempête.

— Papa, Flo, et maintenant toi…

Elle se sentait presque anesthésiée par le désespoir. Comment pouvait-il lui infliger ça, s'il l'aimait autant qu'il le prétendait ?

— S'il y avait la moindre possibilité pour que je reste ici, tu sais que je le ferais, poursuivit-il d'un ton grave. Mais mon premier devoir est de me battre pour la liberté. Je n'ai pas le choix. C'est pour cette raison que j'étais à Bethnal Green, hier soir. Je voulais te prévenir…

— Tu as pris un des bus qui ont déposé tous ces passagers d'un coup devant l'abri ? le questionna-t-elle, toujours abasourdie par ce qu'il venait de lui annoncer.

— Non, je… mon capitaine de groupe m'a prêté son automobile. Quand j'ai entendu l'alerte aérienne, j'ai rejoint directement la station de métro, pensant t'y trouver.

— Est-ce que les gens étaient déjà… morts… à ton arrivée ?

C'était un sujet douloureux, mais il fallait qu'elle le sache. Elle avait besoin de comprendre comment son père et sa sœur étaient morts, parce que l'incertitude était pire que tout.

— Non…

Ray sembla hésiter un instant.

— Mais la bousculade se formait déjà quand je suis descendu pour voir si tu étais en bas. J'ai été précipité dedans. J'ai eu de la chance. J'ai réussi à m'en sortir. Mais je n'ai pas pris immédiatement conscience de l'ampleur de l'accident. J'étais si inquiet à l'idée que tu… que tu étais peut-être…

Sa voix se brisa.

— J'ai eu si peur de te perdre, je t'aime tant, Nellie.

— Oh, Ray, mon amour, je ne parviens pas à croire que tu te sois retrouvé coincé dans cet escalier. Que j'aurais pu te perdre, toi aussi, dit-elle, les yeux pleins de larmes, songeant que cette tragédie aurait pu être pire qu'elle ne l'était déjà.

Il aurait pu mourir, sans qu'elle sache qu'il était tout près d'elle.

Ils gardèrent le silence un instant, puis, les mains croisées sur ses genoux, Ray reprit :

— J'ai entendu une femme crier que les Nazis étaient là et qu'ils nous tiraient dessus. Et… je crains… que ce ne soit à cause de cette satanée voiture. Il y a eu un retour de flamme dans le pot d'échappement quand je me suis garé, et ça ressemblait à… des coups de feu.

— Tu veux dire que… C'est ce bruit qui a provoqué le mouvement de panique ?

Ray tressaillit.

— En tout cas, c'est ce qui a effrayé cette femme. Et je pense qu'il y a eu des tirs de roquettes… on entendait ces affreux sifflements qu'elles font en passant. Je pense qu'elles ont également provoqué quelques remous.

Non, se dit Nellie, les gens du coin étaient habitués au son des ack-ack, et il n'y avait aucune raison pour que les nouvelles roquettes de la défense antiaérienne émettent un bruit différent. Elle ne les avait pas entendues, pour sa part. Seulement, si la foule s'était imaginé que les Nazis avaient atterri et ouvert le feu dans sa direction, il devenait compréhensible qu'elle se soit ruée vers l'abri, causant cette bousculade… qui avait coûté la vie à sa sœur et à son père.

— C'est toi qui as provoqué ça ? articula-t-elle d'une voix blanche, le dévisageant tandis que les implications pénétraient son esprit.

— Je ne crois pas que… commença-t-il.

Mais Nellie n'écoutait plus, submergée par la colère, elle se mit à lui frapper la poitrine des deux poings.

— *C'est toi* qui as provoqué ça ? Flo, mon père et toutes ces personnes grises, gisant dans l'église… Ces pauvres gens sont morts parce qu'il y a eu un retour de flamme dans le pot d'échappement de *ton automobile* ?

Sa fureur, telle la lave d'un volcan, était incontrôlable. Ce carnage aurait pu être évité si Ray n'était pas venu la voir hier soir.

— Non, Nellie, écoute-moi…

Elle continuait à frapper sa poitrine, sanglotant, anéantie par cette catastrophe, anéantie par la mort de son adorable sœur et de son père, par le chagrin de sa mère et de son frère, toujours en état de choc.

— Tu… tu… c'est *ta faute* ! hurla-t-elle.

Ray se laissa frapper un moment, passif, avant de lui saisir les poignets pour essayer de l'attirer contre lui.

— Nellie, non… il y a eu ce retour de flamme, la femme a crié, mais ensuite…

— C'est ta faute, répéta-t-elle en le repoussant, écumant de rage.

Il ne s'était pas montré héroïque du tout. Il était responsable de cette tragédie. Elle se leva et le dévisagea, accusatrice.

— Tu *savais* que ce pot d'échappement pétaradait ! Tu aurais pu…

Elle envoya son bras en l'air.

— Aller te garer plus loin. Éviter de prendre le risque d'effrayer ces gens. C'est toi qui as tué… ma sœur et mon père…

Elle ne reconnaissait plus son Ray dans l'homme qui se tenait devant elle. Elle ne voyait que le coupable, l'individu qui avait détruit tant de vies, tant de familles en plus de la sienne. Qui avait causé ces morts inutiles parce qu'il n'avait pas daigné garer sa fichue voiture loin de l'entrée de l'abri.

— Nellie, mon amour, implora-t-il, tendant les bras vers elle.

Mais elle ne voulait pas qu'il la touche, *c'était impossible.* Il y avait un instant, encore, elle avait tant besoin qu'il la prenne dans ses bras, tant besoin de puiser en lui la force de traverser cette épreuve. À présent, elle ne songeait qu'à le fuir. Qu'à mettre le plus de distance possible entre elle et Ray Fleming. L'homme responsable de son malheur. La colère faisait trembler tous ses membres.

Elle recula, les mains tendues pour l'empêcher d'approcher.

— Non, non, non, répétait-elle, sentant les sanglots remonter dans sa gorge, menaçant de la submerger.

Elle ne désirait plus qu'une chose : qu'il parte, qu'il sorte de cette maison, qu'il quitte Bethnal Green, qu'il les laisse, elle et toutes les familles endeuillées par sa faute.

— Va-t'en. Va-t'en. *Va-t'en !* Je... Je... Je ne veux pas te revoir... plus jamais ! hurla-t-elle, avant de s'écrouler dans le fauteuil le plus proche – celui de Charlie – et de se couvrir le visage des deux mains pour pleurer tout son saoul.

À cet instant, plus rien n'existait. Elle était seule avec cette douleur insupportable qui balayait tout sur son passage.

*

— Nellie, je t'en prie. Je t'en prie, mon amour, laisse-moi te...

Ray posa la main sur son épaule, mais Nellie la repoussa. Il n'y avait rien qu'il puisse dire ou faire pour se réconcilier avec la femme qu'il aimait. C'était un crève-cœur de la voir ainsi, en larmes, brisée. De savoir qu'il était peut-être responsable de son malheur, qu'il avait peut-être provoqué le mouvement de panique qui avait entraîné la mort de son père et sa sœur. Et de tellement d'autres gens. Qu'il ne serait même pas là pour la soutenir au cours des semaines difficiles qui s'annonçaient.

Il maudit intérieurement ses supérieurs d'avoir choisi un si mauvais moment pour déplacer son groupe. D'autant que, s'ils ne l'avaient pas fait, il n'aurait pas eu besoin de venir à Bethnal Green, la veille au soir, pour annoncer la nouvelle à Nellie ; et cette bousculade meurtrière n'aurait peut-être pas eu lieu. Certes, c'était le bruit du pot d'échappement de l'automobile qui avait effrayé cette femme. Mais se pouvait-il que cela ait suffi à provoquer une tragédie d'une telle ampleur ? Comment allait-il vivre avec le poids de cette culpabilité, si c'était bien le cas ?

Il baissa les yeux sur Nellie qui sanglotait toujours. Il aurait tant voulu la consoler… Il tenta à nouveau de l'approcher, mais elle le fusilla du regard, le visage défait.

— Pourquoi tu ne pars pas ? Va-t'en ! Sors d'ici !

Les forces décuplées par la colère, elle le poussa violemment et il recula d'un pas.

Elle avait besoin de temps et d'espace pour panser ses blessures. Pour trouver le moyen d'accepter ce qu'il lui arrivait, s'il en existait un. Il lui écrirait. Dès que possible, décida-t-il. Il lui donnerait l'adresse de sa nouvelle base d'aviation. Ils réussiraient à surmonter cette épreuve. Il le fallait. Nellie était tout pour lui. Elle était sa vie. Il était inenvisageable de la perdre.

26.

Épuisée par ses sanglots, Nellie avait fini par s'endormir sur le canapé. Elle se réveilla, glacée et les membres gourds, alors que les premiers rayons de l'aube perçaient derrière les fenêtres. Sa première pensée fut que les stores n'avaient pas été tirés, que Charlie allait être furieux… et puis, elle se souvint.

Ray était parti. Sa gorge douloureuse lui rappela la manière dont elle lui avait hurlé dessus, folle de rage, avant de le chasser. Mais Ray n'était pas sa priorité. George, Em et elle allaient devoir se soutenir pour faire face. Elle avait du mal à croire que sa famille ne se composait plus que de trois membres. Elle se leva, le corps raide et douloureux dans ses vêtements froissés de la veille, et gagna l'étage. Elle entra dans la chambre qu'elle partageait avec Flo, côté rue. Em était là, recroquevillée en boule dans le lit de son enfant, le visage reposant sur sa chemise de nuit, sa poupée Dolly dans les bras. Elle avait les yeux ouverts.

— J'ai dormi ici, lui dit-elle. J'ai essayé, du moins. Je pense que j'ai réussi à somnoler une demi-heure. Je t'ai entendue te quereller avec Ray.

— Oui. Il est parti.

Il n'était absolument pas question qu'elle lui révèle le motif de leur dispute.

— George va bien ?

Sa mère s'exprimait d'une voix monocorde, désincarnée.

— Je vais aller le voir.

Elle découvrit son frère dans sa chambre minuscule, juste à côté. Endormi. Elle referma doucement la porte, puis se lava le visage et se changea avant de redescendre. Elle se rendit à la cuisine et mit la bouilloire à chauffer. Em la rejoignit peu après et posa du pain et de la margarine sur la table.

— Ça semble irréel, hein ?

— Oui, on croirait qu'on évolue dans un cauchemar, dit Nellie, se laissant tomber sur une chaise.

— Mange un peu, ma chérie.

— Je ne peux pas.

Nellie avait juste envie d'être seule.

Sa mère prit une tranche de pain, étala de la margarine dessus et la dévisagea.

— Pour quelle raison vous êtes-vous disputés, tous les deux ?

— Ça ne te regarde pas, maman.

— Vraiment ? Je pensais qu'il t'aimait et que tu allais avoir besoin de lui. Je ne m'attendais pas à ce que tu le rejettes ainsi.

Nellie sentit une nouvelle bouffée de rage l'envahir.

— Tu ne peux pas comprendre. Tu ne pourras jamais comprendre.

Elle préférait garder le secret. Porter seule ce fardeau.

— Alors explique-moi. Je ne peux pas lui poser la question à lui, puisqu'il est parti, insista Em.

George entra à la cuisine à ce moment, déconcerté par les éclats de voix.

— Maman, Nellie, ne vous disputez pas, je vous en prie…

— Arrêtez de me dire ce que je dois faire ou ne pas faire ! explosa-t-elle. Taisez-vous, tous les deux. Laissez-moi tranquille !

Elle ne pouvait pas rester dans cette maison une minute de plus. Elle attrapa son manteau et sortit, claquant la porte derrière elle.

Elle remonta Morpeth Street et tourna à l'angle, sans savoir où elle allait. Elle repensa aux paroles de Ray dans la lumière crue du matin, et regrettait la violence avec laquelle elle l'avait accusé. Mais elle ne réussissait pas à croire qu'il ait pu l'abandonner en pareil moment. À présent, elle n'avait plus aucune épaule sur laquelle s'appuyer. De toute façon, si c'était bien lui qui avait provoqué ce drame, elle ne pensait pas pouvoir le lui pardonner un jour.

Autour d'elle, rien ne semblait avoir changé. C'était un matin comme tous les autres. Les visages de certains passants trahissaient le choc et la sidération, mais, à part ça, rien n'indiquait que Bethnal Green se réveillait d'une catastrophe. Il n'y avait même pas de poussière dans l'air, aucune trace des nouveaux débris qui ne manquaient pas d'apparaître au lendemain d'un raid aérien.

Pourtant, rien n'était plus comme avant. Nellie éprouva soudain le besoin de savoir ce qu'il s'était passé. Il fallait absolument qu'elle comprenne ce qui avait pu causer ce drame… Son errance l'ayant menée dans les environs de la mairie, elle décida qu'elle ferait aussi bien d'aller travailler. Et puis c'était l'endroit où elle était le plus susceptible de trouver les réponses à ses questions.

Elle monta l'escalier et prit une profonde inspiration avant de pousser la porte, décidée à dissimuler son émoi.

À l'intérieur, des conseillers municipaux et d'autres fonctionnaires allaient et venaient sombrement. Mme Bolton, qui traversait le hall à cet instant, s'approcha d'elle.

— Oh, Dieu merci, vous voilà. J'ignorais si vous étiez… dans cet affreux accident, à la station de métro, hier. J'ai une réunion qui commence dans…

Elle jeta un coup d'œil à sa montre.

— Cinq minutes. Là-haut, dans la salle de conférence. Je vous y retrouve.

Elle lui adressa un sourire las et passa son chemin.

Nellie gagna l'étage d'un pas vif pour ne pas avoir à réfléchir. Elle ne voulait pas s'écrouler avant d'avoir entendu ce qui allait se dire à cette réunion.

Elle entra dans le bureau de la maire, pendit son manteau à la patère et ramassa son bloc et son stylo, dans un état second, décidée à tenir le coup pour découvrir la vérité.

Le visage grave, de hauts fonctionnaires entrèrent dans la salle de conférence et prirent place en silence autour de la grande table. Nellie était assise dans un coin de la pièce, derrière sa supérieure, son bloc sur les genoux. Elle reconnut quelques visages et remarqua que certaines personnes étaient particulièrement lividces, comme si, elles aussi, avaient perdu des proches. Elle avait toutes les peines du monde à se concentrer sur ce qu'il se jouait autour d'elle : son esprit ne cessait de se rejouer son échange de la veille avec Ray, ou d'envisager le moment où elle quitterait son travail, ce soir, pour regagner une maison où elle ne retrouverait ni Flo ni son père.

— Merci à vous tous d'avoir répondu à cette convocation de dernière minute, commença Mme Bolton. Comme vous le savez, une terrible tragédie a eu lieu, cette nuit, à l'entrée de la station de métro de Bethnal Green. Et nous devons immédiatement prendre une série de décisions. En premier lieu, il va falloir ordonner une enquête pour déterminer les causes de l'accident et éviter qu'un tel drame ne se reproduise. Nous devons aussi réfléchir à la manière de présenter la chose à nos administrés. Mais avant tout, étant consciente que la plupart d'entre vous ne se sont jamais rencontrés, je désire effectuer un tour de table afin de vous présenter les uns aux autres.

Nellie s'efforça de mémoriser les noms et les titres des inconnus. En dehors des quelques conseillers municipaux qu'elle croisait souvent, il y avait sir Ernest Gowers, représentant de la Sécurité civile de Londres, dont elle connaissait l'existence, pour avoir tapé des lettres qui lui étaient adressées. Et un certain M. Ian Macdonald Ross, assistant du secrétaire d'État à l'Intérieur, envoyé pour prendre des notes destinées aux hauts responsables du gouvernement.

Les présentations terminées, sir Ernest Gower prit la direction des débats.

— Bien. Premièrement, je dois vous préciser qu'à partir de maintenant, *tout* ce qui sera dit ici devra rester entre ces murs. Tant que nous n'aurons pas décidé de la manière de… hem… présenter la chose au public, nous devrons faire preuve de la plus grande discrétion. Il y a eu beaucoup de victimes cette nuit…

Nellie déglutit pour ravaler un sanglot et éviter de perdre contenance.

— … qui ne sont pas imputables à l'action de l'ennemi. Nous voulons à tout prix éviter d'effrayer la population et la dissuader de se réfugier dans les abris publics. Nous devons également éviter de la démoraliser et de prêter le flanc à la propagande ennemie.

Il soutint le regard de chacun de ses interlocuteurs, quêtant leur assentiment.

— À première vue, il semble qu'un mouvement de panique massif se soit produit à l'entrée de la station. Les gens se seraient tous précipités dans l'escalier en même temps, causant un goulet d'étranglement dont il leur a été impossible de s'extraire.

Nellie attendit. Un mouvement de panique causé par un retour de flamme dans un pot d'échappement que la foule avait pris pour une attaque terrestre des Allemands ? Le cauchemar allait-il continuer ? Allait-elle avoir la certitude que l'homme qu'elle aimait avait causé la mort de deux des êtres qu'elle aimait le plus au monde ?

— J'ai ici le nombre des victimes, continua sir Ernest.

Il baissa la tête sur ses notes et déglutit.

— J'ai le regret de vous annoncer que cent soixante-treize personnes ont perdu la vie au cours de cet accident. Et qu'une grande proportion de ces victimes – soixante-deux – sont des enfants.

Des hoquets horrifiés s'élevèrent dans la salle. Autour de la table, les têtes s'inclinèrent respectueusement, les bouches articulant des prières muettes pour les défunts. Nellie battit les paupières pour retenir ses larmes et nota le nombre 173, qu'elle encadra. Elle avait beau avoir vu de ses yeux les corps allongés dans l'église, il était difficile de se faire à l'idée qu'ils aient pu être aussi nombreux. Tant de morts dans un espace si exigu. Dix-neuf marches. Et tellement d'enfants qui, comme sa Flo, avaient toute la vie devant eux. À nouveau, elle essaya de se persuader qu'elle allait se réveiller d'un mauvais rêve, ou que tout cela advenait aux personnages d'un de ces films projetés à l'Empire. En dépit de cette réunion qui cherchait à donner un sens à cette catastrophe, Nellie ne comprenait pas comment une telle chose avait pu se produire.

— Et il faut ajouter à ce chiffre plusieurs douzaines de blessés qui ont été emmenés à l'hôpital, reprit sir Ernest après un silence. Une enquête a été ouverte par le ministère de l'Intérieur pour déterminer les causes de l'accident. Les survivants et les sauveteurs seront entendus afin que nous recueillions le maximum d'informations susceptibles de nous éclairer.

Mme Bolton se tourna vers Nellie et murmura :

— J'aimerais que vous assistiez à ces interrogatoires et que vous les preniez en sténo. Ce sera éprouvant, j'en ai bien conscience, mais je sais que je peux compter sur vous pour faire un excellent travail.

Nellie la fixa, les yeux écarquillés : cette seule idée lui glaçait le sang. Elle se sentait incapable d'écouter les récits des survivants. Apprendre comment Flo et Charlie étaient morts lui serait insupportable.

— J'ai ouï dire que ce sont les communistes qui ont causé cette panique, déclara l'un des conseillers municipaux.

Un de ses collègues secoua la tête.

— Non, c'est la vue des bombardiers allemands qui volaient bas. Vous n'avez pas entendu les explosions ?

— Aucune bombe n'a frappé Bethnal Green la nuit dernière, les informa la maire, catégorique. Le fait a été établi.

— Nous envisagerons les différentes possibilités au cours de l'enquête, s'interposa sir Ernest. En attendant, nous devons prendre les mesures qui s'imposent pour sécuriser l'entrée du métro au plus vite.

À ces mots, Nellie fut prise de nausée. C'était précisément le genre d'abominable tragédie que M. Smith redoutait, dans son rapport d'expertise. Pas une ou deux jambes cassées, mais des centaines de vies perdues en quelques instants. Cet accident aurait pu être évité si les fonds nécessaires à l'amélioration de l'accès au métro avaient été débloqués. Elle croisa le regard de Mme Bolton qui se racla la gorge et prit la parole.

— Monsieur, permettez-moi de vous rappeler que la mairie de Bethnal Green a envoyé plusieurs demandes à la Sécurité civile afin d'effectuer les travaux nécessaires.

La gorge nouée, Nellie attendit la réponse à ce fait imparable : le financement avait été sollicité à maintes reprises et refusé à chaque fois par la Sécurité civile.

— L'heure n'est pas aux accusations, Madame le maire. Attendons les conclusions de l'enquête avant de désigner des coupables.

Il redressa la tête, comme s'il défiait quiconque d'objecter, avant de poursuivre :

— Il reste de nombreuses victimes à identifier afin que leurs familles soient informées et puissent leur organiser des obsèques. C'est sur cela que nous devons concentrer nos efforts pour l'heure.

La séance fut levée et Nellie regagna aussitôt le bureau de la maire, ne désirant pas écouter ces hommes une minute de plus.

— Vous ne devez parler à personne de ce que vous avez entendu ici, Nellie, pas même à votre famille, lui rappela sa patronne. Pas tout de suite, en tout cas. Je sais que ça va être difficile considérant le nombre de personnes endeuillées… j'espère qu'aucun de vos proches ou des miens n'a perdu la vie cette nuit. Enfin, comme l'a expliqué sir Ernest, nous ne pouvons pas prendre le risque de démoraliser nos concitoyens en ces temps difficiles.

Nellie acquiesça, glissa une feuille de papier dans le rouleau de sa machine à écrire et s'immobilisa, fixant les touches sans les voir. Les paroles de la maire résonnaient dans sa tête : « Vous ne devez parler à personne de ce que vous avez entendu ici… pas même à votre famille… »

Soudain, une digue céda en elle. Mme Bolton aurait dû insister davantage pour obtenir cet argent ! Elle aurait pu agir malgré tout. Se servir d'autres fonds de la municipalité… Elle arracha la feuille de la machine, la froissa et la jeta à travers la pièce.

— Ils ont refusé de financer les travaux, madame Bolton ! C'est leur faute ! Ils sont responsables ! Nous n'avons pas besoin de cette enquête stupide. Nous avons juste besoin de leur montrer la lettre que nous leur avons envoyée. C'est moi qui l'ai tapée ! Et j'ai lu leur réponse. C'est leur faute ! Ils les ont tués ! Ils les ont tous tués !

Les larmes qu'elle avait retenues toute la matinée ruisselaient sur ses joues. Sa colère redoubla quand elle vit la mine déconcertée de sa supérieure. Qu'elle aille au diable, se dit-elle, ne cherchant plus à dissimuler le mal que la négligence de la Sécurité civile de Londres avait fait à sa famille.

— Nellie ? Est-ce que… vos proches… ? balbutia Mme Bolton, tandis que l'évidence lui apparaissait.

Elle hocha la tête, repoussant les visions des corps sans vie de son père et de Flo dans l'église, s'en voulant d'avoir crié sur sa mère et son frère ce matin : la seule famille qu'il lui restait. Ils devraient se soutenir les uns les autres et non se disputer, se reprocha-t-elle, secouée de sanglots.

La maire marcha jusqu'à son bureau et attrapa la liste des décès confirmés. Elle lut les noms, son index descendant sur la page.

— Oh, ma chère. Votre père et votre sœur… Oh, Nellie, que faites-vous ici ? Votre place est auprès de votre mère.

Elle s'approcha et posa une main délicate sur son épaule.

— Allons, rentrez chez vous, murmura-t-elle.

Nellie se leva et passa son manteau avec des gestes mécaniques. Mme Bolton avait raison. On avait besoin d'elle à la maison.

27.

Nellie ressortit de la mairie, comme dans un rêve. Elle descendit l'escalier, ansi qu'elle l'avait fait si souvent, songeant que c'était la première fois qu'elle le descendait pour regagner une maison où elle ne trouverait ni son père, ni sa sœur, comprenant qu'elle ne serait plus jamais la même personne.

Elle s'apprêtait à prendre la direction de Morpeth Street quand un homme l'aborda.

— Excusez-moi, est-ce que vous travaillez à la mairie ? Je vous ai vue en sortir.

Nellie leva les yeux. Il devait avoir une quarantaine d'années et portait un trilby. Il avait les traits tirés, comme s'il n'avait pas dormi de la nuit.

— Euh, oui, confirma-t-elle.

— Puis-je vous demander en quelle qualité ?

— Je suis l'assistante de la maire.

— Dans ce cas, vous devez être au courant des événements de la nuit dernière ?

Il y avait quelque chose d'insistant dans sa manière de l'interroger. Elle hésita, ne sachant que lui répondre. Elle ne voulait pas lui mentir, mais les paroles de la maire résonnaient encore dans son esprit : elle ne devait parler de l'accident à personne.

— Pas vraiment. Je suis désolée, je dois partir…

Tout ce qu'elle voulait, maintenant, c'était rentrer retrouver Em et George. Elle pressa le pas, mais l'homme la rattrapa.

— Je vous prie de m'excuser, je ne me suis pas présenté. Stan Collins, journaliste au *Daily Mail.* Je sais qu'il s'est produit quelque chose de grave, la nuit dernière, à l'abri de la station de métro, mais personne ne veut me donner la moindre information à ce sujet.

— Je suis désolée, monsieur Collins, mais je ne peux pas… commença-t-elle.

Il leva la main pour l'interrompre.

— Je suis personnellement impliqué, voyez-vous. C'est là-bas que se réfugie mon père, lors des alertes aériennes. Or il n'est pas rentré ce matin. Personne ne l'a vu, ni à la maison, ni au travail. Alors… je voulais seulement savoir… s'il ne lui était rien arrivé de grave…

Sa voix se brisa et il continua à l'implorer du regard. Nellie hésitait toujours.

— Il est possible qu'il soit blessé, reprit-il. Je suis inquiet. Je l'ai cherché dans les hôpitaux du coin et je suis allé au commissariat. Son nom n'apparaît nulle part, mais je sens qu'on me cache quelque chose…

Il soupira.

— Je n'ai pas dormi de la nuit, Mademoiselle…

— Morris. Nellie Morris.

— Je suis rongé par l'inquiétude, mademoiselle Morris. J'ai rencontré d'autres personnes qui, comme moi, cherchent des amis et des parents. S'il y a eu un accident… nous devrions en être informés, non ? Il posa la main sur son avant-bras.

Elle songea que le père de ce monsieur faisait peut-être partie des victimes étendues dans l'église, attendant encore d'être identifiées. Elle pouvait sûrement lui communiquer cette information et le laisser trouver ses réponses seul. Si son père était mort, il valait mieux qu'il en soit averti le plus tôt possible. La veille, quand ils ignoraient encore si Charlie et Flo étaient morts ou vivants, l'incertitude leur avait semblé intolérable. Elle savait ce que ressentait M. Collins à cet instant, et c'était insupportable.

Elle s'arrêta et se tourna vers lui.

— Je n'ignore pas totalement ce qu'il s'est passé, monsieur Collins. Une enquête approfondie va déterminer les causes de l'accident. Pour le moment, le ministère de l'Intérieur préfère éviter de les révéler… et réfléchir à la manière de l'annoncer à la population.

— Le ministère de l'Intérieur ? C'est grave, alors ?

Elle acquiesça. Il l'aurait compris tôt ou tard.

— Les citoyens ont le droit d'être informés. *J'ai* le droit de savoir ce qu'il est arrivé à mon père.

— Oui, vous avez raison. J'ai perdu mon propre père hier soir. Et ma sœur.

Les mots étaient sortis tout seuls.

— Oh, Dieu du ciel ! Je suis désolé. Votre père *et* votre sœur, vous dites ? Mais aucune bombe n'est tombée par ici, hier soir, à ma connaissance.

Il paraissait si inquiet, si effrayé. Il méritait d'avoir des informations sur son père. Au diable, le ministère de l'Intérieur et Mme Bolton ! Elle prit une profonde inspiration et lui dit la vérité.

— Il y a eu une bousculade à l'entrée du métro, peu après le déclenchement de l'alerte, hier soir. Beaucoup de gens… ont perdu la vie. Il y a encore des victimes non identifiées à l'église St John. Il est possible… que votre père… se trouve parmi elles.

— Une bousculade ?

— Ils pensent que la foule a p… paniqué pour une raison ou pour une autre, en descendant l'escalier.

Elle n'avait aucune intention de lui révéler ce qui avait pu causer cette panique.

— Il va y avoir une enquête approfondie.

— Combien ? Combien y a-t-il de morts ?

— Je ne peux pas vous le dire. Écoutez, monsieur Collins, on nous a demandé de garder le silence. N'écrivez pas cela dans votre journal, s'il vous plaît. Cela m'attirerait des ennuis, le pria-t-elle, sentant qu'elle en avait déjà trop dit.

Elle avait désespérément besoin de son travail, maintenant, ce qu'il restait de sa famille dépendait de son salaire.

— L'église St John, vous dites ? D'accord, je vais aller voir… s'il est là-bas…

Il baissa les yeux sur ses pieds.

— Merci, mademoiselle Morris. Vous m'avez été d'une grande aide, c'est très gentil à vous. Toutes mes condoléances pour votre père et votre sœur. Bonne journée.

Il leva son chapeau, lui adressant un salut courtois, et la laissa. Nellie le suivit des yeux, pleine de compassion à l'idée de ce qui l'attendait si son père faisait effectivement partie des victimes. Elle frissonna au souvenir de l'instant terrifiant où elle avait découvert le corps sans vie de Flo. Du hurlement qui s'était élevé de sa gorge. Du poids de sa mère, dans ses bras. Vidée de toute énergie, elle reprit le chemin de Morpeth Street.

*

Quand elle arriva à la maison, sa mère était assise au salon. Em leva à peine les yeux à son entrée. Nellie tomba à genoux devant elle et lui prit les mains.

— Maman. Je te demande pardon.

— Pourquoi ? demanda-t-elle.

Elle avait les yeux rougis par les larmes et le manque de sommeil.

— Pour ce matin. Je n'aurais pas dû te crier dessus. Nous devons…

— Je ne sais pas ce que nous devons faire, l'interrompit sa mère d'une voix blanche, terrassée par le chagrin.

— Nous réconforter les uns les autres. Nous entraider. Il n'y a pas d'autre possibilité pour le moment.

— Les journaux de l'après-midi disent que c'était à cause des bombardements.

— Non, maman, aucune bombe n'est tombée ici hier soir. Je vais nous préparer du thé et ensuite je te raconterai ce que j'ai appris à la mairie.

Nellie gagna la cuisine et fit chauffer de l'eau. Par la fenêtre, elle vit George, assis sur le banc du jardin, tenant Rosie dans ses bras. Elle espérait que ses poules réussiraient à le consoler un peu. Oscar frotta sa truffe contre sa jambe et émit un petit gémissement. Lui aussi sentait qu'il se passait quelque chose d'anormal.

Elle porta le thé au salon et, en dépit de l'injonction de sa patronne, entreprit de raconter à sa mère tout ce qu'elle avait entendu lors de la réunion.

Em sembla tirer un peu de réconfort du fait que le ministère de l'Intérieur s'intéressait à l'affaire, et qu'il avait ordonné une enquête pour déterminer la cause de la tragédie.

— Ils vont veiller à ce que ça ne se produise plus jamais, alors. Ni ici ni dans d'autres abris, dit-elle. Comme ça, mon Charlie et ma Flo ne seront pas morts en vain.

Nellie sentit l'angoisse lui étreindre la poitrine à l'idée qu'ils devraient retourner là-bas tôt ou tard. Peut-être même ce soir. Elle ne se sentait pas capable de descendre cet escalier en se demandant sur quelles marches son père et sa sœur étaient morts.

— En tout cas, je ne mettrai plus les pieds dans cette station, déclara Em, tranchant la question. Pas après ce qu'on a vécu. Nous irons à l'autre abri, sous les arches du chemin de fer.

Nellie approuva. Sa mère avait raison, il leur serait trop difficile à tous de retourner là-bas.

— Qu'est-ce qui a causé la bousculade ? J'ai besoin de le savoir. Qu'est-ce qui a déclenché ce drame ? questionna Em.

— Ils disent… que les gens ont paniqué et se sont rués d'un coup dans l'escalier.

— Mais pourquoi ont-ils paniqué ? Quand on pense au nombre de fois où on est descendus là-bas. Il n'y a jamais eu le moindre problème. Je ne comprends pas.

Nellie se mordit la lèvre. Elle comprenait très bien, elle, seulement la vérité ne faisait qu'ajouter à sa douleur, déjà insupportable. Elle monta se coucher, priant pour que le sommeil lui permette d'oublier, ne serait-ce que quelques heures. Mais quand elle s'allongea, elle ne put détacher ses pensées de l'absence de Flo dans le lit voisin et du vide immense qui résonnait dans la pièce. Et quand elle parvenait à fermer les yeux, c'était sa dispute avec Ray qui revenait la tourmenter. Elle avait été horrible avec lui, mais elle lui en voulait tellement de l'avoir abandonnée.

28.

Deux jours plus tard, une lettre arriva pour Nellie. Quand elle reconnut l'écriture de Ray, son ventre se serra. Elle brûlait d'envie d'avoir de ses nouvelles, tout en redoutant ce qu'il risquait de lui dire. Elle gagna l'étage en vitesse et commença à déchirer l'enveloppe avant même d'avoir refermé la porte de sa chambre.

Les mains tremblantes, elle déplia la feuille de papier et la lut. Comme elle s'y attendait, elle commençait par des excuses. Il était désolé qu'ils se soient quittés en si mauvais termes, mais il ne pensait pas que le bruit du pot d'échappement de sa voiture ait pu être l'unique cause de cette panique générale. Il lui communiquait sa nouvelle adresse (celle d'une base d'aviation située dans les Midlands) et lui demandait de lui écrire, quand elle s'en sentirait le cœur. C'est le regard brouillé par les larmes qu'elle lut la dernière partie de sa lettre.

Tu me manques déjà terriblement, je n'ai pas les mots pour te dire à quel point je suis désolé du deuil qui te frappe. On ne se remet jamais complètement d'une telle tragédie, mais j'espère qu'un jour la douleur s'atténuera un peu et que tu pourras accepter que la vie continue.

— Accepter que la vie continue ? Sans ma petite sœur, sans mon père, et avec une famille dépendant de mon seul salaire et de l'argent des œufs de George ? Tu ne comprends rien à rien, Ray Fleming ! s'écria-t-elle.

Elle froissa la lettre et la jeta dans un coin de la pièce. *La douleur s'atténuera un peu ?* Elle grandissait, oui. Elle devenait omniprésente. Elle remplissait tout son être. Mais elle ressentait de la colère envers Ray, aussi, pour le rôle qu'il avait joué dans cette catastrophe. Et plus encore envers le destin cruel qui s'acharnait sur eux. Se réveillerait-elle un jour sans ressentir ce terrible vide laissé par la mort de son père et de sa sœur ? Ce vide qui menaçait de la dévorer ?

Elle inspira profondément et récupéra la lettre. Elle la relut, essayant de deviner s'il souhaitait la revoir ou pas. Il lui demandait seulement de lui écrire, quand elle s'en sentirait capable. Une partie d'elle-même espérait ne plus jamais le revoir, sachant que, chaque fois qu'elle poserait les yeux sur lui, elle repenserait à sa responsabilité dans le massacre de la station de métro ; mais, à l'autre partie, il manquait cruellement. Le poids rassurant de ses bras autour d'elle lui manquait, le sentiment de sécurité que lui procurait le simple fait de poser sa joue contre sa poitrine. Si elle n'avait pas couru après le bus qui emportait Flo, ce fameux jour, elle n'aurait jamais rencontré Ray. Et sa sœur serait toujours en vie. Il lui était arrivé de penser que la vie sans lui serait intolérable, cependant la vie qui l'attendait sans la présence solaire de Flo lui paraissait un destin plus cruel encore.

*

— Tu tiens le choc ? lui demanda Babs.

Ce n'était pas la première fois qu'elle lui posait la question. Elle se sentait chanceuse d'avoir son amie auprès d'elle et de pouvoir pleurer sur son épaule. Elles étaient assises sur le banc du jardin, les poules de George picorant la terre autour de leurs pieds. La lettre de Ray, arrivée ce matin-là, était gravée dans son esprit.

Elle haussa les épaules.

— Ce n'est pas facile. Peut-être… qu'après les obsèques…

Babs la serra dans ses bras.

— Dire que… nous étions en bas et que nous ignorions ce qu'il se passait. Je me suis fait du souci quand je t'ai vue partir, avec George, mais je me disais que vous étiez dans une autre partie de l'abri. J'ai toujours du mal à croire que tous ces gens sont morts.

— Je sais.

— Je vais à l'enterrement d'une employée de la fabrique, demain. Je ne la connaissais pas très bien, mais… quand même. Je veux lui rendre hommage. Elle n'avait pas beaucoup de proches.

Babs soupira.

— J'imagine que tu n'as pas envie d'aller rendre ce genre d'hommage en ce moment, pour ta part…

Elle coula un regard plein de compassion à Nellie, qui ravala un sanglot. Elle pensait qu'elle avait pleuré toutes les larmes de son corps, mais apparemment pas. Chaque fois qu'elle se calmait un peu, quelque chose lui rappelait Flo, ou Ray, et elle s'écroulait à nouveau. Elle se sentait dépassée, avait l'impression qu'elle ne s'en remettrait jamais.

— Si je peux faire quoi que ce soit, Nellie, tu sais que je suis là, reprit Babs. Tu n'as qu'à demander. Et tu peux compter sur Billy aussi. Je sais que c'est difficile pour toi depuis que Ray est parti, mais on est là pour toi, d'accord ?

Nellie lui prit la main et la serra, touchée par l'émotion qui perçait dans la voix de son amie. Elle aurait voulu se confier à elle, lui parler de la voiture de Ray, du retour de flamme, mais elle n'en avait pas le courage. C'était trop douloureux.

— Merci, Babs. Je n'hésiterai pas. J'apprécie beaucoup.

Plus tard, ce jour-là, elle récupéra une écharpe de son père toujours imprégnée de son odeur et la glissa sous son lit. Ensuite, elle chercha Spotty, le petit chien en porcelaine de Flo, mais ne le trouva nulle part. Em ne l'avait pas vu non plus.

— Peut-être qu'elle l'avait dans sa poche quand elle…

— Non, maman, ils nous ont donné tous leurs effets personnels, lui rappela Nellie. Mais ce n'est pas grave. Je vais continuer à chercher dans notre… dans ma chambre.

Ce n'était qu'un pauvre bibelot, mais elle tenait absolument à le retrouver. C'était le seul souvenir qu'elle voulait conserver. Or elle eut beau chercher, il demeura introuvable. Il avait dû tomber dans la bousculade. Il faudrait qu'elle se contente d'un de ses dessins à la place. Celui où l'on voyait des animaux de la ferme et des arbres. Il avait de si jolies couleurs.

Elle le décolla du mur, le plia soigneusement et le glissa sous son lit à côté de l'écharpe. Quelques objets, c'était tout ce qu'il leur restait d'eux. Des objets et leurs souvenirs.

*

Les funérailles furent encore plus éprouvantes qu'elle ne se l'était imaginé. St John ne paraissant pas l'endroit adapté pour la cérémonie, elle eut lieu dans une autre église du quartier. En dépit du nombre impressionnant d'enterrements qui se succédaient depuis l'accident, les amis et proches s'étaient déplacés pour leur offrir des condoléances et des témoignages de soutien que Nellie reçut avec reconnaissance.

« Cette enfant douce et innocente, arrachée aux siens si tôt. Ce père de famille… »

En entendant les mots du pasteur, elle aurait voulu s'insurger contre l'injustice divine. Et à en juger par son air pincé à cet instant, Em se retenait d'en faire autant. George, pour sa part, semblait fixer un point près de la tête du révérend, clairement impatient que cette épreuve soit derrière lui. Nellie lui prit la main.

Ils se rendirent ensuite au cimetière de Bow. Em avait insisté pour que son mari et sa fille soient enterrés dans deux fosses séparées surmontées de deux pierres tombales distinctes.

— C'était une personne à part entière, avait-elle déclaré. Elle mérite son propre espace de repos.

Babs, qui se tenait derrière eux, avec sa famille, tapota l'épaule de Nellie pour lui donner du courage. Elle remarqua que Billy avait la main posée sur celle de George, comme pour lui suggérer qu'il pouvait compter sur lui, s'il avait besoin d'une présence masculine. Son frère s'écarta légèrement, et la main de son ami retomba. Se remémorant la manière dont Ray avait soutenu George, quand Em et elle étaient entrées dans l'église St John, ce soir-là, elle regretta à nouveau son absence. C'était lui qui aurait dû être ici pour les épauler. Mais il était absent. Et il le demeurerait.

— Dors, mon chaton. Prends soin d'elle pour nous, papa, murmura-t-elle, jetant une poignée de terre sur chaque cercueil.

Quand elle recula d'un pas chancelant, aveuglée par les larmes, Babs et Billy s'empressèrent de la soutenir.

— Ça va, Nellie, je te tiens, dit ce dernier.

C'était bon de le sentir à ses côtés. Son ami de toujours. Si droit et si délicat.

Bientôt, le moment le plus redouté arriva : il fut temps de tourner le dos à sa sœur adorée et de partir, de la laisser là, seule, dans la terre froide. À nouveau, ce furent ses amis qui l'aidèrent à s'éloigner lentement, tandis que le désespoir la submergeait.

29.

Em avait tenu à inviter leurs amis et voisins à la maison pour leur offrir du thé et des sandwiches.

— C'est la tradition, avait-elle insisté quand Nellie l'avait priée d'y renoncer, pensant que ce serait trop difficile à supporter pour eux. Je veux faire les choses dignement pour mon Charlie et ma Flo.

Elle était si déterminée que Nellie avait capitulé et s'était contentée de l'aider au mieux.

Par chance, ils n'eurent que peu de visiteurs. Les Waters, quelques voisins et deux collègues de Charlie. Il y avait d'autres obsèques ce jour-là, et il y en aurait encore les jours suivants ; les gens étaient accablés de tristesse. Cet accident les avait tous touchés d'une manière ou d'une autre.

Mme Waters et Babs l'aidèrent à confectionner des petits sandwiches aux œufs et au pâté et des tartelettes à la confiture. Quand elles les portèrent au salon, Em lui adressa un signe de tête approbateur.

Offrant de s'occuper du service, Babs et sa mère insistèrent pour qu'Em, George et Nellie restent assis avec leurs invités. Elle ne résista pas, même si, pour sa part, à défaut de pouvoir demeurer seule avec ses pensées, elle aurait préféré s'occuper les mains.

Oscar arriva du jardin et se coucha à ses pieds. Elle caressa ses oreilles veloutées, songeant à cet autre deuil, dont ils se remettaient à peine. Mais, au moins, Ruth et John étaient-ils morts au cours d'une frappe de l'ennemi, pas dans une bousculade causée par un stupide retour de flamme dans un pot d'échappement. C'était ce qu'elle avait le plus de mal à supporter. Et elle doutait de pouvoir y parvenir un jour.

— C'est terrible, la manière dont le destin vous frappe, parfois, disait Mme Waters à Em. Parce que, si Flo avait été évacuée comme prévu, elle serait encore des nôtres. Ou si votre Charlie avait descendu l'escalier un tout petit peu plus vite, ou qu'il était arrivé à la station un tout petit peu plus tard, ils auraient échappé à la bousculade. C'est affreux. Notre Billy m'a raconté qu'il ne réussissait pas à déloger ces pauvres gens. Il s'est tellement fatigué qu'il a fini au poste de secours à cause de son asthme.

— Tais-toi, maman, gronda son fils.

Nellie dévisagea son ami.

— Tu as eu une crise d'asthme ?

— Oui. J'essayais de dégager ces gens, mais…

C'était la première fois qu'il évoquait l'accident devant elle.

— Enfin, tu sais…

Son haussement d'épaules en guise d'explication fut comme un détonateur. Et, soudain, c'est contre Billy que sa colère se déchaîna.

— Si tu t'étais rendu sur place plus tôt, tu aurais pu empêcher ça à temps ! explosa-t-elle. Si tu avais relevé les premières personnes quand elles sont tombées. Si tu avais été au bas des marches, tu les aurais vues, et tu aurais pu agir immédiatement.

— J'étais au bas des marches… j'ai fait tout ce que j'ai pu…

— Quoi ? Tu as tout vu et tu as laissé *cette horreur* se produire ?

Elle frappa sa poitrine d'un index accusateur.

— Tu… tu aurais dû… les sauver… tu aurais dû… sauver Flo… hoqueta-t-elle, d'une voix étranglée par la rage.

— J'aurais fait n'importe quoi pour la sauver, répondit-il, l'air accablé de tristesse. Quand il m'a semblé reconnaître sa petite chaussure rouge, je l'ai saisie, et j'ai tiré et tiré. Mais elle m'est restée dans la main. Et je ne pouvais plus respirer. J'ai dû…

— Tu as vu *la chaussure de Flo* ? Tu avais la main sur son pied et tu ne l'as pas sauvée ? le coupa-t-elle, incrédule, songeant que sa sœur avait un pied nu quand sa mère et elle avaient découvert son corps à l'église. Tu l'as abandonnée ! C'est comme si… tu l'avais *tuée* !

Elle hurlait, incapable de contenir sa fureur.

Les regards de leurs invités convergèrent sur eux. Babs s'avança.

— Oh, Nellie, ne te mets pas dans cet état. Beaucoup d'enfants portent ce genre de chaussures. Ce n'était pas nécessairement celle de Flo. Ce n'est pas la faute de Billy si elle n'a pas pu être sauvée.

— Si, justement ! Il aurait pu empêcher ça. Il aurait dû empêcher ça !

Cette fois, ce fut Em qui intervint :

— Tu le crois vraiment ? Notre Flo serait toujours avec nous si elle avait été évacuée, Nellie. Si tu n'avais pas arrêté ce bus, elle ne serait pas morte. Je ne sais pas si je pourrai me le…

— C'est toi qui m'as demandé de la ramener ! Tu pleurais. Tu m'as suppliée de courir après ce bus ! Alors si quelqu'un est coupable de l'avoir empêchée de partir, c'est bien *toi* !

Elle s'en voulait de crier sur sa mère, de l'accuser ainsi, mais elle ne pouvait pas s'en empêcher. Dieu lui était témoin qu'elle s'en voulait suffisamment d'avoir arrêté cet autobus. Il n'était pas nécessaire qu'Em en rajoute. Nellie s'était si souvent rejoué la succession des événements de ce fameux jour, se reprochant, à chaque fois, de ne pas avoir laissé sa sœur dans ce bus. Ils auraient fini par s'habituer à son absence, et elle serait en vie à l'heure qu'il était. Et son père aussi, peut-être.

Babs essaya de prendre Nellie dans ses bras pour la calmer.

— Chut. Allons. Ce n'est ni le moment, ni le lieu…

— Ah oui. Le jour de ses funérailles, dans sa maison ? Tu imagines meilleur moment et meilleur lieu ? *Il* aurait pu faire davantage pour sauver ces gens. Et *elle* aurait dû laisser Flo partir, rétorqua-t-elle, désignant tour à tour Billy et Em.

Puis, pivotant vers son frère, elle ajouta :

— Quant à toi, George. Si tu ne t'étais pas disputé avec papa au moment de partir, il n'aurait pas été retardé. Nous serions tous partis ensemble, et personne ne serait mort.

Elle envoya ses bras en l'air et cria d'une voix suraiguë :

— On est tous coupables ! *Tous !*

Son frère fondit en larmes.

— Je sais, Nellie, et je n'arrête pas de me le reprocher, dit-il à voix basse.

Babs lui passa un bras autour des épaules.

— Arrête, George. Tu n'y es pour rien. Tu te trompes, Nellie. Nous ne sommes pas tous coupables, tu m'entends. C'est un horrible accident, ce n'est la faute de personne. D'aucune des personnes présentes ici, en tout cas. Vous ne pouvez pas continuer à vous accuser les uns les autres. Il faut qu'on se serre les coudes et qu'on traverse cette épreuve ensemble.

— Oui, elle a raison, dit Billy. Je t'en prie, laisse-moi faire mon possible pour vous aider et vous réconforter.

Son expression trahissait un profond chagrin. Flo était comme une petite sœur pour lui. Il s'était sûrement senti coupable de ne pas avoir pu la sauver et avait sans doute maudit cette crise d'asthme qui l'avait saisi à un moment crucial. Peut-être avait-elle eu tort de s'en prendre à lui. Néanmoins, elle ne se sentait pas prête à lui présenter des excuses. Elle ne comprenait toujours pas comment ce drame avait pu se produire, et encore moins comment elle pourrait l'accepter.

Elle courut se réfugier à la cuisine. Elle avait besoin d'être seule, le temps que sa colère retombe.

Hiver-printemps 1943

Elle posa les mains sur la table, essayant de dénouer la tension qui lui raidissait la nuque. Soulagée que personne ne l'ait suivie, Nellie attendit que les invités s'en aillent. Elle avait besoin qu'on la laisse seule avec son chagrin.

30.

Quand Nellie reprit le travail peu après l'enterrement, son père et Flo occupaient toutes ses pensées. De même que Ray. En dépit du rôle qu'il avait joué dans cette tragédie, il lui manquait énormément.

À la mairie, elle occupait le plus clair de ses journées à répondre à des demandes d'informations sur l'accident. Mme Bolton lui avait dicté une réponse standard, offrant ses condoléances aux proches des victimes et les priant de se montrer patients et d'attendre les conclusions de l'enquête officielle, qui ne devraient pas tarder à être connues. La maire elle-même était accaparée par les préparatifs de l'enquête.

— Je me sens affreusement mal, lui confia cette dernière un matin, quand Nellie s'installa à son bureau. Je m'en veux de vous demander de répondre à ces lettres, sachant que cela ne fait que retourner le couteau dans la plaie... mais je crains de n'avoir aucune autre tâche à vous confier en ce moment.

— Ce... n'est pas grave, madame Bolton, répondit Nellie, qui souhaitait se comporter de manière professionnelle quand elle était au travail. À certains égards, j'ai le sentiment d'œuvrer pour la découverte des causes de ce drame afin que cela ne se reproduise jamais. C'est tout ce que je peux faire pour que papa et Flo ne soient pas morts en vain.

Sa voix se brisa sur ces derniers mots. Sa supérieure la couva d'un regard compréhensif.

— Néanmoins, si vous vous sentez un peu dépassée, parfois, faites-le-moi savoir. C'est une période difficile que nous traversons, mais je suis contente que vous soyez de retour pour m'assister.

Mme Bolton semblait avoir vieilli au cours de la semaine qui venait de s'écouler. Elle avait de nouvelles rides autour de la bouche et des cernes profonds sous les yeux.

— Vous aviez raison. J'aurais dû me battre davantage pour obtenir ce financement, dit-elle, un sanglot dans la voix, sortant aussitôt du bureau.

À peine la maire fut-elle partie qu'on frappa un léger coup à la porte et que la tête de Gladys apparut dans l'ouverture.

— Nellie, contente de te savoir de retour. J'ai appris la nouvelle. Je suis tellement désolée.

La gentillesse de son amie lui fit monter les larmes aux yeux.

— Oh, mon Dieu, je ne voulais pas te faire pleurer. Attends, je vais te chercher une tasse de thé. Je suis sûre que Mme Bolton ne m'en voudra pas de m'asseoir avec toi un instant, hein ?

Sans attendre sa réponse, la dactylographe disparut, et revint quelques instants plus tard avec la boisson chaude, lui offrant une épaule pour pleurer et une oreille compatissante. Contre toute attente,

Nellie trouva réconfortant de pouvoir se confier à une personne qui n'avait connu ni Charlie ni Flo.

*

À la fin de sa journée de travail, épuisée par son chagrin et par l'effort qu'elle avait fourni pour donner le change, elle reprit le chemin de la maison, contente de constater qu'il faisait encore jour. Le printemps n'allait pas tarder à arriver. Bientôt, les arbres se pareraient de feuilles brillantes et les parcs se couvriraient de fleurs. C'était la saison préférée de Flo. Nellie gémit à l'idée que la fillette ne verrait jamais plus la nature se renouveler, émerveillée.

Elle aurait dû se trouver dans le Dorset à l'heure qu'il était. L'endroit où elle était tombée amoureuse des arbres et des animaux de la ferme. En dépit du soleil radieux, Nellie avait l'impression d'évoluer dans un monde que rien ne pouvait éclairer.

31.

Em lui adressa un pâle sourire quand elle rentra à la maison et la rejoignit à la cuisine.

— Tu t'es bien débrouillée au travail, ma chérie ?

— Oui, maman. C'était… dur, mais je m'en suis sortie.

Sa mère hocha la tête, absorbée par les préparatifs du dîner. C'était bon signe, songea Nellie. Depuis la tragédie, ils dépendaient des provisions que Mme Waters et les autres voisines achetaient pour eux. C'était réconfortant de voir qu'Em était allée faire ses courses toute seule et se remettait à préparer les repas, même si c'était un crève-cœur de dresser le couvert pour trois, au lieu de cinq.

— George est sorti ? s'enquit-elle.

— Oui, il est allé vendre des œufs. Nous… n'en avons plus autant besoin qu'avant, répondit Em.

Elle se frotta les yeux avec le dos de la main et lui tapota l'épaule.

Nellie sortit dans le jardin pour utiliser les toilettes, chassant Oscar d'un gentil *ouste*. George n'aimait pas savoir le chien dehors quand ses poules n'étaient pas enfermées.

Elle sortait des toilettes quand Babs apparut à la porte de derrière de la maison voisine.

— Contente de t'avoir attrapée, Nell. Je ne sais pas si tu es au courant, mais Amelia vient de rentrer chez elle. Je me demandais si ça te dirait de passer la voir ? Elle a eu son petit garçon, tu sais.

Nellie sourit.

— Oui, elle m'a écrit pour me l'annoncer. C'est bon de la savoir de retour. Tu aimerais y aller quand ?

— Billy et moi pensions lui rendre visite ce soir. Il a un hochet pour le bébé, et moi, un sac d'oranges pour Amelia.

— D'accord, je vous accompagne. Elle est au courant… n'est-ce pas ?

— J'imagine… Ou elle le sera dès qu'elle aura mis les pieds au pub, répondit Babs, tristement. Sept heures, ça te convient ?

— Oui. Je vous retrouve dans la rue.

Nellie retourna à l'intérieur et aida Em à finir de préparer le dîner : des pommes de terre vapeur, une boîte de corned-beef, et en dessert, des pêches minuscules. George arriva à temps pour se mettre à table, mais se montra inhabituellement silencieux : il avait repris le chemin de l'école le matin même.

— Amelia est rentrée chez elle, annonça Nellie, débarrassant la table quand ils eurent fini de manger. Babs, Billy et moi allons lui rendre visite. Si tu n'as pas besoin de moi ici, maman, bien sûr.

— Non, sors avec tes amis, ma chérie. Ça te fera du bien. Oh, attends, laisse-moi te donner un petit quelque chose pour le bébé.

Em se leva de table et monta à l'étage. Elle redescendit une minute plus tard et lui tendit deux chaussons en laine.

— Ils appartenaient à Flo. Je les lui ai tricotés juste après sa naissance. Ils seront parfaits pour le bébé d'Amelia, en attendant les beaux jours.

— Tu es certaine de vouloir les offrir ? dit Nellie, étonnée.

Sa mère acquiesça, les yeux brillants de larmes.

Elle accepta son don, sachant que ce geste de transmission était important pour sa mère. C'était comme une étincelle de lumière dans cette suite de jours sombres. Peut-être était-ce ainsi que l'on faisait son deuil, que l'on réussissait à aller de l'avant après une telle tragédie. Peut-être qu'il fallait juste vivre un moment après l'autre, et chercher des moyens de rendre la vie meilleure, sinon pour soi-même, du moins pour les autres. Pas à pas.

*

Nellie n'avait pas revu Billy depuis son explosion de colère, après le double enterrement. Elle rougit à ce souvenir. Il était temps qu'elle lui présente des excuses. Qu'il ait ou non fait de son mieux pour les sauver, ce n'était pas sa faute si ces gens avaient paniqué, et à présent que sa rage s'était dissipée, elle regrettait ses paroles.

Ce n'était pas le seul regret qui pesait sur sa conscience. Elle n'avait toujours pas répondu à Ray. Elle ne se sentait pas prête. Elle n'imaginait même pas ce qu'elle pourrait lui dire. La blessure était encore trop vive.

Quand elle sortit, elle vit Babs dans la rue, seule.

— Allons-y, dit-elle en lui prenant le bras.

— Et Billy ?

— Euh… il ne vient pas. Il a dit qu'il avait des choses à faire, lui annonça son amie, le regard fuyant.

Sa belle amitié avec Billy était bel et bien morte. Encore un deuil à faire.

Elles marchèrent d'un pas vif jusqu'à l'Angel and Crown. Babs parlait sans discontinuer : de ses collègues de la fabrique, ces gens qui se trouvaient loin de la station de métro de Bethnal Green, cette nuit terrible, et pour qui la vie suivait son cours habituel ; et Nellie était contente d'être arrachée à ses sombres pensées. Elles contournèrent le pub situé au-dessous du modeste meublé qu'occupait Amelia.

— Tu crois qu'elle retournera travailler au bar ? lui demanda Babs, alors qu'elles venaient de faire tinter la clochette, pour s'annoncer.

— Peut-être quand le bébé aura grandi un peu.

— Et comme ça, elle se remettra au piano, et tu pourras nous chanter des chansons, comme avant.

Nellie secoua la tête.

— Je ne crois pas, non…

La porte s'ouvrit avant qu'elle ait pu terminer sa phrase, et Amelia apparut avec des joues rondes qui suggéraient qu'on s'était bien occupé d'elle pendant son séjour à la campagne. Elle afficha un grand sourire, sincèrement heureuse de la revoir.

— Nellie ! Barbara ! Quelle joie ! Entrez et pardonnez-moi pour le désordre ! Dieu que c'est agréable d'être de retour à la maison !

La jeune maman les serra dans ses bras tour à tour et les précéda dans l'escalier qui montait à l'appartement.

— Nous pouvons nous installer au salon. Tom est au pub, les informa-t-elle, leur ouvrant la porte des quartiers du propriétaire du pub.

Puis, pendant que Nellie et Babs prenaient place sur le canapé usé, Amelia fila mettre la bouilloire à chauffer et fit un saut à sa chambre dont elle revint avec un petit ballot qui gigotait dans ses bras.

— Je vous présente William Walter, déclara-t-elle. N'est-il pas adorable ?

— Oh, il porte les prénoms de Billy et de son père ! s'écria Babs, prenant le bébé dans ses bras avec un sourire ravi.

— Oui, je trouvais que Walter faisait... un peu démodé, alors je le lui ai donné comme second prénom. William me plaît davantage, et Billy a toujours été si bon pour moi. Gentil et attentionné, je veux dire. Il est passé me chercher à ma descente du bus, tout à l'heure, et il a porté mes bagages jusqu'ici. Tu as de la chance d'avoir un tel frère, Babs.

— C'est un homme bien, cela ne fait aucun doute, convint cette dernière.

Nellie se contenta d'acquiescer. Amelia reprit :

— Il y a des gens qui... enfin, vous savez... qui me regardent de travers. Parce que j'ai un bébé alors que je ne suis pas mariée. Quand je me suis approchée du pub, un peu plus tôt, une femme a lancé : « On ne s'attendait pas à mieux venant d'elle. » Mais ton Billy s'est retourné et lui a dit de se mêler de ses affaires, que je n'y pouvais rien si Walter avait été tué au combat, et qu'elle devrait avoir honte de parler ainsi. Oui, c'est un gars bien, ton Billy.

Se tournant vers Nellie, elle ajouta :

— Je pense qu'il avait un faible pour toi, avant que tu ne rencontres ton Ray.

Nellie déglutit. Elle n'avait aucune envie de s'étendre sur le sujet.

— Alors, comment allez-vous ? questionna la jeune mère. Tout le monde a l'air si... morose. Tom m'a dit qu'il y avait eu beaucoup de morts par ici, en mon absence. Encore un de ces affreux raids aériens, n'est-ce pas ? J'ai vu qu'une maison de Roman Road avait été détruite. J'espère qu'il n'y a pas eu de victimes. Et on dirait qu'il y a eu d'autres dégâts du côté de Vicky Park. J'ai vu qu'une rue avait été rasée quand mon autobus est passé devant.

Elle soupira.

— Je me demande comment ils vont faire pour tout reconstruire. Notre pauvre quartier n'est vraiment pas épargné par cette guerre. Vous n'avez perdu personne, j'espère, toutes les deux ?

Nellie coula un regard à Babs avant de prendre la parole :

— Il y a eu... un accident, Amelia. Pas un bombardement. À l'entrée de la station de métro. Beaucoup de gens ont essayé de descendre en même temps... et il y a eu énormément de victimes.

Dieu que c'était difficile à raconter.

— Ils sont tombés ? Ils se sont brisé le cou ?

— Ils ont été étouffés. Ils étaient si nombreux…

Elle se tourna vers Babs, qui prit le relais :

— Le père et la petite sœur de Nellie sont morts dans la bousculade.

Amelia ouvrit de grands yeux horrifiés et plaqua les mains sur sa bouche.

— Oh, mon Dieu ! Je suis affreusement désolée. Oh, Nell, c'est… terrible. Et moi qui jacassais… Comment te sens-tu… ?

— Je fais aller. Pas le choix, répondit-elle sobrement.

Puis, tendant les bras :

— Bon, tu me laisses prendre ton bébé, maintenant ? éluda-t-elle.

Chaque fois qu'elle devait en parler, elle se sentait sur le point de se briser en morceaux.

Amelia secoua la tête, incrédule.

— J'étais tellement absorbée par ma propre douleur d'avoir perdu Walter. Je n'ai pas envisagé que… Oh, c'est insupportable !

— Oui, murmura Nellie. Comment… as-tu fait pour tenir, après avoir reçu ce télégramme… Comment fais-tu pour avancer ?

Amelia réfléchit un instant, comme si elle cherchait les bons mots.

— C'est très dur, finit-elle par reconnaître. Laisse-toi du temps, Nellie. Autorise-toi à pleurer. Pour moi, c'est un peu différent, il faut que je pense à notre enfant. Ça m'aide.

Puis, après un instant, elle murmura :

— Appuie-toi sur tes amis autant que tu en auras besoin. Tu sais que nous sommes là pour toi, n'est-ce pas ?

— Je ne cesse de le lui répéter, dit Babs, en lui tapotant le bras.

— Merci, murmura Nellie.

Elle baissa la tête sur le petit William et huma son odeur de lait, retenant les larmes qui lui nouaient à nouveau la gorge. Cet enfant était la preuve vivante qu'en dépit de toutes les horreurs de la guerre, il y avait encore de la joie en ce monde, l'espoir de beaux lendemains. Elle pria en silence pour que ce bébé grandisse dans un monde en paix, mais la guerre durait depuis si longtemps qu'elle avait le sentiment qu'elle ne finirait jamais.

*

Babs et elle disaient au revoir à Amelia quand le son abhorré s'éleva et enfla pour atteindre son volume maximal.

— Oh, mon Dieu, ce n'est pas possible, pas aujourd'hui ! s'écria Amelia, fourrant quelques affaires dans un sac et calant son fils contre son épaule.

— Vous descendez dans la station de métro ?

Nellie fut prise de nausée à l'idée que ses amies, que quiconque, puissent envisager d'aller se réfugier dans cet abri-là.

— N... non... pas moi... bredouilla-t-elle. Maman, George et moi avons décidé de nous abriter sous les arches du chemin de fer.

— Vraiment ? fit Babs, déconcertée, alors qu'elles se dépêchaient de sortir. Mais ce n'est pas sûr, là-bas. Les Boches ciblent les voies ferrées, et celle-ci ne résisterait pas à une frappe directe.

— Nous ne pouvons pas descendre dans le métro, insista-t-elle, d'une voix éraillée.

— Pardon. Oui, je comprends, convint son amie. Mais il faut que j'y aille, moi. Maman, papa et Billy se demanderaient où je suis passée, sinon. Et toi, Amelia ?

Cette dernière hésita, ne sachant laquelle de ses deux amies accompagner.

— Le métro est plus proche, finit-elle par trancher. Ça va, Nell ? Tu te sens capable d'y aller seule ?

Elle hocha la tête et leur fit un petit signe de la main, s'éloignant dans la direction opposée. Elle espérait que George et Em étaient déjà en route et qu'elle les retrouverait là-bas. Il fallait absolument qu'ils restent ensemble. C'était le moment qu'elle redoutait tant depuis qu'elle avait compris qu'ils ne pourraient plus se réfugier sous terre. Ni descendre ces dix-neuf marches.

32.

L'enquête officielle pour déterminer les causes du désastre commença une semaine après la tragédie. Avec une grande douceur, Mme Bolton lui répéta qu'elle comprenait la difficulté particulière que cela représenterait pour elle d'assister à l'audition des témoins et de prendre des notes, et proposa de confier cette tâche à Gladys, mais elle refusa.

— Non, je vais y arriver, madame Bolton, insista-t-elle.

Elle avait passé tant d'heures à essayer de comprendre ce qu'il s'était produit, incapable de trouver le sommeil. Elle avait besoin de savoir. Elle espérait pouvoir un jour reprendre le cours de sa vie. Découvrir la vérité constituait une première étape indispensable dans la bonne direction.

— Si vous en êtes absolument sûre, soit. Mais, je vous préviens, certains témoignages risquent d'être éprouvants, et je souhaite que la mairie dispose de son propre procès-verbal des auditions, et ne se contente pas du rapport du ministère de l'Intérieur.

Elle avait un air hagard, comme si elle non plus n'avait pas fermé l'œil depuis la tragédie. À la connaissance de

Nellie, elle n'avait perdu aucun proche, mais en sa qualité de maire de Bethnal Green, c'était à elle de rendre des comptes à ses administrés. En outre, son mari était le chef des gardes de la lutte antiaérienne présents sur les lieux ce soir-là.

— J'y arriverai, insista Nellie.

À force de le répéter, elle parviendrait peut-être à s'en persuader. Mais, dans le fond, elle ignorait si elle serait capable d'endurer cette épreuve. À moins qu'elle considère ces témoignages comme des récits, totalement détachés d'elle et de la réalité. Qu'elle note les mots sans se laisser pénétrer par leur sens. Qu'elle reste détachée et ne s'autorise à être émue et à pleurer que lorsqu'elle serait de retour à la maison.

— Je ne sais pas comment tu vas pouvoir supporter ça, lui dit Gladys lorsqu'elle lui annonça sa décision.

— Il le faudra bien, répondit-elle simplement, se sentant investie d'une lourde responsabilité.

Elle ne voulait pas paraître faible ou incompétente à Mme Bolton. Gérer des tragédies faisait partie du travail d'une employée de mairie. Elle voulait montrer à sa patronne qu'elle était assez professionnelle pour mettre son deuil personnel de côté. C'était elle qui subvenait aux besoins de sa famille, à présent, elle ne pouvait pas se permettre de perdre son poste. Em se faisait suffisamment de souci à l'idée de devoir les nourrir tous les trois avec un seul salaire.

*

L'humeur était sombre à la mairie, depuis le début de l'enquête. Seules les personnes directement impliquées étaient autorisées à entrer dans la salle de conférence, dont l'accès était interdit à la presse, au public et au personnel administratif, à l'exception de Mme Bolton, de Nellie et de deux conseillers municipaux. M. Ian Macdonald Ross, du ministère de l'Intérieur, était présent, ainsi que sir Ernest Gowers, de la Sécurité civile de Londres. M. Laurence Dunne, fonctionnaire de l'État, prenait des notes aussi copieuses que celles de Nellie. Il avait en outre été mandaté pour rédiger le rapport d'enquête officiel. Les minutes prises par Nellie étaient uniquement destinées aux archives de la mairie.

— Nous devons établir l'enchaînement précis des événements. Ses causes probables telles qu'observées par les témoins sur place, expliqua Mme Bolton, pour poser le cadre de leurs investigations.

Toutes les personnes réunies autour de la table acquiescèrent, mais Nellie remarqua un échange de regards suspect entre l'employé du ministère de l'Intérieur et sir Ernest.

Dans son esprit, il était clair comme de l'eau de roche que la Sécurité civile de Londres devrait assumer sa part de responsabilité. C'était cet organe de l'État qui avait refusé le financement pour l'amélioration de l'accès à l'abri du métro demandé par la municipalité de Bethnal Green. Si les travaux avaient été autorisés, ce mouvement de panique – causé ou non par un pot d'échappement – n'aurait peut-être pas été meurtrier.

— J'ai rédigé une déclaration préliminaire pour nous mettre sur les rails, déclara MacDonald Ross, produisant des copies d'un document dactylographié et agrafé.

Il les fit circuler afin que chaque officiel présent en ait un exemplaire. Assise dans un coin de la pièce, à l'écart de la table, Nellie regretta de ne pas pouvoir y jeter un coup d'œil : ce document contenait peut-être quelques-unes des réponses dont elle avait tant besoin.

Des grognements et autres hochements de tête approbateurs s'élevèrent, puis MacDonald Ross s'éclaircit la voix et reprit :

— À présent, si nous sommes tous prêts, je propose que nous commencions à recevoir les témoignages. Nous allons entendre les policiers et les gardes de l'Air Raid Precautions, les médecins et les secouristes qui sont intervenus sur les lieux, et quelques survivants de la catastrophe. Nous essaierons de retracer le déroulé des événements minute par minute, à partir du moment où l'alerte a résonné, ce terrible soir. Nous déterminerons si la responsabilité de l'accident est imputable à une négligence de l'un de nos services, si les secours sont intervenus en temps et en heure, et ont bien pris en charge les blessés, et si cette catastrophe aurait pu être prévenue. Mais, avant tout, comme lors de notre précédente réunion, j'insiste sur la nécessité que tout ce qui sera dit ici ne sorte pas de ces murs. Et ce, pour plusieurs raisons. Premièrement, nous devons absolument éviter d'alarmer nos concitoyens et les dissuader de se réfugier dans la station lors des prochains raids aériens. En dépit de ce triste événement, le métro demeure l'abri le plus sûr dont nous disposons. Deuxièmement, si l'ennemi avait vent de cet incident, il s'en servirait pour sa propagande, en affirmant, par exemple, que les Londoniens ont si peur des bombardements qu'ils se piétinent les uns les autres. Nous ne pouvons pas prendre ce risque. Le moral de la population doit être préservé à tout prix.

Il prit un moment pour recueillir l'assentiment de chaque participant, Nellie incluse (elle hocha la tête). De nombreuses rumeurs couraient déjà. Et certains survivants, naturellement, avaient parlé du drame. Si personne ne connaissait encore la cause de la bousculade, toute la communauté de Bethnal Green était éprouvée comme par une onde de choc. Tant de personnes avaient perdu un ou plusieurs proches dans l'accident. Certaines familles avaient été littéralement décimées. Et les plus chanceux comptaient au moins un ami ou un voisin parmi les victimes. Ils avaient tous besoin d'entendre la vérité. Certes, ça ne leur ramènerait pas leurs proches, mais ils méritaient de savoir pourquoi ils étaient morts.

Cette mise au point préliminaire effectuée, il fut temps de recevoir le premier témoin. Nellie inspira et expira profondément pour s'armer de courage. Elle pensa à Ray. Les choses seraient tellement plus simples s'il n'avait joué aucun rôle dans cet accident. Et s'il était ici pour l'épauler. À défaut, elle avait besoin de savoir dans quelle mesure ce retour de flamme dans le pot d'échappement de son automobile était responsable du mouvement de panique qui avait causé la catastrophe, et si elle pourrait un jour s'autoriser à l'aimer de nouveau.

33.

Le premier témoignage reçu fut celui de l'inspecteur de police Albert Ferguson, qui était de service cette nuit-là. Son récit commençait au moment où il avait reçu un appel du chef des gardes de la lutte antiaérienne de la station de métro, réclamant une intervention policière sur les lieux. Peu après, un jeune garçon s'était présenté, porteur d'un message similaire.

— M. Percy Bolton, avec qui j'ai l'occasion de collaborer régulièrement depuis le début de la guerre, m'a demandé de lui envoyer tous mes hommes disponibles. J'ai lancé un appel et formé deux équipes d'agents. J'en ai envoyé une à l'entrée principale du métro, et l'autre est passée par l'entrée de service, ainsi que me l'avait suggéré M. Bolton, afin qu'elle puisse accéder au hall des tickets par le tunnel et essaie de libérer les gens par le bas.

Il s'exprimait d'un ton posé et informatif, comme s'il exposait une situation ordinaire. Seules sa mâchoire crispée et la veine qui battait sur son front trahissaient sa tension intérieure.

Nellie nota chacune de ses paroles. On posa à l'inspecteur quelques questions pour déterminer l'heure exacte du déclenchement de l'alarme antiaérienne, celle à laquelle il avait reçu l'appel de M. Bolton, et la durée de l'intervention de ses hommes sur les lieux de l'accident.

— Nous avons mis près de trois heures à dégager tout le monde, répondit-il, tirant un mouchoir de sa poche pour s'éponger le front. Certaines personnes étaient encore en vie, mais la plupart étaient mortes. Bien entendu, nous avons dû les extraire de l'escalier dans un premier temps, puis les emporter loin de la foule dès que cela a été possible.

Sa voix se réduisit à un murmure lorsqu'il expliqua :

— Il n'était pas souhaitable qu'ils restent exposés à la vue de tous sur le trottoir.

Nellie déglutit. George et elle étaient présents. Et ils ne pourraient jamais oublier cette vision. Le souvenir des corps sans vie alignés dans la rue était si vivace, qu'elle éprouva toutes les peines du monde à retenir ses larmes. *Du détachement, Nellie, tu dois rester à distance de tout ça,* s'exhorta-t-elle. L'inspecteur prenait soin de narrer ces événements tragiques avec calme, de sorte qu'elle se devait de les prendre en note avec un calme égal.

Le témoin suivant était une femme médecin : le Dr Marti, de l'hôpital du quartier.

— Nous avons reçu un appel téléphonique des secours qui nous ont prévenus de l'arrivée d'une trentaine d'« évanouissements », rapporta-t-elle. Au début, j'avoue avoir pensé qu'il s'agissait d'un exercice. Nous sommes un hôpital pédiatrique, alors il a fallu que nous remplacions nos lits d'enfants par des lits d'adultes. Nous nous sommes exécutés au plus vite, afin de témoigner de notre efficacité.

Elle prit une profonde inspiration avant de poursuivre :

— Et puis ils ont commencé à arriver et nous avons constaté qu'ils étaient morts. Leurs visages étaient bleus et ils étaient trempés. J'ai appris plus tard qu'on les avait aspergés d'eau pour tenter de les réanimer. Nous n'avions pas la moindre idée de ce qui avait causé leur mort. Ils étaient bien trop nombreux pour que nous puissions tous les accueillir, et les ambulanciers ne pouvaient nous laisser ni leurs brancards, ni leurs couvertures. En désespoir de cause, nous avons allongé les corps par terre, dans les cabinets de consultation.

— Vous a-t-on amené des blessés ? demanda l'un des conseillers municipaux, une pointe d'espoir dans la voix.

À ce stade, tout le monde avait envie d'entendre une bonne nouvelle, d'apprendre qu'une personne, au moins, avait été sauvée.

— Oui, quelques-uns. En état de choc. C'est un petit garçon de neuf ans qui nous a raconté ce qu'il s'était passé. Il avait un bras cassé et le torse et les jambes couverts de contusions. Il nous a dit qu'il avait été coincé dans la bousculade, mais qu'il avait réussi à escalader la masse de gens et qu'on l'avait tiré de là.

Le regard du Dr Martin balaya les visages de ses interlocuteurs.

— Il ne gardera aucune séquelle physique de l'accident. Au fil de la soirée, il est apparu que les victimes étaient mortes d'asphyxie assez rapidement et que les rescapés étaient quasi indemnes. Ce garçon au bras cassé a été notre plus grand blessé de la nuit. Nous n'avons eu aucune blessure ouverte, aucune autre fracture, seulement des contusions.

Le silence était total dans la salle. On n'entendait que le frottement des stylos de M. Dunne et de Nellie, qui veillait à noter ces détails sinistres sans chercher à se représenter la scène. Ce qu'elle avait vu de ses yeux, cette nuit-là, hantait déjà ses rêves, elle ne voulait pas ajouter de nouvelles images à celles-ci.

— La cause de la mort, dans la quasi-totalité des cas, est l'asphyxie par compression du thorax. Cela se produit quand la pression extérieure – exercée par les corps des autres victimes, dans le cas présent – empêche les poumons de se remplir d'air. Les personnes entravées sont incapables de se débattre ou de crier. Elles perdent bientôt connaissance et succombent très vite, malheureusement.

Nellie leva les yeux en entendant l'euphémisme. Elle aurait souhaité bondir de sa chaise, gifler ce médecin, lui crier que c'était bien pire que *malheureux*. Certes, son travail consistait à noter *verbatim* ce qui était dit, mais elle jugeait révoltant de devoir réduire la douleur insupportable que lui causait la perte de Charlie et Flo à ce mot-là. Elle remplaça « malheureusement » par « tragiquement ». Oui, c'était mieux, songea-t-elle, apaisée.

D'autres membres du corps médical furent appelés à témoigner. Puis l'on entendit plusieurs policiers et les ambulanciers qui avaient porté les victimes dans l'église. Nellie nota tous leurs récits sans omettre un seul détail.

À la fin de la journée, elle se sentait vidée de ses forces. Et l'enquête ne faisait que commencer.

— Je pense que cela devrait durer une semaine, lui confia Mme Bolton, lorsqu'elles rassemblèrent leurs affaires pour partir.

Nellie hocha la tête sans un mot, mais sitôt qu'elles furent sorties de la salle, elle fondit en larmes.

La maire lui passa un bras autour des épaules.

— Rentrez chez vous et reposez-vous. Vous avez été parfaite aujourd'hui.

Nellie aurait tant voulu que Ray soit là, à cet instant. Qu'il la prenne dans ses bras et qu'elle pleure tout son saoul pour évacuer la tension accumulée au cours de la journée. Elle ne s'était jamais sentie aussi seule.

*

Le lendemain ne fut pas moins éprouvant. Surtout lorsque ce fut au tour d'un policier du nom de Thomas Penn d'apporter son témoignage.

— Je n'étais pas en service, expliqua-t-il. Je me rendais à l'abri avec ma femme enceinte et notre petit garçon. Quand nous avons rejoint la bouche de métro, plus personne ne pouvait descendre. La foule qui s'était amassée devant l'entrée criait aux gens qui se trouvaient dans l'escalier d'avancer.

— En d'autres termes, la foule manifestait des signes de panique, proposa M. Macdonald Ross.

Thomas Penn secoua la tête avec vigueur.

— Non, Monsieur. Pas paniquée. Les gens étaient calmes. Déconcertés, plutôt. Personne ne comprenait ce qu'il se passait. Il y avait un pilote américain sur place. Je ne sais pas ce qu'il faisait à Bethnal Green, mais j'ai réussi à le tirer de la bousculade.

Le stylo de Nellie s'immobilisa quand elle comprit que Thomas Penn faisait sans doute allusion à Ray. Elle se demanda s'il serait appelé à témoigner à l'issue de ce récit. Elle croisa le regard de la maire qui pointa le menton vers son bloc, pour la rappeler à l'ordre. Elle s'empressa de griffonner les paroles du policier.

— ... et avec l'aide du pilote, j'ai réussi à escalader... la masse de gens pour voir ce qu'il se passait en bas. Et j'ai compris qu'ils étaient coincés. Il m'est... très difficile de vous décrire ce que j'ai vu. Ensuite, l'Américain et moi avons réussi à attraper des enfants que nous tendaient des personnes coincées qui pouvaient se servir de leurs bras et parvenaient encore à respirer. J'ai effectué plusieurs allers-retours avant que la police se présente sur les lieux et prenne le relais. Le pilote et moi nous sommes portés volontaires pour disperser la foule, porter les... victimes dans l'église, et assister les secours du mieux que nous pouvions.

— Mais avez-vous été témoin du mouvement de panique initial ? questionna Mme Bolton.

— Non, je n'ai rien vu sur le chemin. J'ai entendu ces nouvelles fusées qui étaient tirées depuis Victoria Park. Elles ont produit une sorte de sifflement qui a surpris quelques personnes. Nous sommes habitués aux canons ack-ack et aux explosions des bombes, mais ce bruit-là était différent. J'ai entendu des gens grogner qu'il s'agissait sans doute d'une nouvelle arme d'Hitler, mais ils n'avaient pas l'air paniqués. Personne n'a crié ni couru.

— Hum, fit Macdonald Ross, coulant une œillade à sir Ernest Gowers avant de griffonner quelques notes.

Nellie trouva l'échange suspect, mais une autre pensée prit le dessus : si les fusées n'avaient pas causé de mouvement de panique, il était peu probable qu'un retour de flamme dans un pot d'échappement ait suffi à provoquer la catastrophe. Elle était soudain perplexe. Ray semblait si sûr d'avoir sa part de responsabilité, ce qui, au regard de cette nouvelle information, n'était pas probable. Comment trier le faux du vrai ?

Une bouffée de chaleur l'envahit. Elle se revoyait hurlant, l'accusant d'être responsable de cette tragédie. Leur séparation avait été si violente… Elle sortit son mouchoir et s'en tamponna le visage. Il semblait que non seulement Ray était innocent, mais qu'en outre il avait travaillé sans relâche pour sauver les gens qui pouvaient l'être, bien qu'il ait lui-même été pris dans la bousculade. Elle s'était montrée si injuste envers lui. La manière dont elle l'avait traité était honteuse, impardonnable. Et elle n'aurait peut-être jamais l'occasion de lui présenter ses excuses, de lui dire ses remords. Elle l'imaginait, allongé dans une couchette de sa base aérienne, incapable de s'endormir, s'accusant de la mort de tous ces gens et se demandant si elle répondrait à sa lettre. Non, c'était insupportable. Elle laissa échapper un petit cri de détresse.

Mme Bolton leva la tête et fronça les sourcils.

— Je pense qu'il est temps de faire une pause pour boire une tasse de thé, déclara-t-elle, jetant un coup d'œil à sa montre. Nous reprenons dans quinze minutes ?

Il y eut des murmures d'assentiment et des raclements de chaises sur le sol. Bientôt, il ne resta plus que Mme Bolton et Nellie dans la salle de conférence.

— Vous allez bien ? s'enquit sa supérieure.

— Oui, merci, répondit-elle. Je suis désolée. C'est juste que… je me représentais la scène.

La maire lui tapota gentiment le bras.

— Je sais. Moi aussi. C'est terriblement difficile à entendre. Mais c'est un travail indispensable que nous faisons là. Le meilleur moyen d'honorer la mémoire des victimes est de découvrir la vérité.

— Et de veiller à ce que le public la connaisse, n'est-ce pas ?

— Dès que nous en recevrons l'autorisation, oui. Venez, allons boire un thé avant que tout le monde ne revienne.

*

Revigorée par le breuvage, Nellie regagna sa place pour écouter la fin du témoignage de Thomas Penn. Au bout d'un certain temps, légèrement blessé à l'épaule, il avait dû renoncer à soulever les corps.

— Nous devons nous montrer particulièrement délicats à l'égard du témoin suivant, les prévint Mme Bolton lorsque Penn fut parti. C'est un enfant, mais nous avons besoin d'entendre l'histoire de différents points de vue.

Elle gagna la porte et appela le garçon, qui était accompagné de sa tante. La femme prit place dans la chaise des témoins, et l'enfant, âgé de treize ans, se posta derrière elle, une main posée sur son épaule.

— Tu t'appelles Peter, n'est-ce pas ? lui demanda Macdonald Ross.

Il hocha la tête.

— Peux-tu nous expliquer, avec tes propres mots, la manière dont s'est déroulée la nuit du 3 mars ?

L'enfant parcourut la salle des yeux, puis s'essuya le front d'un revers de main. Sa tante lui tapota le bras pour l'encourager, et il commença à parler d'une voix tendue :

— J'étais en train de descendre l'escalier quand ça a commencé. Une dame qui tenait son enfant dans les bras est tombée, et les gens se sont mis à basculer sur elle d'un coup, et plus personne ne pouvait bouger. J'ai crié au secours, mais j'étais coincé.

— Où vous trouviez-vous, exactement ?

— Au niveau de la troisième marche, je crois. Sur le côté droit de l'escalier. Ma tante – avec qui j'habite depuis que maman est morte – était juste derrière moi. Nous étions coincés contre le mur, et tout le monde hurlait. Il y avait en bas de l'escalier un garde qui nous éclairait avec une lampe torche, et je l'ai vu dégager un bébé, et puis d'autres personnes sont venues l'aider et se sont mises à nous tirer et à nous pousser. Quelqu'un m'a attrapé par les cheveux. Ça m'a fait mal, mais c'était mieux que de mourir, alors je me suis laissé faire et la pile a bougé un peu. Ensuite, le garde m'a pris sous les bras et il a réussi à me dégager.

Nellie dévisagea le garçon. Un garde ARP avait sauvé un bébé et ce jeune homme. Mais pas Flo. C'était tellement injuste. Elle éprouvait toutes les peines du monde à repousser ces images pour se concentrer sur ses notes.

— Et ensuite, que s'est-il passé ? questionna la maire.

— Eh bien, je ne voulais pas quitter ma tante, reprit Peter, serrant l'épaule de cette dernière. Mais ils m'ont promis de la tirer de là et m'ont dit de descendre dans le tunnel pour ne pas les gêner. Et ils m'ont demandé de ne rien raconter aux autres. Parce qu'ils ne voulaient pas qu'ils sachent que personne ne pourrait sortir tant qu'ils n'auraient pas dégagé l'escalier. Je suis donc descendu aux couchettes et, plus tard, ma tante m'a rejoint. Elle était toute défaite et meurtrie. On n'a rien dit à personne, cette nuit-là.

C'est Flo qu'ils auraient dû extirper de la masse de corps et envoyer dans le tunnel, se dit Nellie. Ils auraient dû sauver sa petite sœur adorée.

Macdonald Ross remercia le garçon avant de se tourner vers sa tante.

— Madame Hall, peut-être pourriez-vous nous livrer votre témoignage, maintenant ?

La femme déglutit.

— Ma foi, c'est comme l'a dit Peter. Nous étions coincés, et puis quelqu'un a réussi à le dégager. Ensuite, ils ont continué à attraper les personnes qu'ils parvenaient à atteindre. Les autres – celles qui étaient déjà mortes, je suppose, même si elles étaient debout à cause de la pression des autres corps – se mettaient à basculer au fur et à mesure, et à former une masse encore plus compacte. Je me suis retrouvée prise en étau là-dedans. La manche de mon manteau leur est restée dans les mains quand ils m'ont tirée de là, mais ils ont réussi à me dégager. Comme l'a dit Peter, je suis descendue ensuite et nous avons gardé le silence.

Elle croisa les bras pour signifier qu'elle n'avait rien à ajouter.

— Les gens paraissaient paniqués ? demanda néanmoins Macdonald Ross.

— Seulement, plus tard, quand on a compris qu'on était coincés. Ceux d'entre nous qui respiraient encore ont été pris de panique, parce qu'on voyait tout le monde mourir autour de nous, et leurs têtes basculer vers l'arrière.

Elle déglutit.

— Cette pauvre femme qui est tombée avec son enfant, c'est ça qui a tout déclenché. Les autres ont trébuché sur elle.

Elle leva le menton avec un air de défi.

— Il n'est pas question que je redescende là-dedans avec mon Peter, ça, c'est certain.

— Nous allons sous le pont de chemin de fer, maintenant, expliqua son neveu.

Nellie scruta son visage et se souvint soudain qu'elle l'avait vue ce soir-là.

— C'est très sage, approuva Mme Bolton. Vous nous avez été fort utiles, madame Hall, et vous aussi Peter. Buvez donc un thé avant de partir. Je vais demander à Gladys de vous en préparer, ajouta-t-elle en les raccompagnant.

Un silence s'installa dans la salle. Tous se repassaient mentalement les témoignages éprouvants. Nellie termina d'écrire la dernière phrase entendue, se répétant qu'il fallait qu'elle note tout comme si elle écoutait une histoire, et non des faits. Mais le petit visage de Flo se matérialisa devant ses yeux. Pourquoi ne l'avaient-ils pas sauvée, elle aussi ? Billy avait aperçu une chaussure rouge… Pourquoi n'avait-il pas fait son possible pour la tirer de là ? Sa vision se brouilla de larmes.

Quand la maire réapparut, pâle comme un linge, elle leur annonça qu'ils en avaient terminé pour la journée et les remercia.

Il y eut des soupirs de soulagement et des bruissements de papier, et ils sortirent un à un, sans un mot. C'était une délivrance de quitter l'atmosphère confinée de cette salle. Nellie était impatiente de rentrer à la maison pour réfléchir à ce qu'elle avait entendu. Il n'y avait pas eu de mouvement de panique. Ray n'était pas responsable de l'accident. Il n'était coupable de rien, et elle l'avait accusé d'avoir tué Charlie et Flo.

34.

Le samedi matin, Nellie s'installa à la table de la cuisine avec du papier et un stylo, et essaya de trouver les mots justes pour exprimer ses remords.

Très Cher Ray,

Merci pour ta lettre. Je suis heureuse que tu sois arrivé à ta base aérienne sain et sauf. Je regrette que tu ne sois pas stationné plus près afin que nous puissions nous rencontrer. Nous ne nous sommes pas vus depuis si longtemps, me semble-t-il. Et j'ai tellement de choses à te dire qu'il va être difficile de tout mettre par écrit, mais je n'ai pas le choix pour le moment. Depuis une semaine, au travail, je suis chargée de prendre en note les récits des témoins de l'accident, dans le cadre de l'enquête visant à déterminer ses causes. Ce n'est pas une tâche facile mais je suis contente d'avoir une chance d'apprendre la vérité.

Ray, il apparaît clairement que cette tragédie n'a pas été provoquée par un mouvement de panique à l'entrée du métro. Le retour de flamme du pot d'échappement de ta voiture n'a donc pas pu en être la cause. Rien de ce qu'il s'est déroulé cette nuit-là n'est ta faute. Tu n'as donc aucune raison de te sentir coupable de quoi que ce soit. Je n'ai pas les mots pour exprimer combien je regrette de t'avoir accusé d'être responsable de la mort de papa et de Flo. L'accident venait de se produire et j'étais si désespérée que je m'en suis prise à tout le monde autour de moi. J'ai honte de mon comportement, de t'avoir crié dessus et rejeté alors que j'avais plus que jamais besoin de toi. Nous nous en voulons tous pour une raison ou pour une autre ici : je regrette d'avoir fait descendre Flo de l'autobus qui devait l'évacuer, car elle serait encore en vie si je ne l'avais pas fait (mais je ne t'aurais jamais rencontré, et je n'aimerais pas vivre dans un monde où je ne te connaîtrais pas), nous regrettons de ne pas avoir gagné l'abri un peu plus tôt, ou plus tard, ce soir-là. Mais à quoi bon ? Il n'y a pas moyen de revenir en arrière. Toi et toutes les personnes qui ont travaillé sans relâche pour porter secours aux pauvres gens coincés dans cet escalier, vous êtes des héros.

Je t'aime Ray. Tu me manques terriblement. Je t'en prie, accepte mes excuses et cesse de te sentir coupable si tu nourrissais encore des doutes sur ta responsabilité. Je t'en prie, pardonne-moi. Je me suis horriblement mal comportée vis-à-vis de toi, mais je ne peux supporter l'idée de te perdre. Réponds-moi, s'il te plaît, et dis-moi si tu auras bientôt une permission. Je suis impatiente de te revoir, impatiente que tu me serres dans tes bras et que tu m'embrasses. Prends soin de toi et puisses-tu demeurer à l'écart du danger.

Avec tout mon amour, Nellie.

Ses mains tremblaient quand elle glissa la lettre dans l'enveloppe, nota l'adresse de la base et colla le timbre dessus. Son avenir tout entier dépendait de la manière dont Ray allait recevoir ses mots. Il ne lui restait plus qu'à prier pour qu'il lui pardonne et lui donne la seconde chance qu'elle appelait de ses vœux. Elle descendit l'escalier en vitesse et attrapa son manteau à la patère.

— Je fais un saut à la boîte aux lettres, lança-t-elle à Em en sortant.

Il fallait qu'elle envoie cette missive immédiatement. Plus tôt il la recevrait, plus vite Ray connaîtrait la vérité et cesserait de culpabiliser.

— Eh bien, tu m'as l'air bien pressée ! lui lança Babs, qui sortait au même moment.

— Je dois poster une lettre. À Ray. J'ai vraiment besoin d'avoir de ses nouvelles. Il me manque.

— Il te répondra très vite, j'en suis certaine. Et il profitera de sa prochaine permission pour venir te voir.

Babs réfléchit un instant.

— Tu n'es pas la seule à te sentir abattue, tu sais. Notre Billy est très déprimé, ces derniers temps. À cause de l'accident, bien sûr… mais aussi parce que vous vous êtes disputés à l'enterrement.

Nellie pinça les lèvres. Il avait attrapé la chaussure de Flo. Il aurait pu la sauver, s'il n'avait pas eu cette crise d'asthme stupide.

— J… je.

— Il serait peut-être temps de vous réconcilier, l'interrompit son amie. Vous êtes amis depuis toujours. Vous vous adoriez, lui et toi. Ce n'est pas bon de garder des rancœurs dans des moments comme celui-ci.

Elle savait que Babs avait raison. La vie n'était plus la même sans Billy. Ses plaisanteries lui manquaient. Il avait toujours eu le don de l'égayer.

— De toute façon, il va être auditionné, cette semaine. Tu entendras tout de sa bouche. Peut-être que ça t'aidera à lui pardonner. Allez, va poster ta lettre, tu te sentiras mieux après. Si tu veux, on pourra aller voir Amelia et le bébé, ensuite. Il fait si beau, ce sera agréable de pousser le landau dans le parc.

Nellie accepta sa proposition. Elle fila glisser la lettre dans la fente de la boîte de la poste et elles prirent le chemin du pub. Oui, une heure ou deux en compagnie de ses deux amies et du petit William lui changeraient les idées. Elle en avait douloureusement besoin.

35.

Quand ce fut à son tour de témoigner, Mme Bolton s'exprima avec clarté et concision, énumérant ses démarches et les dates d'envoi de ses courriers à la Sécurité civile, et citant des passages du rapport d'expertise de M. Smith.

Si des grognements choqués s'élevaient çà et là, autour de la table, Macdonald Ross écoutait son témoignage avec détachement, attendant poliment qu'elle en ait terminé.

Puis sa supérieure fut remplacée par sir Ernest Gowers qui confirma qu'il avait accusé réception des demandes de la mairie.

— Le budget sollicité a-t-il été octroyé ? questionna M. Ross, soutenant le regard du témoin.

Sir Ernest ne cilla pas.

— Nous avons jugé que les transformations proposées ne seraient d'aucune utilité, expliqua-t-il. Nous ne voulions pas gaspiller des fonds précieux qui pouvaient être consacrés à des causes plus utiles. Je ne vois pas comment des portails, des palissades supplémentaires ou toutes les autres améliorations qui nous étaient suggérées auraient pu faire la différence face à la panique aveugle de la foule. Le goulet d'étranglement de la station de Bethnal Green s'est toujours situé au niveau de l'escalier roulant. En postant plusieurs gardes ARP en haut de l'escalator, depuis le début de la guerre, la Sécurité civile sert au mieux les intérêts des usagers de cet abri antiaérien.

— J'entends bien, répondit Macdonald Ross, hochant la tête, ignorant les petits cris indignés des conseillers municipaux et de la maire.

Nellie finit de noter l'échange en sténo, grinçant des dents, puis se tourna vers Mme Bolton, impatiente de l'entendre riposter et obliger la Sécurité civile à endosser sa part de responsabilité. Mais, contre toute attente, sa patronne garda les lèvres serrées. Remarquant l'air sidéré de Nellie, elle lui adressa un léger signe de tête, comme pour lui dire : *Pas ici, pas maintenant.*

Il apparaissait clairement que la Sécurité civile refuserait de reconnaître ses torts. L'organisme dépendait du ministère de l'Intérieur, bien entendu. Si le public avait vent de ce refus de financer des travaux qui auraient évité la mort de cent soixante-treize personnes, Herbert Morrison perdrait sans nul doute son poste de secrétaire d'État. Il serait poussé à la démission, et le scandale prendrait une ampleur nationale.

Ils tentaient d'étouffer l'affaire ! Ils essayaient de mettre l'accident sur le compte d'un mouvement de panique, d'accuser la municipalité de ne pas avoir bien entretenu l'abri, d'invoquer n'importe quel prétexte pour dédouaner le gouvernement. C'était clair comme de l'eau de roche pour Nellie, même s'il restait des douzaines de témoins à entendre. Elle déglutit, furieuse du manque d'intégrité flagrant avec lequel on conduisait cette enquête. Mais c'était à Mme Bolton, et non à elle, d'élever la voix pour rétablir la vérité des faits. Pour l'heure, la seule tâche qui lui incombait, c'était de prendre des notes aussi rigoureuses que possible, que la municipalité pourrait, un jour, mettre à profit.

*

Cet après-midi-là, Billy entra dans la salle de conférence d'un pas hésitant, tenant son casque de garde de la lutte antiaérienne entre ses mains nerveuses. Il n'avait jamais beaucoup aimé s'exprimer en public. Présenter ce témoignage n'allait pas être chose facile pour lui. Devoir exposer le déroulé des événements à voix haute allait l'obliger à vivre cette terrible nuit une seconde fois alors qu'il s'efforçait de l'oublier, de se sortir toutes ces images horribles de l'esprit. De se répéter qu'il n'aurait pas pu sauver Flo, en dépit des accusations de Nellie après l'enterrement de son père et de sa sœur. Non, il n'aurait pas pu sauver davantage de personnes que celles qu'il avait réussi à sauver. Ce n'était pas sa faute s'il était asthmatique. Ce n'était pas sa faute si ces gens étaient morts dans cette bousculade.

Cependant, les paroles de son amie résonnaient sans discontinuer dans sa tête. « Tu aurais pu faire plus. Tu aurais pu sauver Flo. » Le souvenir de cette chaussure rouge, qu'il avait tenue dans sa main, ne cessait de le tourmenter. Nellie et lui ne s'étaient pas revus depuis l'enterrement. Elle lui manquait tellement.

Il prit le siège qu'on lui désignait et jeta un coup d'œil autour de la grande table. Il reconnut certains visages : Mme le maire, quelques conseillers municipaux… et dans le coin le plus éloigné de la pièce, assise avec son bloc et son crayon : Nellie ! Il tressaillit, au comble de l'anxiété. Il ignorait qu'elle serait présente. Mais, évidemment, en sa qualité d'assistante de la maire, elle devait prendre en note chaque témoignage.

Presque aussitôt, il lui vint à l'idée qu'il avait enfin l'opportunité de lui prouver qu'il avait fait tout son possible pour sauver ces gens. Soudain, il lui parut plus important que jamais de raconter son histoire aussi clairement qu'il en était capable. Il fallait que Nellie comprenne. Il lui en avait voulu de l'accuser d'être responsable de la mort de Flo. Mais il lui avait pardonné cet accès de colère. À présent, il avait besoin qu'elle comprenne et lui pardonne à son tour. Sa vie perdait tout son sens, sans leur amitié.

— Déclinez vos nom, prénom et profession, je vous prie, demanda l'homme chargé de diriger l'interrogatoire, d'une voix lasse et mécanique.

— Billy… enfin, William Waters. Je suis garde de l'Air Raid Precautions.

— Où vous trouviez-vous, le soir du 3 mars, quand la sirène d'alarme aérienne a été déclenchée ?

— Je me trouvais dans le hall des tickets de la station de métro. À mon poste habituel. Même lorsqu'il n'y a pas d'attaque, il y a toujours des gens qui y passent la nuit depuis la guerre éclair. Je m'occupe d'y maintenir l'ordre, chaque soir.

— Racontez-nous tout ce que vous avez fait à partir du moment où la sirène a résonné.

Billy s'exécuta, gardant les yeux fixés sur Nellie. La présence de son amie le réconfortait. Mais elle levait à peine le regard de son carnet, se contentant de griffonner furieusement pour enregistrer ses moindres paroles. *À ta guise*, songea-t-il.

— Vous êtes donc arrivé sur les lieux de l'accident avant tout le monde. Avez-vous vu la première personne trébucher ?

Il déglutit.

— Oui. J'ai essayé de lui porter secours, mais tout s'est précipité. Les gens se sont soudain mis à trébucher les uns sur les autres.

Il secoua la tête pour en chasser la vision.

— J'ai fait tout ce que j'ai pu : j'ai tiré sur leurs bras ou leurs jambes pour tenter de les dégager, je les ai escaladés pour essayer de saisir ce qui pouvait l'être. C'était affreux. Terrible.

— Avez-vous pu dégager des personnes vivantes ? demanda un conseiller municipal.

— Oui, Monsieur. Un bébé, d'abord. Puis un jeune garçon et trois ou quatre autres. Ensuite, la police est arrivée par l'entrée de secours, et nous en avons sauvé une dizaine de plus, que nous avons envoyées dans le tunnel. Mais la plupart des gens que nous dégagions étaient morts. Nous espérions qu'il y aurait moins de victimes de l'autre côté.

Il baissa les yeux sur ses mains, posées sur la table.

— Nous n'avions pas assez de place pour étendre les corps en bas. Nous voulions éviter que les personnes qui s'étaient abritées dans le tunnel ne les découvrent en remontant, à la fin de l'alerte. Aussi, dès que l'escalier a été suffisamment dégagé, la police les a fait passer par le haut et les a étendus dans l'église.

À cet instant, il remarqua que Nellie avait cessé d'écrire. Elle l'observait, la bouche entrouverte. Ses yeux trahissaient à la fois l'horreur et la compassion. Elle commençait à comprendre. Elle se rendait compte qu'il lui était impossible d'en faire davantage, pensa-t-il. Et comme pour le lui confirmer, elle articula un *pardon* silencieux.

Il n'espérait rien tant que les regrets qu'il lut sur son visage à cet instant. Il savait qu'il ne l'épouserait jamais, que cet Américain la lui avait enlevée ; tout ce qui lui importait, à présent, c'était de conserver son estime et son amitié pour la vie. Ils étaient amis depuis leur plus tendre enfance, étaient toujours fourrés ensemble. Il avait mal supporté ces deux derniers mois, ce recul de sa part, d'abord, puis la colère de Nellie qui les avait éloignés l'un de l'autre. Il avait besoin qu'elle fasse de nouveau partie de sa vie.

*

Nellie écoutait Billy avec attention et notait chacune de ses paroles en sténo. Il paraissait de plus en plus incontestable qu'il avait employé toute son énergie à sauver ces gens, asthme ou pas asthme. Il s'était comporté en héros, au même titre que Ray cette nuit-là. Flo et Charlie avaient dû se trouver au cœur de la bousculade, de sorte qu'il n'y avait aucune chance d'accéder à eux, ni par le bas, ni par le haut. Elle avait eu tort de l'accuser. Elle allait devoir lui présenter des excuses et réussir à obtenir son pardon. Comment avait-elle pu douter de lui ? C'était Billy. Son ami d'enfance. Le meilleur des hommes. Bien sûr qu'il avait fait tout son possible pour sauver ces gens.

Elle articula le mot « pardon » et vit son visage s'éclairer, comme s'il saisissait son message silencieux. Son sourire la réconforta. Elle comprenait que les survivants ne seraient pas les seuls à demeurer marqués à vie par cette tragédie. Les sauveteurs non plus ne pourraient pas oublier. Ce drame terrible resterait à jamais gravé dans les cœurs des habitants de ce quartier.

36.

Deux semaines s'étaient écoulées depuis l'accident. Les derniers témoignages avaient été entendus et Nellie avait réussi à tenir jusqu'au bout. Elle avait écouté les quatre-vingt-un témoins, entendu leurs terribles récits, terrassée par la fatigue physique et émotionnelle, mais elle était fière d'avoir tenu un rôle dans cette quête de la vérité sur les causes de ce drame, et impatiente de mettre ses notes au propre. C'était une tâche importante, car, une fois qu'elle l'aurait accomplie, elle pourrait enfin tourner cette page et essayer d'aller de l'avant.

Bientôt, se dit-elle, se hâtant de rentrer chez elle. Le ciel était couvert de nuages menaçants, et elle savait qu'un orage pouvait éclater d'un instant à l'autre et la tremper jusqu'aux os.

Elle pressait encore le pas quand elle entendit quelqu'un l'appeler.

— Nellie Morris ! Attends !

C'était Billy. Il courait pour la rattraper. Son cœur fit un bond dans sa poitrine. C'était l'occasion qu'elle attendait pour lui présenter des excuses en bonne et due forme.

— Tu rentres chez toi ? demanda-t-il. Les auditions sont terminées, n'est-ce pas ?

— Oui, c'était le dernier jour. Il faut encore attendre le rapport, mais je suis contente que ce soit derrière moi.

— Ça a dû être éprouvant d'écouter tous ces témoignages. Je suis… fier de toi, Nellie. C'était très brave de ta part, lui dit-il d'une voix vibrante de sincérité.

— Je suis fière de toi, moi aussi, Billy. Tu as bien agi. Tu as sauvé des vies. Je te demande pardon pour ce que j'ai dit après l'enterrement de papa et de Flo. Je n'aurais jamais dû t'accuser ainsi. J'étais anéantie et j'essayais de comprendre, de donner un sens à tout cela. Mais je n'aurais pas dû m'en prendre à toi, j'aurais dû savoir que tu n'avais pas ménagé ta peine pour porter secours à ces gens.

— Ça va, je ne t'en veux pas, répondit-il, gêné. Je comprends. Nous étions tous bouleversés ce jour-là.

— Ce n'est pas une excuse. Tu veux bien me pardonner, dis ?

— Bien sûr que oui, Nellie. J'ai le sentiment de n'avoir fait que mon devoir, rien de plus. Mais c'était… très dur. J'ai beaucoup de mal à en parler, murmura-t-il, avec un air tourmenté.

— Tu peux m'en parler, à moi, si tu veux, lui dit-elle spontanément, même si elle n'était pas certaine d'avoir envie d'entendre ses confidences après la semaine qui venait de s'écouler.

Il demeura silencieux un moment, puis reprit à voix basse :

— Je continue à les voir et à les entendre. Les gens qui étaient coincés. Quand je suis dans mon lit. Quand je ferme les yeux pour essayer de m'endormir.

— Oh, Billy.

Elle posa la main sur son bras.

— Il faut que je retourne là-bas chaque soir, pour prendre mon service. Que je descende cet escalier, jour après jour. Et je n'ai pas été pris dans la bousculade, moi. Ce doit être encore plus difficile pour les survivants.

Que répondre à cela ? Comment le réconforter ? se demanda-t-elle. Ces images s'estomperaient-elles avec le temps, ou étaient-elles trop terribles pour disparaître derrière le brouillard des souvenirs ?

— C'est pareil pour moi. Je n'arrête pas de revoir papa et Flo dans cette église. Et je suis incapable de redescendre dans cette station. Au moins, nous, nous avons le choix de nous réfugier ailleurs.

— C'est triste de ne plus te voir passer dans le hall des tickets.

Ils échangèrent un sourire, heureux de s'être réconciliés. Complices, comme ils l'avaient toujours été.

Nellie sentit quelques gouttes de pluie et tendit la main.

— Oh, non, dit-elle en grimaçant. Je n'ai ni chapeau ni pépin.

— Tiens, prends ça, lui offrit Billy avec un sourire malicieux, ôtant son casque pour l'enfoncer sur sa tête. C'est mieux que rien, même si je n'irais pas jusqu'à dire qu'il te va bien.

C'était si bon de plaisanter légèrement, comme par le passé.

— Mince, alors ! Toi qui m'as dit un jour que j'étais ravissante quoi que je porte !

— C'est vrai, à l'exception de ce casque, corrigea-t-il en riant. Dis, ça te plairait qu'on s'achète un cornet de frites et qu'on les mange sur le chemin de la maison ? C'est moi qui t'invite.

— Pourquoi pas ? Mais on partage.

— Pas si j'arrive le premier, rétorqua son ami. Un, deux, trois... partez ! cria-t-il avant de s'élancer.

Elle lui courut après, maintenant le casque sur sa tête d'une main, déterminée à gagner cette course. Elle atteignit la porte de la boutique en même temps que lui, haletante et hilare. C'était la première fois qu'elle riait depuis... l'accident.

— Ça fait du bien de te voir rire, lui dit Billy. Mais c'est quand même moi qui paie !

Elle accepta de bon cœur.

L'averse n'avait pas duré. Se partageant le cornet de frites, ils parcoururent le reste du chemin d'un pas tranquille, savourant le plaisir d'être ensemble et plaisantant comme lorsqu'ils rentraient de l'école ensemble et qu'elle se demandait s'il allait enfin avoir le courage de l'inviter à sortir avec lui. Aurait-elle accepté, à l'époque ? Avant que la guerre n'éclate et que tout change d'un coup ? Elle n'aurait su le dire. Mais elle était heureuse qu'il soit redevenu son bon vieux Billy. Heureuse de cet instant de normalité dans ce monde qui marchait sur la tête.

Ils venaient de tourner dans Morpeth Street quand Nellie se figea. Un homme attendait devant chez elle, et il portait l'uniforme reconnaissable entre mille de l'US Air Force. Ray devait avoir reçu sa lettre ! Il avait attendu sa prochaine permission pour lui rendre visite. Oh, elle avait tellement besoin d'entendre qu'il ne lui en voulait pas et qu'il l'aimait toujours... Mais, à cet instant, l'homme pivota, et elle reconnut le visage de Clayton.

La voyant approcher, il ôta son calot et le tint contre lui, avec un air sombre. Le cœur serré, Nellie songea qu'il n'aurait jamais effectué le long trajet de sa nouvelle base aérienne jusqu'à Bethnal Green s'il n'avait pas une bonne raison de le faire.

— Oh, mon Dieu. Non, murmura-t-elle, agrippant instinctivement le bras de Billy.

Toute joie la déserta subitement.

— Qu'y a-t-il ? Qu'est-ce qui ne va pas ? lui demanda-t-il. Qui est cet homme ? Ce n'est pas le camarade de ton... ami ? Pourquoi est-il ici ?

Nellie courut rejoindre Clayton. Mais, lorsqu'elle lut la douleur sur son visage, elle comprit qu'il était là pour prononcer des paroles qu'elle ne voulait pas entendre.

Billy se posta à côté d'elle, essoufflé.

— Qu'y a-t-il ? demanda-t-il.

— Je suis vraiment désolé, Nellie, commença Clayton. Je... je ne sais pas comment te l'annoncer.

— Je t'en prie, ne le dis pas, murmura-t-elle en secouant la tête.

Le pilote déglutit.

— Pardon, Nellie, mais il faut... que tu saches. L'avion de Ray a été touché alors qu'il survolait la France. Personne n'a vu de parachute s'ouvrir. Il a été déclaré mort au combat.

— Nooon ! gémit-elle, s'écroulant sur le trottoir, sans forces.

C'était fini. Il ne lui restait plus rien. Elle eut vaguement conscience que des bras la soulevaient pour l'aider à se relever, mais ce n'étaient pas les bras de Ray. C'étaient ceux de Clayton, qui lui tapotait le dos, à présent, et lui murmurait des paroles de réconfort qui n'avaient aucun effet.

— Nellie, viens, rentrons, lui dit Billy.

Mais elle ne voulait pas rentrer. Elle ne voulait pas voir Em et George, elle ne voulait pas leur annoncer une mort de plus, après tous ces deuils qui les avaient frappés. Celui-ci était le sien. C'était à elle seule de le supporter.

— Viens. Je vais te préparer une tasse de thé, insista Billy, la tirant par le bras.

Mais elle s'écarta des deux hommes et recula, les dévisageant alors que l'horreur et l'incrédulité se muaient en colère. Pourquoi ? N'avait-elle pas assez souffert ? Combien d'êtres chers cette guerre allait-elle encore lui prendre ?

— Je ne veux pas de *thé*. Je veux juste… je veux…

Sa voix se brisa. *Je veux que tout redevienne normal*, s'apprêtait-elle à dire. Que Ray, Flo et Charlie soient ici. Il y a quelques semaines encore, elle avait tout ce qu'elle pouvait désirer au monde, et maintenant… il ne lui restait plus rien. Les souvenirs et les sentiments s'entrechoquaient violemment en elle. Ray voulait l'épouser, ils devaient se marier, et maintenant… maintenant… il n'était plus là.

Elle pivota et se mit à courir dans la rue, comme quelques minutes plus tôt, quand il avait commencé à pleuvoir. Elle avait toujours ce casque stupide qui tanguait sur sa tête. Elle l'ôta et le jeta, s'éloignant dans Roman Road en direction de l'église St John. Elle n'y avait pas remis les pieds depuis cette terrible nuit. Elle la contourna, piétinant les flaques d'eau qui se formaient rapidement le long du mur sur lequel Ray avait gravé leurs initiales, ce jour merveilleux qui paraissait si lointain déjà. Quand le monde était encore un endroit heureux, en dépit de la guerre ; quand l'avenir était plein de promesses. Il y avait moins d'un mois. Les initiales étaient encore fraîches.

Elle les suivit du bout des doigts. *NM et RF.* Ray Fleming. Son amour, l'homme auquel elle s'était promise, l'homme avec lequel elle comptait passer le reste de sa vie. Fauché par cette guerre atroce, comme tant d'autres.

Elle tomba à genoux, appuya son front contre le mur et laissa les sanglots qui montaient en elle tout balayer sur leur passage pour ne laisser que la douleur.

37.

Nellie se réveilla dans son lit, se demandant comment elle était arrivée là. Elle se souvenait s'être agenouillée devant les initiales de Ray, gravées sur le mur, puis plus rien. Les mots de Clayton résonnèrent alors dans sa tête et elle poussa un gémissement d'angoisse. Em entra aussitôt dans la chambre.

— Oh, mon lapin. Tu es réveillée. L'ami de Ray nous a annoncé la nouvelle. C'est horrible. Horrible. Quel choc.

Elle s'assit au bord du lit et lui prit la main.

— C'était un homme si aimable, ton Ray. Je me disais que… j'espérais…

Elle secoua tristement la tête.

— Ils partent tous, un à un, et nous nous retrouvons seuls. C'est inconcevable, n'est-ce pas ?

Nellie détourna la tête. Elle était trop anéantie pour écouter les réflexions attristées de sa mère.

— Billy est en bas. Il aimerait te voir. C'est lui et l'ami de Ray qui t'ont portée ici. Tu étais… totalement défaite. J'ai eu une de ces peurs.

— J… je ne veux pas… bredouilla Nellie.

Elle ne voulait voir personne.

Em garda le silence un moment, puis l'embrassa et quitta la chambre.

Nellie se replia sur ses pensées et s'abîma dans son chagrin. Elle serra les paupières, la gorge nouée par de nouveaux sanglots. Ray avait-il reçu sa lettre avant… d'être abattu ? Elle l'espérait tant. C'était un mince réconfort, mais elle s'accrocha à l'idée qu'il l'avait lue, qu'il savait qu'elle l'aimait et qu'il n'était pas responsable de la tragédie du métro. Elle avait besoin de cette faible lueur au cœur des ténèbres.

La vie était si cruelle ! Au moment où elle se remettait à croire en un avenir possible avec Ray, il lui était arraché pour toujours. Elle se tourna vers le mur, se remémorant leur dernier échange, ce jour fatal où elle l'avait frappé, ivre de douleur, et rejeté. Et, à présent, elle ne saurait jamais avec certitude s'il avait lu sa lettre d'excuse. S'il était parti, sachant qu'il n'avait joué aucun rôle dans l'accident qui avait fauché tant de vies. Elle ne supportait pas l'idée qu'il ait pu mourir sans savoir que Nellie était rongée par le remords et qu'elle l'aimait toujours. Ce serait un tour du destin bien trop cruel.

Em passa le reste de la journée et le week-end qui suivit à essayer de la consoler, lui montant ses repas dans sa chambre.

— Je suis là, ma chérie, nous allons réussir à traverser cette épreuve abominable ensemble, lui murmura sa mère.

En dépit de l'immense vide qui lui donnait le sentiment de n'être plus qu'une enveloppe sans vie, Nellie lui fut reconnaissante de son soutien. Pourtant, elle ne parvenait pas à voir au-delà de la douleur de ces deuils successifs. Elle ne pouvait plus envisager un avenir où elle redeviendrait la Nellie qu'elle avait été avant de perdre son père, sa sœur, et Ray. Elle réussirait sans doute à se remettre à fonctionner à la maison et au travail, mais tout espoir de lendemains heureux venait de s'éteindre en elle.

*

Le rapport officiel du ministère de l'Intérieur, rédigé par Laurence Dunne, arriva un mois, jour pour jour, après l'accident. Deux semaines après l'apparition de Clayton à sa porte. Il n'était pas voué à être rendu public, mais en sa qualité d'assistante de la maire, Nellie fut autorisée à le voir.

— J'aimerais que nous le lisions ensemble, avant que nous le confrontions à nos propres minutes des auditions, déclara Mme Bolton, lui en tendant une copie.

Elles le lurent en silence, enfermées dans le bureau. De temps à autre, Nellie levait les yeux et découvrait les rides profondes qui se creusaient sur le front de sa supérieure.

— Alors, qu'en pensez-vous ? lui demanda cette dernière, reposant le document sur son bureau.

— Ça ne… correspond pas exactement à ce que j'ai entendu pendant l'enquête, répondit Nellie prudemment. Ce rapport exonère la police et les gardes ARP de toute responsabilité, ce qui me paraît juste…

Elle avait été touchée par le passage qui mettait Billy et ses collègues hors de cause, précisant que, humainement, ils avaient fait tout leur possible pour sauver des vies.

— Mais ?

— Eh bien, on mentionne une « escalade de la situation due à une perte de sang-froid des usagers », cita-t-elle. Si le gouvernement affirme qu'un mouvement de panique a provoqué cette bousculade, la municipalité est hors de cause, n'est-ce pas ? Seulement, plus loin, on ajoute : « Il est donc du devoir du conseil municipal de Bethnal Green d'endosser la pleine responsabilité de cette tragédie. » Alors même qu'il est fait état de notre demande de financement des travaux d'amélioration de l'accès à la station, et du refus qui nous a été opposé.

Nellie pointa le doigt sur le passage en question.

— Il est écrit ici que « la municipalité a pressenti le danger, mais n'a pas pris les mesures adéquates pour le prévenir ».

Mme Bolton acquiesça, l'air sombre.

— Oui, c'est bien ce que je comprends, moi aussi. « Les autorités locales, ayant une meilleure connaissance du terrain, auraient dû prendre les mesures qui s'imposaient pour résoudre ce problème. » Comment étions-nous censés résoudre le problème quand on nous refusait l'autorisation et le financement indispensables pour nous y employer ? Ils savent que nous n'avons pas le droit de dépenser l'argent des contribuables sans l'aval de la Sécurité civile. Et ils osent accuser les usagers d'avoir manqué de sang-froid, en dépit des nombreux témoignages qui attestent du contraire.

La colère et l'émotion que Nellie muselait depuis la mort de Ray se mirent soudain à bouillonner en elle.

— C'est votre faute s'ils nous accusent ! Vous auriez dû vous battre plus farouchement.

La maire lui adressa un regard glacial.

— C'était impossible. Ils avaient déjà pris leur décision. Et vous, mademoiselle Morris, vous avez besoin de vous contrôler un peu. Nous sommes tous indignés par la situation, mais ce genre d'éclat n'aide personne.

Nellie songea aux regards suspects qu'avaient échangés les responsables du ministère de l'Intérieur et de la Sécurité civile de Londres, se remémora le nombre de fois où ils avaient demandé aux témoins s'il n'y avait pas eu de mouvement de panique. Oui, c'était évident : l'histoire officielle avait été écrite en amont de l'enquête, et le gouvernement avait déjà choisi ses coupables. Elle soupira, et sa colère s'évapora aussi vite qu'elle avait jailli.

— Je vous demande pardon, madame Bolton. Que pouvons-nous faire, maintenant ?

— Rien, à ma connaissance, répondit-elle, haussant les épaules. Les travaux de sécurisation de l'accès à l'abri ont été effectués, et ce rapport va encourager les autres municipalités à améliorer l'accès aux stations utilisées comme abris antiaériens.

— Nous pourrions peut-être... faire entendre notre voix ? Plaider notre cause ?

Le journaliste qu'elle avait rencontré serait certainement disposé à écrire un article sur le sujet.

Il semblait important que tout le monde connaisse cette vérité, qui l'avait tant apaisée pour sa part. Les habitants du quartier méritaient de savoir ce qu'il s'était réellement passé ce soir-là.

Mme Bolton secoua la tête.

— Le ministère de l'Intérieur m'a informée que tout cela devait demeurer confidentiel. Ils veulent éviter que ce rapport tombe entre les mains de l'ennemi, et qu'il n'entame davantage le moral de la population. Nous sommes pieds et poings liés. Nous devons nous taire.

— Ça ne paraît pas juste, murmura Nellie. Ils nous utilisent, ils font de nous…

Elle fronça les sourcils, essayant de se rappeler le terme.

— Leur bouc émissaire. Oui, c'est exactement ce qu'ils font, Nellie. Seulement vous, les conseillers municipaux et moi connaissons la vérité. Nous avons fait tout ce que nous pouvions pour assurer la sécurité des administrés. Rien de ce qu'il s'est passé n'est notre faute.

Il y avait une soudaine passion dans son ton. Elle prononçait ces paroles pour elle-même autant que pour son assistante. Il était évident qu'elle aussi avait été tenaillée par la culpabilité. En tant que maire de Bethnal Green, elle se devait d'endosser sa part de responsabilité dans tout ce qu'il s'effectuait dans le quartier qu'elle administrait.

— Vous avez raison, madame Bolton, ce n'est pas votre faute, concéda Nellie, préférant diriger sa colère contre le ministère de l'Intérieur.

Hiver-printemps 1943

Dire qu'elle s'imaginait que ce rapport l'aiderait à tourner la page afin de commencer à panser ses blessures. Elle avait l'impression de faire un de ces cauchemars dont on a le sentiment qu'on ne se réveillera jamais.

38.

— Mademoiselle Morris, c'est un plaisir de vous revoir. J'espère que vous vous portez bien et que vous reprenez un peu le dessus au fil des semaines, lui lança Stan Collins, alors qu'elle descendait l'escalier de la mairie ce jour-là, impatiente de rentrer à la maison.

— Bonjour, monsieur Collins. Je… tiens le coup. Et vous ?

— Oui. Mon père me manque beaucoup. Comme le vôtre doit vous manquer ainsi que votre sœur. Quelle terrible époque nous vivons.

Terrible, en effet. Il n'avait pas idée de tout ce qu'elle avait perdu et du désespoir dans lequel ces épreuves l'avaient plongée.

— Qu'est-ce qui vous amène ici, monsieur Collins ?

Il marchait sur le trottoir, à côté d'elle, adoptant le rythme vif de son pas.

— Eh bien, j'ai entendu dire… que le ministère de l'Intérieur avait ouvert une enquête pour déterminer les causes de l'accident et qu'il venait de rendre son rapport. Mais je n'ai pas réussi à m'en procurer une copie. On m'a informé qu'il ne serait pas consultable par le public. Il semble que les auditions aient été conduites dans le plus grand secret.

Il lui saisit le bras, l'obligeant à le regarder.

— Mademoiselle Morris, est-ce que cela vous paraît correct, à vous ? Vous ne pensez pas que le public a le droit de savoir ? Nous sommes si nombreux à avoir perdu des proches. Ne méritons-nous pas d'être informés sur ce qu'il s'est réellement passé ? J'ai besoin de comprendre pourquoi mon père est mort.

— Monsieurs Collins, je…

— J'ai écrit un article, le lendemain du drame, vous savez, l'interrompit-il. Je n'ai pas mentionné votre nom, bien entendu, je ne trahirai jamais une source. Mais il n'a pas été publié. Le journal a choisi de le remplacer par un autre article qui prétendait que l'accident avait été provoqué par une bombe. J'ai le sentiment que mon rédacteur en chef obéissait aux ordres d'une personne haut placée en agissant ainsi. Il m'a expliqué qu'il fallait éviter d'effrayer la population et de la dissuader d'aller s'abriter dans les stations de métro.

Il jeta un coup d'œil autour d'eux, puis désigna la Lyons Corner House.

— Si vous avez quelques minutes, je serai ravi de vous offrir une tasse de thé.

Elle hésita un instant, puis céda.

— D'accord, mais je ne peux pas…

— Ne vous inquiétez pas, je ne vous demanderai pas de divulguer des informations secrètes, lui dit-il avec un sourire rassurant.

Ils gagnèrent le café et il choisit une table près de la vitrine, avant d'aller passer leur commande.

— Nous pouvons discuter, comme deux personnes endeuillées par cet accident, lui proposa Stan Collins.

Nellie soutint son regard, et son désir de l'aider l'emporta sur ses réticences. Cependant, il était important qu'elle pèse bien ses mots.

— Je suis de votre avis, monsieur Collins. Les gens méritent de connaître la vérité.

— Appelez-moi Stan, je vous prie.

— Très bien, Stan. Et vous pouvez m'appeler Nellie. Quoi qu'il en soit, je ne vais pas pouvoir vous révéler grand-chose. On m'a interdit de parler.

— Qui ça ?

— La maire. Comme vous l'avez compris, le gouvernement veut éviter d'ébruiter tout ça pour ne pas démoraliser la population, certes, mais pas uniquement. C'est le ministère de l'Intérieur qui a dirigé l'enquête. Et il apparaît que… les conclusions auxquelles il voulait aboutir ont été décidées à l'avance.

Stan la dévisagea.

— Vous pensez qu'ils ont manipulé les témoins ? Ou falsifié le rapport ?

Elle but une gorgée de thé avant de répondre.

— J'ai le sentiment que la mairie a été choisie pour servir de bouc émissaire. Je pense que le ministère voulait désigner un responsable et qu'il a décidé que la mairie ferait l'affaire. La sécurisation des abris antiaériens est effectivement de la responsabilité de la municipalité, seulement…

— C'est exact, l'interrompit le journaliste. Et si le rapport suggère que la municipalité a manqué à son devoir, même si ce n'est pas le cas, alors les familles des victimes ont le droit de demander à être dédommagées.

— Dédommagées ? répéta Nellie, commençant néanmoins à comprendre où il voulait en venir.

— Oui, reprit-il, pensif. Prenez l'exemple de votre mère. Elle a perdu son mari qui pourvoyait aux besoins de votre famille, ce qui signifie – pardonnez-moi de me montrer aussi direct – qu'elle risque de se retrouver dans le dénuement et de ne plus pouvoir payer son loyer. Avez-vous des frères et sœurs qui vivent avec vous ?

— Un frère qui va encore à l'école.

— Sans le salaire de votre père, comment votre maman va-t-elle pouvoir joindre les deux bouts et prendre soin de votre frère ?

— Je travaille…

Nellie se tut. Il avait raison. Em envisageait déjà de faire des lessives pour essayer de s'en sortir.

— Je sais, et je ne doute pas que vous faites votre maximum pour aider votre mère, mais vous ne devriez pas avoir à renoncer à votre salaire. Vous devriez pouvoir mettre de l'argent de côté et penser à votre avenir. Si la mairie a fait preuve de négligence, alors c'est elle qui doit compenser les pertes des familles.

— La mairie n'a pas fait preuve de négligence. Nous avons sollicité les fonds pour améliorer l'accès à l'abri, expliqua Nellie.

— Mais ce rapport conclut que la municipalité est pour partie responsable, n'est-ce pas ? Écoutez, je ne suis pas en train d'accuser la maire ni quiconque, mais si le ministère de l'Intérieur estime que l'abri n'était pas en état d'être utilisé, alors les familles des victimes devraient recevoir une compensation financière, et votre mère est en droit de la solliciter.

— M… mais, comment ?

— En prenant un avocat et en déposant une plainte contre la mairie.

Stan s'adossa à sa chaise.

— Ça vaut la peine d'essayer, Nellie.

— Pourquoi vous ne le faites pas vous-même ? Vous avez perdu votre père, non ?

— Oui, mais je ne suis pas affecté financièrement par sa mort. Votre mère l'est, elle, depuis qu'elle a perdu son mari. Et le fait que votre petite sœur ait également été victime de cet accident… je suis désolé de devoir souligner cet argument, mais il est évident que cela aura plus d'impact sur la cour.

Il avait raison. La perte de son père et de sa sœur les avait fragilisés à maints égards.

— Maman ne voudra jamais entendre parler d'un procès, dit-elle, presque certaine qu'Em refuserait d'attaquer la mairie en justice.

— Est-ce que je pourrais la rencontrer ?

Stan vida sa tasse de thé comme s'il désirait la voir sur-le-champ.

— Eh bien… sans doute, oui. Je n'y vois pas d'inconvénient.

Pourquoi pas ? Autant laisser sa mère lui répondre directement. Nellie termina son thé et se leva.

— Je vous remercie, lui dit Stan, coiffant son trilby d'une main ferme. Je crois sincèrement que justice doit être rendue. Votre mère, comme beaucoup d'autres proches des victimes, se retrouve désormais sans ressources. Il faut que quelqu'un paie.

Nellie ne pouvait qu'approuver, même si, pour sa part, elle estimait que c'était à la Sécurité civile de payer. Et malheureusement, elle n'était pas pointée du doigt dans le rapport d'enquête.

Elle entraîna Stan Collins à travers les rues de son quartier, espérant qu'elle ne commettait pas une erreur en acceptant de le présenter à sa mère. Si Em décidait de porter plainte contre la mairie, sa relation avec sa supérieure en pâtirait forcément. Peut-être même que toute relation deviendrait impossible, et qu'elle perdrait son emploi. Devait-elle renoncer à aller plus loin, et oublier ce que le journaliste venait de lui dire ? Ou profiter de cette opportunité de faire éclater la vérité au grand jour ?

Quand ils arrivèrent chez elle, Nellie ouvrit la porte et appela Em.

— Maman ? Tu es là ? Nous avons un invité !

Sa mère sortit de la cuisine, essuyant sur son tablier ses mains couvertes de farine.

— Ah oui ? Je faisais justement de la pâtisserie…

— Je te présente Stan Collins. Il est journaliste, mais il n'est pas là pour le travail. Est-ce que nous pourrions aller au salon ?

— Oui, bien sûr. J'arrive dans un instant, dit-elle, retournant à la cuisine.

Deux minutes plus tard, elle entra au salon, débarrassée de son tablier et portant un plateau.

— Ce qu'il reste de ma fournée de shortbreads de la semaine dernière, déclara-t-elle fièrement, posant l'assiette de biscuits sur la table.

Oscar, qui l'avait suivie, renifla Stan en remuant la queue, puis se coucha aux pieds de Nellie, et leva les yeux vers les biscuits.

— Que puis-je faire pour vous, monsieur Collins ? demanda Em.

Le journaliste lui exposa son idée.

— Vous voulez dire qu'il faudrait que je fasse un procès à quelqu'un ? dit-elle en leur servant le thé.

— Oui. Mais vous avez toutes les chances de gagner, je pense.

— Peut-être bien, mais je n'ai pas d'argent pour me payer un avocat. Alors ce n'est même pas envisageable.

— Je m'attendais un peu à cette réponse. Mais il y a une solution. Si votre affaire crée un précédent, si vous obtenez gain de cause devant la justice, d'autres pourraient décider de suivre votre exemple, étant assurés de gagner leur procès. Et tout le monde serait dédommagé.

— Quand bien même, je n'en ai pas les moyens.

Em croisa les bras.

— Nous avons déjà suffisamment de mal à nous en sortir, je ne vois pas comment nous pourrions nous procurer ne serait-ce qu'une petite portion des honoraires de l'avocat.

— Dans la mesure où tout le monde bénéficierait de votre action en justice, continua Stan comme si Em ne l'avait pas interrompu, tout le monde devrait assumer le coût de ce premier procès. Si je lance une pétition et que chacun des habitants du quartier qui le souhaite met la main à la poche, alors je suis certain que nous pourrons réunir la somme nécessaire.

— Je ne veux la charité de personne, rétorqua Em, les lèvres pincées, ainsi que Nellie s'y attendait.

Sa mère avait toujours été une femme fière, et elle avait appris à ses enfants à ne dépendre que d'eux-mêmes.

— Ce n'est pas de la charité, répondit Stan, patient. Considérez plutôt cela comme un investissement. Ces gens vous aident à payer ce procès, que vous allez remporter, et ils sont remboursés quand le précédent est établi et qu'ils peuvent porter plainte à leur tour et obtenir leur propre dédommagement. Vous comprenez ?

Le regard de Nellie naviguait entre Em et Stan. Sa mère hésitait. Sa réticence initiale à intenter un procès à la mairie se dissipait.

— Alors, je fais ça pour tous les autres ? Pas pour moi, mais pour les gens qui ont perdu des êtres chers ce soir-là ?

— C'est exactement ça, confirma Nellie.

— Et pourquoi moi ? Nous sommes nombreux à avoir perdu des proches dans cet accident.

— Parce que deux membres de notre famille en ont été victimes, maman.

Elle se mordit la lèvre. Elle voulait vraiment que la vérité éclate au grand jour et que sa mère soit indemnisée, mais, au plus profond d'elle-même, elle redoutait que ce procès ne mette en péril sa position à la mairie.

— Le fait que vous ayez perdu votre petite fille en plus de votre mari risque d'émouvoir le juge, continua Stan, d'un ton volontairement détaché.

Em déglutit et réfléchit un instant avant de plonger les yeux dans ceux du journaliste.

— Dans ce cas, il est de mon devoir d'agir. Lancez cette pétition et trouvez-moi un avocat, monsieur Collins. Je ferai tout ce qui est en mon pouvoir pour que ces familles soient dédommagées. C'est ce que mon Charlie aurait souhaité.

Em paraissait déterminée à présent. Elle allait attaquer la municipalité en justice, et ce combat lui donnerait un but, une raison de continuer à avancer. Oui, ça lui ferait le plus grand bien, songea Nellie, à la fois fière de sa mère et effrayée des conséquences que sa décision ne manquerait pas d'entraîner. Mon Dieu, comment allait-elle pouvoir se rendre au travail jour après jour, sachant qu'Em allait porter plainte contre son employeur ? Une petite voix résonnait dans son esprit : *Non, dis-lui d'y renoncer, de ne pas te rendre la vie plus difficile qu'elle ne l'est déjà.* Mais Nellie la musela. Ce procès pourrait faire une réelle différence pour tant de leurs amis et voisins endeuillés. Et puis elle n'était pas obligée d'en parler immédiatement à sa patronne. Si la pétition ne permettait pas de réunir l'argent nécessaire, il ne se passerait rien du tout. Dans le cas contraire… eh bien, il serait temps de réfléchir à l'étape suivante.

— Bravo, maman, dit-elle en la serrant dans ses bras.

— Parfait, alors c'est réglé, conclut Stan. Vous pouvez compter sur mon aide, madame Morris.

C'était une bonne nouvelle, parce qu'ils auraient besoin de toute l'aide disponible. Leur famille n'avait jamais eu affaire à la justice, et voilà qu'elle prenait le risque énorme d'intenter un procès à la mairie. L'employeur de Nellie, qui plus est. Mon Dieu, dans quelle affreuse position elle allait se trouver. Elle en avait la chair de poule.

39.

Billy avait été content d'apprendre qu'il était peu probable qu'ils essuient un nouveau raid aérien ce soir, et qu'il n'était pas obligé de descendre dans la station. Ces derniers temps, les journaux étaient remplis d'articles sur l'opération Chastise. Depuis que les Alliés lâchaient leurs bombes dites « rebondissantes » sur les barrages allemands, les bombardements sur Londres s'étaient raréfiés. Il redoutait tellement de descendre dans le métro, à présent. Chaque fois qu'il posait le pied sur la première marche de l'escalier, les images de cette terrible nuit rejaillissaient. Parfois, il sentait presque le poids de la petite chaussure rouge dans sa main tandis que ses poumons se contractaient au souvenir de la crise d'asthme qui l'avait paralysé jusqu'à ce qu'il gagne le poste de secours, et que le nébuliseur lui permette à nouveau de respirer normalement.

Dieu merci, ce soir, on lui avait seulement demandé de patrouiller dans les rues pour vérifier que les règles du couvre-feu étaient respectées. Blitzkrieg ou pas, attaque aérienne ou pas, les habitants de Bethnal Green devaient toujours veiller à ce que leurs fenêtres soient occultées avant la tombée de la nuit, qu'aucune lumière n'éclaire les rues ni n'oriente les frappes des bombardiers ennemis. Les personnes qui étaient obligées de sortir durant le couvre-feu avaient le droit de s'équiper d'une lampe torche à condition que son rayon soit atténué et dirigé vers le bas. Les réverbères de Londres avaient été soit affaiblis, soit enlevés. Toutes sortes de mesures permettant de dissimuler la présence de la ville aux avions ennemis avaient été mises en œuvre. Un homme avançait vers lui, rentrant sans doute du pub. Il boitait. Quand il fut assez proche pour qu'il distingue ses traits, Billy le reconnut : il s'agissait d'un ancien élève de son école, un peu plus âgé que lui. Il était parti au combat et en était revenu avec une jambe en moins. Il lui adressa un signe de la tête, mais le jeune homme était perdu dans ses pensées.

Billy parcourut le réseau de rues bordées de petites maisons victoriennes si caractéristiques de cette partie de la ville. Il l'avait fait si souvent que, même les yeux bandés, il aurait pu s'arrêter n'importe où et énoncer le numéro et le nom de la rue où il se trouvait. Le grain du trottoir sous ses pieds, les odeurs provenant des égouts, les parfums qui s'échappaient des fenêtres ouvertes, ceux qui s'élevaient des jardinières remplies de plantes, les cris des enfants qui jouaient, des couples qui se disputaient : il recueillait tout cela comme autant d'indices placés sur son chemin.

À présent, il passait devant l'espace qui avait contenu la maison de l'oncle et la tante de Nellie. Pour des raisons de sécurité, les débris de leur foyer avaient été réduits en miettes par les bulldozers, mais il restait une montagne de gravats que les enfants du quartier s'amusaient à escalader, et du haut de laquelle ils hurlaient : « Je suis le maître du château. » Il n'y avait plus de gamins dehors, à cette heure-là, mais cette pensée le fit sourire. Elle lui évoquait l'époque où Nellie, Babs et lui étaient inséparables et se rejoignaient pour jouer dans les rues et les parcs du voisinage, à la moindre occasion. C'était clairement Nellie la meneuse du groupe. Babs, plus jeune d'une année, admirait son amie et la suivait partout. Quant à lui, en dépit de sa position d'aîné, il la vénérait littéralement. Au fil du temps, ce sentiment s'était épanoui et transformé en amour adulte d'une grande profondeur. Du moins en ce qui le concernait.

Nellie et lui s'étaient rapprochés dernièrement. Depuis que son Américain avait été tué au combat, sa sœur et lui faisaient de leur mieux pour la soutenir. Le choc avait été terrible pour elle. Ils essayaient de la réconforter, de lui montrer qu'elle pouvait compter sur eux. Il espérait sincèrement qu'elle savait qu'il serait toujours là pour elle. Une fois, Babs et lui l'avaient emmenée au cinéma. Et une autre, il lui avait acheté un cornet de frites, et ils s'étaient assis sur un banc public pour les manger. Il voulait juste être présent au cas où elle aurait besoin de parler.

Elle l'avait remercié, et à deux ou trois reprises lui avait même touché la main du bout des doigts pour lui témoigner sa reconnaissance. Ils avançaient à petits pas, mais, depuis la mort de l'Américain, il sentait se nouer entre eux une intimité nouvelle.

Tournant au coin de la rue suivante, il marmonna : « Si tu avais été un homme digne de ce nom, comme ce pilote de l'Air Force, tu l'aurais prise dans tes bras et tu lui aurais dit ce que tu ressentais pour elle, Billy Waters. »

Un chat s'écarta vivement de son chemin, puis se réfugia sur le pas d'une porte et le regarda passer.

S'il avait été un homme digne de ce nom, Nellie serait tombée amoureuse de lui au lieu de le considérer comme un simple ami. C'était l'évidence même, aussi difficile que ce soit à accepter.

Maudit asthme ! Sans cette maladie, il aurait pu partir au combat, devenir soldat, ou même rejoindre la Royal Air Force pour piloter des Spitfire, et rentrer à la maison en héros. Nellie l'aurait certainement aimé, alors.

Ou il serait mort, comme Ray Fleming et le fiancé d'Amelia, laissant une jeune femme endeuillée derrière lui. Non. En fin de compte, c'était peut-être mieux ainsi. Peut-être était-il préférable d'être coincé à Bethnal Green, d'accomplir les missions comparativement peu risquées des gardes de l'ARP, et de pouvoir apporter son aide à Nellie.

Et puis, qui sait ce que leur réservait l'avenir ? Il était possible que, avec le temps, lorsque la douleur des deuils qui la frappaient serait moins vive, lorsque la guerre serait finie et que Billy serait toujours là, aimant, à ses côtés, il y ait de l'espoir pour Nellie et lui.

TROISIÈME PARTIE

Printemps-été 1945

40.

Deux années s'étaient écoulées depuis la catastrophe et la mort de Ray, et Nellie, Em et George avaient fait de leur mieux pour trouver des raisons d'aller de l'avant. Ils y avaient été aidés par les festivités qui accompagnaient les progrès des troupes alliées qui, depuis le jour J, avaient lentement repoussé les troupes allemandes à travers les campagnes françaises et fini par libérer Paris. Mais au moment même où Bethnal Green applaudissait ces avancées, Londres était terrorisée par les effroyables bombes volantes V1 que l'ennemi faisait pleuvoir sur la ville. Elles frappaient si vite qu'il était impossible de sonner l'alerte à temps, de sorte que les gens hésitaient entre dormir aux abris toutes les nuits et prendre le risque de rester chez eux. À bien des égards, cette période leur rappelait les premiers temps de la guerre, quand l'est de Londres était la principale cible des tirs ennemis. Cependant, tout le monde s'accordait à dire que la victoire était proche.

Em devait faire des lessives pour qu'ils parviennent à joindre les deux bouts, mais ils s'en sortaient. À présent, George avait quinze ans. Et s'il avait quitté l'école pour entrer en apprentissage et devenir électricien, la famille dépendait encore du salaire de Nellie.

Pendant des mois, il leur avait semblé que le procès n'aurait pas lieu. Nellie n'avait aucune idée du temps qu'il faudrait pour réunir assez d'argent, trouver un avocat et porter l'affaire devant les tribunaux, mais Stan les épaulait et se montrait encourageant.

— Tout le monde a accepté de participer, avait-il fini par leur annoncer un jour. Qu'ils aient ou non perdu un proche dans l'accident, les gens du coin veulent tous vous aider à payer les frais de la procédure. Comme je vous l'ai dit, ils ont compris que votre victoire profiterait à tout le monde.

Sauf à moi, avait songé Nellie, qui n'avait encore rien dit à Mme Bolton de crainte de perdre son emploi. Et elle avait continué à garder le silence quand Stan leur avait trouvé un avocat, et que ce M. Badcock les avait appelés pour s'entretenir avec Em. Depuis qu'elle s'était emportée contre sa supérieure, le jour où elles avaient lu le rapport d'enquête du ministère de l'Intérieur, la maire et elle n'entretenaient plus des relations aussi cordiales qu'auparavant. L'imminence du procès ne faisait qu'ajouter à la tension de Nellie. Elle se disait parfois qu'il vaudrait peut-être mieux qu'elle reparte de zéro, qu'elle démissionne et se cherche un autre travail, afin d'être libérée de ce fardeau. Mais les offres d'emploi étaient rares en temps de guerre, les perspectives, extrêmement limitées, et rien ne lui rapporterait autant que son travail d'assistante de la maire.

Un vendredi du mois de février, elle venait d'accrocher son manteau et de saluer Mme Bolton comme à son habitude, quand sa supérieure la toisa de toute sa hauteur.

— Il y a un problème, Madame ?

Sa patronne frappa de l'index une pile de documents posée sur son bureau.

— Oui. Ceci. J'ai reçu une lettre d'un avocat. Un certain M. Badcock qui, apparemment, représente votre mère. Elle a porté plainte contre la municipalité de Bethnal Green, Nellie. Pour négligence. Elle nous accuse d'être responsables de l'accident ! Vous êtes au courant ?

C'était le moment qu'elle redoutait depuis des mois. Elle n'avait d'autre option que d'y faire face, maintenant.

— Euh, oui, Madame. Je suis au courant. Je…

— Pourquoi ne pas m'en avoir parlé ? Pourquoi nous attaque-t-elle en justice ?

La maire se passa la main dans les cheveux.

— Vous, mieux que quiconque, *savez* que nous ne sommes pas coupables. Vous savez que nous avons tout tenté pour améliorer l'accès de l'abri. Vous savez que la mairie n'est pas responsable de cette tragédie ! Néanmoins…

Elle brandit la lettre de l'avocat.

— Votre mère nous traîne devant la justice. Le budget de notre quartier est modeste, comme vous ne l'ignorez pas. Quels services publics allons-nous devoir sacrifier pour lui verser les dommages qu'elle réclame si elle gagne ce procès ? Qui va pâtir de cette situation ?

Nellie avait beau être décontenancée par la colère de sa supérieure, sa famille passait avant tout.

— Maman pâtit déjà de cette situation, Madame. Sans le salaire de papa, nous avons du mal à joindre les deux bouts, et il existe un moyen d'alléger un peu sa peine. Ça ne ramènera pas papa ni Flo, bien entendu, mais ça la libérera du souci perpétuel du lendemain. Elle mérite au moins qu'on lui épargne la pauvreté.

En prononçant ces dernières paroles, Nellie avait relevé le menton avec un air de défi.

Visiblement touchée par ses arguments, la maire s'adoucit.

— Je peux comprendre vos difficultés. Votre famille a été durement frappée, cette triste nuit. Mais… je n'aurais jamais pensé que vous en arriveriez à ces extrémités.

Nellie soutint son regard.

— Ce n'est pas parce que je travaille pour vous que ma mère n'a pas le droit de faire tout ce qui est en son pouvoir pour obtenir la compensation qu'elle est en mesure d'exiger. Et je la soutiendrai, quoi que vous en pensiez, déclara-t-elle, s'efforçant de contenir sa colère.

— J'avoue que je me sens trahie, Nellie. Si quelqu'un d'autre que vous avait prononcé ces paroles, j'aurais… été contrariée que l'on nous accuse… que l'on *m'accuse* à tort, mais j'aurais compris. Mais venant de *vous*…

Elle secoua la tête, plus attristée que fâchée. Nellie ne savait que répondre à cela. C'était la réaction qu'elle redoutait, c'était pour cette raison qu'elle avait gardé le silence au fil des mois. À présent, sa supérieure allait la congédier, et elle savait qu'elle n'obtiendrait jamais de travail équivalent. Qu'elle ne serait plus en mesure de subvenir aux besoins de sa famille. Il fallait absolument qu'elle trouve le moyen de rallier sa patronne à sa cause. Elle réfléchit à toute vitesse, songeant aux témoignages, puis au rapport d'enquête qui pointait la maire du doigt, et une idée lui vint.

— Madame Bolton, je pense que ce procès pourrait à la fois vous rendre justice et permettre à ma mère d'obtenir un dédommagement.

— Je ne vois pas comment, répondit-elle, sceptique.

— Eh bien, il y aura une audition. La vérité pourra enfin être dite et entendue de tous. Chacun découvrira que nous avons fait notre possible pour améliorer l'accès à l'abri, et que ce n'est pas la mairie qui s'est montrée négligente mais la Sécurité civile, en refusant de financer ces travaux indispensables. Le gouvernement n'aura d'autre possibilité que de reconnaître sa responsabilité, et de payer les dommages et intérêts demandés. Ainsi, la municipalité sera blanchie. Vous ne pensez pas que les choses pourraient se dérouler de cette façon ?

— Les choses paraissent si simples, posées en ces termes, répondit la maire, songeuse. Seulement…

— Il vous suffira d'exposer les faits, de prouver que vous vouliez faire votre devoir, mais qu'on vous en a empêchée. Je connais un journaliste du *Daily Mail* qui sera tout disposé à écrire un article sur le sujet.

— Non, c'est impossible.

Nellie envoya ses mains en l'air, exaspérée : pourquoi ne pouvait-on pas simplement révéler la vérité aux gens ? Elle avait envie de hurler. C'était incompréhensible.

— Mais enfin, pourquoi ? Je ne saisis pas pour quelle raison vous refusez de parler.

— C'est impossible, et il n'y a rien à ajouter.

Elle soupira et reprit :

— Je me trouve dans une situation très complexe, Nellie, et je crains qu'à défaut d'en posséder tous les tenants et aboutissants, vous ne puissiez pas comprendre.

— Dans ce cas, expliquez-moi, insista-t-elle, au comble de la frustration.

— Je ne peux pas. Je n'ai pas le droit de m'exprimer sur le sujet. Mais je vais exiger du ministère de l'Intérieur qu'il supporte le coût de la procédure, et verse les dommages et intérêts demandés par votre mère si elle obtient gain de cause.

Sur ces mots, Mme Bolton rassembla ses papiers, les fourra dans sa sacoche et sortit sans lui adresser un regard.

— Pas le droit de s'exprimer sur le sujet ? Qu'est-ce que ça veut dire ? murmura Nellie, prenant une liasse de feuilles de son bac de lettres à taper et en en glissant une dans le rouleau de sa machine à écrire.

Comment allait-elle pouvoir se concentrer sur son travail avec toutes les pensées qui se bousculaient dans sa tête ? Elle comprenait que Mme Bolton se sente trahie, mais elle espérait que sa supérieure était consciente que, d'une part, il était juste qu'Em saisisse cette opportunité d'obtenir une aide financière, et, d'autre part, qu'en dépit des efforts du ministère de l'Intérieur pour clore le débat, il était temps que la vérité éclate au grand jour. C'était sa seule chance de ne pas être renvoyée.

41.

Au mois de mars, quelques jours avant la date du procès, Stan Collins se présenta à leur porte. Em l'invita à s'asseoir et lui offrit une tasse de thé. Elle insista pour que Nellie assiste à leur conversation.

— Tu comprendras mieux que moi, et ta mémoire est meilleure que la mienne, dit-elle.

— Comme vous le savez, madame Morris, vous allez devoir faire une déposition devant la cour, commença Stan. J'ai couvert de nombreux procès civils au cours de ma carrière, de sorte que j'ai une idée assez précise de ce à quoi on peut s'attendre. Cela pourrait vous aider de la coucher sur le papier afin que vous puissiez la lire, au besoin. Ensuite, vous devrez répondre à une ou deux questions des avocats de chaque partie.

— Mais ce n'est pas moi l'accusée, n'est-ce pas ? s'enquit Em, les yeux agrandis de panique.

— Non, bien entendu, il ne s'agit pas d'une cour d'assises. Néanmoins, les avocats voudront recueillir votre témoignage. Il faudra leur expliquer dans quelles circonstances vous avez perdu votre mari et votre fille, leur dire que vous avez la charge d'un enfant mineur, et que vous dépendez presque totalement du salaire de votre fille aînée pour vivre. Que, sans son aide, vous ne pourriez pas vous acquitter de votre loyer.

George passa sa tête par l'ouverture de la porte.

— Je sors vendre les œufs, m'man.

— Sois de retour à temps pour le dîner, lui lança Em.

— Vous pourrez ajouter que votre fils vend les œufs de ses poules pour vous aider à joindre les deux bouts, ajouta Stan, lorsque la porte fut refermée. Il faudra attendrir le juge afin d'obtenir la compensation maximale.

— Je ne sais pas. J'ai l'impression que vous me demandez de laver mon linge sale en public.

— M. Badcock m'a informé que le procès se tiendrait à huis clos. Seuls le juge, les avocats et quelques fonctionnaires de l'État entendront ce que vous aurez à dire. Ils préfèrent garder l'affaire secrète, apparemment.

Stan avança au bord de son fauteuil et dévisagea Em.

— N'oubliez pas que vous faites cela pour toute la communauté. C'est un procès test, et si... non, *quand* vous le gagnerez, tout le monde bénéficiera de votre victoire.

Em soupira.

— D'accord. Nellie, tu voudras bien m'aider à rédiger cette déclaration pour que je la lise à voix haute, s'il te plaît ?

— Naturellement, maman. Nous ferons ça ce soir.

— Et tu seras avec moi le jour de l'audition, n'est-ce pas ?

Nellie pressa l'épaule de sa mère pour lui donner du courage.

— Je ne pense pas qu'on m'autorisera à assister à l'audience, maman. Comme l'a dit Stan, elle se déroulera à huis clos. Je vais poser la question, mais…

— Alors tout repose sur moi, répondit Em, soudain revigorée.

Éprouvant le besoin de prendre l'air, Nellie salua Stan et sortit s'asseoir sur le banc du jardin pour profiter du soleil printanier, et oublier un instant ce procès qui lui mettait les nerfs à rude épreuve.

— Ta mère est prête ? lui lança Billy de la porte de la maison voisine.

Il la rejoignit dans le jardin.

— Presque. Je dois l'aider à écrire une déclaration qu'elle lira lors de l'audience.

— Si je peux faire quoi que ce soit, Nellie…

Elle mit sa main en visière et leva les yeux vers lui.

— Merci, Billy, c'est bon de savoir que tu es là en cas de besoin. Ça compte beaucoup pour moi, tu sais.

Il se montrait si dévoué envers sa famille. Il les sortait régulièrement, elle et Babs, lui offrait des petits cadeaux, lui suggérait par maintes attentions qu'elle pouvait compter sur lui pour l'aider à traverser cette période pénible. Et personne ne savait la faire rire comme lui. Il avait toujours été doué pour lui remonter le moral. Peu à peu, grâce à lui, elle redevenait la jeune femme qu'elle était avant le drame. Ou la Nellie d'*après*. Elle avait vingt et un ans, à présent. Elle était plus adulte, plus posée. Et moins sujette aux crises de colère, songea-t-elle, honteuse de certains de ses éclats du passé.

Il s'assit sur le banc, à une distance respectueuse, et elle s'approcha pour poser la tête sur son épaule. C'était si réconfortant de sentir sa présence solide à ses côtés. D'un bras il l'entoura, et elle retint son souffle lorsqu'il déposa un baiser sur ses cheveux.

— Je suis là, murmura-t-il.

Cette fois, elle sentit que ses paroles dépassaient le cadre de l'épreuve que représentait ce procès.

*

Nellie prit un jour de congé pour accompagner Em au palais de justice et l'attendre jusqu'à la fin de son audition. De toute façon, la maire ayant été convoquée par la cour, elle n'aurait pas besoin de son assistante.

Quand il fut temps de partir, Nellie prit le bras de sa mère et la guida à travers les rues tandis qu'elle répétait sa déclaration pour la millième fois, au comble de la nervosité.

— Tu vas être parfaite, maman, lui assura-t-elle, en dépit de sa propre angoisse.

— Tu crois ? Je n'ai jamais parlé devant autant de gens de toute ma vie.

— Stan a dit qu'il n'y aurait pas beaucoup de personnes dans la salle d'audience. Une douzaine, peut-être. Avant la guerre, nous ne réunissions pas moins d'invités autour de notre dîner de Noël ! Si tu es capable de recevoir autant de monde chez toi, tu devrais être capable de t'en sortir sans difficulté. Et tu as la déclaration écrite sur toi, n'est-ce pas ? Si tu perds tes moyens, n'hésite pas à la lire.

Em tapota la poche de son manteau.

— Elle est juste là. Merci, ma chérie, tu m'as beaucoup aidée.

Nellie serra un peu plus son bras.

— Il n'y a pas de quoi, maman. Je regrette seulement de ne pas pouvoir être présente.

Elle s'inquiétait des conséquences d'un éventuel échec, assurément, mais envisageait aussi la possibilité que ces dommages et intérêts leur soient accordés. Si tel était le cas, ils n'auraient plus à se soucier autant du lendemain, et pourraient enfin souffler un peu.

— Tout ira bien, lui répondit Em, arborant un sourire brave. Je sais que tu seras juste devant la porte.

*

M. Badcock les accueillit dans le hall du palais de justice. Il donna ses dernières recommandations à Em, puis, avant de l'entraîner dans la salle d'audience, expliqua à Nellie :

— Ça ne devrait pas durer trop longtemps. Vous pourrez rentrer chez vous ensemble sitôt que Mme Morris aura fait sa déclaration. Je viendrai vous informer de la décision du juge dès qu'il aura délivré son verdict.

Elle prit place dans le couloir aux murs recouverts de boiseries, et attendit en se tortillant les mains, essayant de se représenter l'ambiance de la salle. Des portraits à l'huile de juristes prestigieux s'alignaient sur les murs, semblant la toiser comme si elle n'avait rien à faire dans ces lieux. Elle soutint leur regard avec un air de défi, remplie de fierté pour sa mère, qui se battait pour tout leur quartier, et soudain persuadée qu'elle obtiendrait gain de cause. Ne méritaient-ils pas de recevoir, enfin, une bonne nouvelle ? Depuis la mort de Ruth et John, Nellie avait l'impression que le sort s'acharnait sur eux. Elle secoua la tête pour chasser cette vilaine pensée. Non, tout n'était pas si noir. Certes, la vie était difficile depuis qu'ils avaient perdu Flo et Charlie, mais ils avaient tenu bon. Em, George et elle formaient une famille soudée, et Babs et Billy n'étaient jamais loin. Elle sourit, se remémorant une anecdote que lui avait racontée son ami la dernière fois qu'ils s'étaient promenés ensemble.

Soudain, la porte de la salle du tribunal s'ouvrit, et Em fut reconduite dans le couloir par un greffier, l'air soulagé d'avoir fait sa part.

— Comment ça s'est passé, alors ? lui demanda Nellie, dès qu'elles se furent un peu éloignées du palais de justice.

— J'ai dit ce que j'avais à dire. Ensuite, ils m'ont posé des questions. Pour vérifier que je racontais la vérité, je pense. C'est tout. M. Badcock m'a adressé un signe de la tête, comme pour me faire comprendre qu'il était content de moi, dit Em, ravie.

— Bravo, maman. Je suis fière de toi.

— Merci, ma chérie. Je ne suis pas peu soulagée que ce soit terminé, tu peux me croire. Que je gagne ce procès ou non.

Nellie la croyait sans mal. Elle-même se sentait sensiblement plus légère à présent que cette première étape avait été franchie.

*

M. Badcock leur rendit visite à Morpeth Street le lendemain, en fin de journée. Il arborait un large sourire.

— Ma foi, madame Morris, j'ai le plaisir de vous annoncer que vous avez obtenu gain de cause. Comme je n'ai jamais douté que ce serait le cas. Le montant des dommages qui va vous être payé pour la perte de votre époux et de votre fille est de 1 550 livres sterling. C'est une somme substantielle qui devrait assurer votre sécurité financière et vous mettre à l'abri de tout souci de ce côté-là – mais vous ne méritiez pas moins. Vous recevrez bientôt une lettre qui vous confirmera tout cela.

— Ooh, nous avons gagné ! s'exclama Em d'une voix suraiguë. Vous avez entendu !

George laissa échapper un *waouh*, et, passé une seconde de surprise, Nellie se jeta dans les bras de sa mère, aussitôt imitée par son frère.

— Quel soulagement ! Mais où diable vais-je pouvoir mettre tout cet argent ?

L'avocat lui sourit.

— Je vais prendre les dispositions nécessaires pour qu'il soit déposé sur votre compte bancaire.

Em fronça les sourcils.

— Je n'ai pas de compte bancaire.

— Alors nous vous en ouvrirons un, rétorqua aimablement son avocat.

— Vous entendez ça ! Un compte bancaire à mon nom !

Nellie éclata de rire, serrant à nouveau sa mère dans ses bras. Elle avait l'impression qu'un lourd fardeau venait de lui tomber des épaules : sa famille n'allait plus dépendre de son salaire pour vivre !

L'avocat leur serra la main à chacun.

— Je suis heureux que cette affaire se termine de manière si satisfaisante et que vos soucis financiers ne soient plus qu'un mauvais souvenir. Et je suis persuadé que vous ne serez pas la seule à être dédommagée par la municipalité. Ce fut un plaisir de travailler avec vous. Je vous enverrai ma note d'honoraires en temps voulu. N'hésitez pas à me contacter si vous deviez à nouveau avoir besoin de mes services. Je vous laisse célébrer cette victoire à présent. Bonne soirée à tous les trois.

Nellie le raccompagna, puis revint au salon où Em et George se dévisageaient, l'air ahuri.

— Je n'arrive pas à croire qu'on ait gagné. C'est une grosse somme d'argent. Tu pourrais t'acheter une maison avec ça, maman, et ne plus jamais avoir à te soucier de payer le loyer.

Il y eut un silence, puis Em leva vers elle ses yeux remplis de larmes.

— Mais ça ne nous rendra pas Flo et Charlie. Je me moque de l'argent et du nombre de maisons que je pourrais acheter avec. Je voudrais juste avoir mon Charlie et ma Flo auprès de moi.

— Je sais, maman. Nous aussi. Mais cette compensation va nous simplifier la vie.

— Oui, maman, ça va beaucoup nous aider, approuva George.

— Ça ne me paraît pas bien d'accepter cet argent, comme si ça pouvait remplacer mon mari et ma fille, sanglota Em.

— Oh, maman.

Nellie s'agenouilla et l'enveloppa de ses bras. George hésita un instant, puis vint se percher sur l'accoudoir du fauteuil (celui de Charlie) et l'enlaça à son tour.

— Cet argent va te permettre de souffler un peu, reprit-elle. Et tu pourras aider George à monter sa petite entreprise quand il aura terminé son apprentissage. Papa aurait voulu ça, n'est-ce pas ?

Em renifla.

— Je sais, chérie. Je sais. Mais c'est si difficile…

— Oui, maman. Ça sera toujours difficile.

Elle pensa à Ray, qui ne cessait de lui manquer cruellement. Elle ne se remettrait sans doute jamais de sa perte. Cependant, le procès était terminé ainsi que leurs problèmes d'argent, alors le moment était peut-être venu d'aller de l'avant.

42.

Si l'audience s'était déroulée à huis clos, le juge Singleton avait des idées bien arrêtées sur l'importance du verdict qu'il avait prononcé, ainsi que Nellie le découvrit le lendemain, alors qu'elle approchait de la mairie. Une foule impressionnante de journalistes, de photographes et d'habitants du quartier s'était massée devant l'entrée, d'humeur fort peu cordiale, apparemment. De là où elle se tenait, elle n'entendait pas ce qu'ils disaient, mais elle voyait que le personnel administratif était alpagué au passage, sans ménagement.

— Nellie ! Puis-je vous parler un instant ?

C'était Stan Collins.

— Mes félicitations à votre mère pour son succès ! Mais je n'ai jamais douté qu'elle obtiendrait gain de cause. Je vous cherchais. J'espérais vous parler avant eux, dit-il en désignant la foule.

— Qu'est-ce qu'ils font ici ? s'enquit-elle, inquiète, alors qu'il l'entraînait dans une rue adjacente pour être au calme.

— Le juge a rendu son verdict public. Il veut son petit moment de gloire.

Il sortit un paquet de cigarettes de sa poche et en alluma une.

— Il a le droit de faire ça ? Je pensais que ce procès devait rester secret ?

— C'est à lui de décider s'il souhaite ou non divulguer ses découvertes. Et on dirait qu'il a tranché la question. L'histoire s'étale dans tous les journaux du matin.

— Qu'a-t-il dit ? Évidemment, j'imagine qu'il a parlé des dommages obtenus par ma mère, mais…

Elle n'avait pas lu le journal ce matin.

— Il a déclaré que l'escalier du métro était dangereux. Il a clairement accusé la municipalité de négligence. Il estime qu'il était de son devoir d'entretenir la station et de veiller à la sécurité de ses usagers. Il estime qu'étant responsable de l'accident, la municipalité devrait verser des dommages et intérêts à toutes les familles des victimes. Tout se déroule ainsi que nous l'avions prévu. Les procès vont se multiplier à présent.

Il souffla un nuage de fumée et fixa la foule, de l'autre côté du carrefour.

— Comme vous le voyez, la mairie va devoir rendre des comptes.

— Vous avez eu raison de conseiller à maman de porter plainte, dit Nellie, reconnaissante.

Elle ne comprenait pas le manque d'enthousiasme du journaliste. Ils avaient gagné. Lui aussi pourrait exiger d'être dédommagé pour la perte de son père.

— Oui. Seulement, je ne saisis toujours pas pourquoi la maire persiste à refuser de se défendre. Vous m'avez dit qu'elle avait sollicité le financement des travaux, et que la Sécurité civile avait rejeté sa demande. Pourquoi ne l'a-t-elle pas mentionné lorsqu'elle a été appelée à témoigner au procès ? Le juge l'a sanctionnée pour avoir mis la vie de ses administrés en danger, et nous savons qu'elle n'a rien fait de tel.

Il paraissait découragé.

— Je pensais que c'était notre chance de faire éclater la vérité au grand jour. Si Mme Bolton s'était défendue, nous pourrions nous en prendre aux véritables coupables. C'est incompréhensible.

Il la dévisagea.

— Vous êtes certaine qu'elle ne vous a rien suggéré qui puisse expliquer son comportement ? Je suis désolé d'insister, Nellie.

Elle réfléchit. Même au cours de l'audition des témoins, sa patronne avait refusé de se défendre.

— Non. Je ne comprends pas plus que vous. Mais je vais essayer de lui en parler. Ou, du moins, de lui demander l'autorisation de révéler ce que je sais.

Elle soupira.

— Je partage votre avis, Stan, vous le savez. Nous… je veux dire, la municipalité n'a pas ménagé ses efforts pour faire comprendre à la Sécurité civile que ces travaux étaient absolument nécessaires. Il n'y a aucune raison qu'elle endosse seule la responsabilité de ce drame.

— Le gouvernement veut sans doute étouffer l'affaire. Il se sert de la maire comme d'un bouc émissaire. J'imagine que M. Morrison, le secrétaire d'État à l'Intérieur, n'a aucune envie de perdre son boulot. Satanés politiciens ! Ils ne pensent qu'à leur carrière.

Il lâcha son mégot de cigarette par terre et l'écrasa sous la semelle de sa chaussure.

— Enfin, je ne veux pas vous retarder plus longtemps, lui dit-il. Au revoir.

Nellie le salua, s'arma de courage et avança vers le perron de la mairie. Elle ne tarda pas à être assaillie de questions :

— Excusez-moi, Mademoiselle, est-ce que vous reconnaissez que la maire a fait preuve de négligence dans cette affaire ? Comment la municipalité va-t-elle pouvoir supporter le coût des procédures qui ne vont pas manquer de suivre ce premier procès ?

Elle secoua la tête et grimpa l'escalier en vitesse. Derrière elle, le grondement de la foule en colère enfla subitement :

— Meurtrière ! Vous avez tué ma mère ! Vous les avez tous tués !

— Comment arrives-tu à continuer à vivre, sale garce ?

— Meurtrière ! Meurtrière !

Choquée, Nellie fit volte-face et remarqua Mme Bolton qui traversait la foule, terrifiée, paraissant soudain minuscule. Les gens la bousculaient, les photographes brandissaient leurs objectifs à quelques centimètres de son visage, et les journalistes secouaient leurs carnets en l'air, lui hurlant leurs questions afin de couvrir les insultes qui s'élevaient de toutes parts.

Nellie redescendit les marches en courant et la tira par le bras.

— Venez, Madame, dépêchez-vous.

Jouant des coudes, elle l'aida à parcourir la distance qui les séparait des portes de la mairie.

Par chance, personne ne les suivit à l'intérieur. Quand elles eurent gagné le calme de leur bureau, Mme Bolton s'écroula dans son fauteuil et se prit la tête entre les mains.

— C'était affreux. Merci de m'avoir secourue, Nellie, murmura-t-elle d'une voix blanche.

— Ça va aller, Madame ?

La maire leva vers elle son visage hagard.

— Non, je ne crois pas. Le juge n'y est pas allé de main morte en nous accusant. J'ai l'impression que ces gens pensent que je suis *personnellement* responsable de la mort de leurs proches.

Sa voix se brisa, puis, semblant se souvenir que Nellie faisait partie de ces « gens », elle reprit :

— Je comprends que votre mère ait choisi de porter plainte contre nous, et, d'un point de vue personnel, je suis heureuse qu'elle ait obtenu cette compensation financière. Mais, Dieu du ciel, *ça* ! C'est abominable. Je me suis dévouée à ce quartier et à ses habitants corps et âme, je n'ai jamais eu d'autre souci que l'intérêt général, et ils me traitent de… de meurtrière.

C'était troublant de voir cette femme toujours si compétente et maîtresse d'elle-même au bord des larmes. Nellie compatissait à sa douleur, néanmoins, c'était elle qui avait renoncé à saisir toutes les opportunités qui lui avaient été offertes de rétablir la vérité.

— Mme Bolton, demanda Nellie d'une voix hésitante. Pour quelle raison… la municipalité ne s'est-elle pas défendue ? C'était un procès à huis clos, expliquer que vous n'étiez pas responsable de ce dont on vous accusait ne risquait pas d'affecter le moral de la population…

— Ah, la politique, Nellie, la politique, répondit la maire, d'un ton las. C'est une question à laquelle je n'ai pas le droit de répondre.

Marmonnant qu'elle avait besoin de retrouver ses esprits avant de se mettre au travail, elle sortit du bureau, les épaules voûtées, comme si elle ployait sous un poids énorme. Celui de cent soixante-treize décès dus à sa négligence, à en croire la foule déchaînée qui hurlait toujours sous leurs fenêtres.

*

Ce jour-là, elle fit de son mieux pour éviter de se trouver en présence de sa patronne, ne réintégrant le bureau que lorsque la maire était en rendez-vous ailleurs. Nellie espérait sincèrement qu'elles retrouveraient un jour le respect mutuel et l'affection qu'elles éprouvaient l'une pour l'autre avant l'accident.

C'était autour de cet événement et de la mort de Ray, peu après, que s'articulait son existence désormais. La rupture était nette. Ses rêves seuls pouvaient lui rendre Flo, couchée dans l'autre lit, ronflant légèrement, sa poupée Dollie dans les bras. Ils lui permettaient de retrouver sa famille autour de la table du petit-déjeuner, avant qu'elle ne sorte se promener avec Ray. Au matin, la réalité reprenait ses droits. En dépit des deux années qui s'étaient écoulées depuis, la douleur était toujours intense. Chaque journée lui apparaissait comme un nouveau défi à relever.

Heureusement, Babs, Amelia et Billy continuaient à la distraire, l'emmenant voir un film à l'Empire, ou boire un verre à l'Angel and Crown. Ils ne cessaient de lui offrir des douceurs, si rares à obtenir, tels un paquet de biscuits, ou quelques belles oranges. Et il y avait toujours ces petits moments, dans le jardin, derrière leurs maisons, où elle se confiait à eux quand elle en avait besoin.

Billy, par sa présence constante et apaisante, était redevenu un pilier de sa vie. Assagie par ces deux années éprouvantes, il lui semblait même qu'elle chérissait encore davantage son amitié que par le passé.

Nellie regagnait le bureau, après avoir fait une pause pour boire un thé, lorsqu'elle entendit la maire parler au téléphone. Il y avait de l'irritation dans sa voix. Elle s'apprêtait à rebrousser chemin quand une phrase de Mme Bolton l'arrêta net.

— Donc le gouvernement est d'accord pour payer l'addition, si je vous comprends bien ?

Il y eut un silence, puis :

— D'accord, mais vous savez aussi bien que moi que la municipalité ne s'est pas rendue coupable de négligence…

Elle se tut, comme si on l'avait interrompue.

— Et toutes les demandes de dédommagement qui suivront ? reprit la maire, d'une voix trahissant son scepticisme. Parce qu'il faut s'attendre à ce qu'il y en ait des douzaines, monsieur Macdonald Ross. Il y a quantité de familles qui ont perdu des êtres chers. Je ne suis pas très à l'aise avec les conditions de cet arrangement, mais j'ai bien compris que vous ne me laissez pas le choix. L'assurance de la municipalité ne peut couvrir que 5 000 livres de dommages ; ce qui correspond à trois versements d'un montant égal à celui qui a été accordé aux Morris.

Il y eut une autre pause.

— Non, arrêtez cela, je vous prie : vous n'avez aucun besoin de me rappeler l'existence de la loi qui protège les secrets d'État. Mais je me trouve dans une situation épouvantable. Mes administrés m'accusent purement et simplement du meurtre de leurs proches. Mais puisque je n'ai d'autre choix que d'accepter mon rôle de bouc émissaire si je veux qu'ils soient dédommagés… qu'il en soit ainsi. J'ai ma conscience pour moi. Bon après-midi.

Nellie entendit le combiné s'abattre violemment sur son socle. Préférant réfléchir au calme à ce qu'elle venait d'entendre, elle retraversa la salle de dactylo afin de s'isoler. Ainsi, Mme Bolton avait assumé la responsabilité pleine et entière de l'accident pour que le gouvernement accepte d'indemniser toutes les familles des victimes… Elle avait enfin la réponse à la question qui la taraudait. Son cœur se serra à la pensée de la situation intenable dans laquelle se trouvait sa supérieure.

*

Quand elle quitta la mairie après sa journée de travail, Stan l'attendait dehors.

— Avez-vous découvert quelque chose, Nellie ?

Elle fit non de la tête. Elle avait beau avoir sympathisé avec le journaliste, il lui paraissait inimaginable de lui révéler la conversation téléphonique qu'elle venait de surprendre. S'il décidait d'écrire un article à ce sujet, même sans mentionner de noms, le gouvernement pourrait décider de retirer son soutien financier à la municipalité ; et les habitants de Bethnal Green, qui avaient déjà tant souffert, seraient les premiers à en pâtir.

— Désolée. Mme Bolton ne veut plus rien ajouter sur le sujet.

Stan soupira.

— J'imagine que c'est déjà une bonne chose d'avoir obtenu le versement de ces indemnisations. Il y a quinze nouvelles assignations en justice à l'heure où nous nous parlons – la mienne comprise. Je me demande comment la mairie va trouver les fonds pour payer tout le monde.

Il se frotta le menton, l'air pensif.

— À moins que le gouvernement ne paie secrètement la facture.

Nellie haussa les épaules, esquivant son regard inquisiteur.

— Peut-être. Qui sait ?

— Quoi qu'il en soit, je pense que les choses ne devraient pas tarder à se tasser pour la maire. La colère se dissipera sitôt que les gens seront dûment dédommagés. Nous restons en contact, n'est-ce pas ? Tenez-moi au courant si vous découvrez quoi que ce soit de nouveau. J'aimerais sincèrement pouvoir raconter la vérité dans un article, un jour.

Nellie le regarda s'éloigner, soulagée, songeant que, d'une certaine manière, elle se trouvait dans la même situation que Mme Bolton : elle aussi devait garder le silence pour le bien de sa communauté.

Dix-Neuf Marches

Dieu que c'était épuisant. Chaque fois qu'elle pensait être enfin sur le point de tourner la page, une nouvelle difficulté se dressait sur sa route. Pourrait-elle un jour laisser tout cela derrière elle, et commencer à penser à l'avenir ?

43.

— Combien de temps va-t-il falloir encore attendre avant que l'Allemagne capitule ? demanda Nellie à Billy, par une belle journée de printemps, alors qu'ils se promenaient dans le parc.

C'était devenu un de leurs rituels. Ils s'achetaient un cornet de frites et se baladaient en discutant de la situation mondiale.

— Ce n'est qu'une question de semaines, je pense. Un mois ou deux, peut-être.

Il lui prit la main pour l'aider à escalader un passage abrupt du sentier, et la garda dans la sienne. Nellie se laissa faire, trouvant le contact plaisant, naturel.

C'était en sa compagnie qu'elle passait ses meilleurs moments, et qu'elle s'amusait le plus aussi : Billy avait vraiment l'art de lui remonter le moral et de la faire rire.

En outre, c'est un homme bien, songea-t-elle, tandis qu'elle l'écoutait parler du fils d'Amelia qui grandissait si vite.

— Il court sans cesse, le galopin, il a même essayé de donner un coup de pied dans un ballon de football ! C'est incroyable, n'est-ce pas ?

Billy souriait en évoquant le petit William.

— Et il parle sans arrêt ! Il m'a fait la conversation la dernière fois que j'ai rendu visite à Amelia. Il m'appelle *Biyi.*

Elle éclata de rire en l'entendant prendre la voix de l'enfant. Il ferait un père merveilleux, un jour. Et un bon mari.

Il s'arrêta de marcher et leva le visage de Nellie vers le sien, soudain sérieux.

— Nell... Penses-tu... qu'un jour... nous pourrions...

Son ventre se serra. Elle craignait que ses prochaines paroles ne fassent basculer l'équilibre qu'ils avaient établi, et ne l'entraînent dans une direction qu'elle n'était pas tout à fait prête à prendre. Elle avait besoin d'un peu plus de temps.

— Est-ce que tu accepterais... que je t'emmène voir un film ? Sans Babs, j'entends. Juste toi et moi.

Soulagée, elle lui adressa un sourire ravi.

— Avec grand plaisir, Billy. Ils passent *Les Millions de Brewster* en ce moment, et je ne l'ai pas encore vu. Et si on allait le voir demain ?

Sa joie était si contagieuse qu'elle éclata de rire et s'accrocha à son bras.

— Je suis sûre qu'on va bien s'amuser ! Je suis vraiment impatiente d'y être !

Oui, c'était mieux ainsi. Petit à petit, pas à pas. Il fallait laisser le temps à l'amitié de se transformer en un sentiment plus profond. Elle avait toujours eu un faible pour lui, et, à présent qu'ils avaient grandi, il semblait normal que leur relation évolue. Billy et elle étaient voués à être ensemble depuis l'enfance.

Leur union était presque inévitable. Alors que son histoire d'amour avec Ray avait été une sorte de tourbillon, que le danger de sa possible disparition en vol avait encore accéléré. Si l'amour devait naître de sa relation avec Billy, alors elle tenait à prendre son temps pour lui donner une chance de se développer naturellement. Au moment où cette réflexion la traversait, elle s'aperçut qu'elle souhaitait que cela arrive.

*

Billy jubilait quand il rentra chez lui, après sa promenade avec Nellie. Ils s'étaient tenu la main et avaient décidé d'aller au cinéma seuls. Comme un couple. C'était du moins ainsi qu'il espérait qu'elle voyait les choses. Il avait pris soin de ne pas la brusquer, de ne pas précipiter les événements, mais… se représenter un avenir à ses côtés lui semblait à nouveau possible. Tout comme les troupes alliées remportaient bataille après bataille sur le continent, libérant villes et villages, il se remettait à espérer qu'il conquerrait le cœur de Nellie peu à peu. Il savait qu'il ne remplacerait jamais Ray, mais peut-être restait-il une place pour lui dans son cœur.

Il était impatient que sa relation avec Nellie progresse dans cette direction. Les sentiments, si longtemps refoulés, commençaient à rejaillir, et l'avenir lui paraissait plein de promesses.

44.

Au mois de mai, les nouvelles que tout le monde attendait avec impatience arrivèrent enfin. Hitler était mort et la guerre était terminée. Les cloches de toutes les églises se mirent à tinter, les rues se remplirent de gens ivres de bonheur, et les pubs, pris d'assaut, n'eurent bientôt plus une goutte de bière à servir. La joie et le soulagement étaient si tangibles que Nellie avait l'impression qu'on aurait pu les mettre en bouteille.

Après toutes ces années de souffrance, pour sa famille et tant d'autres, le jour de la Victoire en Europe était venu. Morpeth Street improvisa une fête pour célébrer dignement la bonne nouvelle, qui avait été annoncée à la TSF la veille : l'Allemagne venait de capituler.

— Flo aurait été folle de joie, n'est-ce pas ? dit Em à Nellie, glissant au four une autre tournée de shortbreads. Elle serait ici à nous aider, et aurait adoré chaque minute de réjouissance.

— Oui. Et papa serait en train de sortir la table et les chaises dans la rue, et de tout organiser, plaisanta-t-elle.

— Ça me fend le cœur qu'ils ne soient pas parmi nous…

Nellie traversa la cuisine pour serrer sa mère dans ses bras.

— Je sais, maman. Mais ils ne voudraient pas que nous soyons tristes. Pas aujourd'hui.

Elle jeta un coup d'œil autour d'elle : toutes les surfaces disparaissaient sous les assiettes pleines de choses délicieuses. Et ça devait être pareil chez leurs voisins. Comme eux, elles avaient utilisé la totalité de leurs rations pour pouvoir offrir des sandwiches, des tourtes, des gâteaux et des biscuits à tout le monde. Ce n'est pas tous les jours que votre pays et ses alliés sortent victorieux d'une guerre qui a duré près de six ans !

— Tu penses qu'il y aura suffisamment à manger ? s'inquiéta-t-elle.

— Bien sûr ! répondit Em, retrouvant le sourire. On va manger les restes pendant des jours et des jours, tu verras. Et ce n'est pas plus mal, parce que je n'ai plus de coupons.

Elle essuya la table couverte de farine.

— Si tu peux trouver ton frère quelque part, j'aimerais que vous portiez cette table dehors. Ou demande à Billy de le faire avec lui.

— Est-ce que j'ai bien entendu mon nom, Em ? lança Billy, du jardin. Vous voulez que je sorte cette table, c'est ça ? Vu le nombre de gens qu'il y a déjà dehors, elle ne sera pas de trop.

— Oui, mon grand, merci.

— Je vais t'aider, proposa Nellie.

Ce ne fut pas une mince affaire. Il fallut coucher la grande table de la cuisine pour qu'elle passe les différentes portes de la maison, et, pendant tout ce temps, Em leur criait de faire attention aux peintures. Ils touchaient enfin au but quand Billy se retrouva coincé entre les pieds de la table et le chambranle.

— Ah ! Piégé ! Tu es mon prisonnier maintenant ! s'esclaffa Nellie.

— Je l'ai toujours été, Nell, tu le sais bien, rétorqua-t-il en lui adressant un clin d'œil.

Mais elle comprit à son expression qu'il était beaucoup plus sérieux que ne le laissait supposer son sourire. Elle savait que le moment serait bientôt venu pour elle de le prendre au mot. De lui dire que s'il était vraiment à elle... eh bien, il se pouvait qu'elle soit disposée à être à lui. Ils sortaient ensemble depuis un moment, maintenant. Ce qu'elle ressentait ne ressemblait en rien à la passion qu'elle éprouvait pour Ray, mais elle l'aimait. Et cet amour paisible lui procurait le sentiment de chaleur et de sécurité dont elle avait le plus besoin, désormais.

— Ça va être une sacrée fête ! dit Babs qui disposait des chaises autour de la table des Waters, déjà dehors.

— C'est certain ! Quelle robe as-tu décidé de mettre ? lui demanda-t-elle.

— Je m'en suis acheté une nouvelle ! annonça fièrement son amie. J'ai économisé tous mes coupons de vêtements pendant des semaines en prévision de cet événement. Elle est rouge, blanc et bleu. Et toi ?

— Ma vieille robe bleue.

— Tu as toujours été ravissante dedans. J'arrive, maman ! répondit-elle à Mme Waters qui l'appelait de la maison.

La robe bleue était la préférée de Ray, songea-t-elle, avec mélancolie. Elle la portait le jour où ils s'étaient rencontrés. Lui non plus ne célébrerait pas la victoire avec eux. Si les choses s'étaient déroulées comme prévu, ils seraient sur le point d'annoncer leur mariage, à présent. Deux ans déjà, et il lui manquait toujours autant. Mais il aurait détesté qu'elle se lamente en permanence, et il méritait qu'elle conserve de lui le souvenir le plus joyeux possible. « Sois heureuse », lui avait-il dit le jour où ils avaient parcouru le quartier à bicyclette, ivres de joie. Chaque fois qu'elle croisait un vélo dans le parc, elle repensait à cette merveilleuse journée. Tant de moments du quotidien lui rappelaient Ray : un accent américain dans la rue, une écharpe en laine, un morceau de jazz discordant dans la TSF. Mais elle devait se réjouir de pouvoir chérir ces souvenirs, et non pleurer dessus. Elle avait Billy, et elle allait être heureuse, comme Ray aurait voulu qu'elle le soit.

*

La fête fut tapageuse. Tous les voisins se déversèrent dans la rue, apportant trois fois plus de nourriture qu'ils n'étaient capables d'en manger. Les tables avaient été mises bout à bout au milieu de la chaussée et les enfants jouaient à chat d'un bout à l'autre du banquet. Quelqu'un avait sorti un gramophone et l'avait poussé à plein volume. George réapparut avec

Oscar lorsque tout fut prêt et qu'ils n'eurent plus qu'à s'installer pour se régaler.

— Un garçon typique. Juste à temps pour manger, plaisanta Em en lui ébouriffant les cheveux avec affection.

Les fanions que Mme Waters avait confectionnés et pendus le long des maisons atterrirent sur la table en plein milieu du festin. Elle rougit, mais les convives éclatèrent de rire, et un gamin attrapa l'extrémité de la guirlande et se mit à courir avec, le bras levé, suivi de tous ses camarades.

— Qui a besoin de guirlandes de papier quand on a des farandoles d'enfants ? plaisanta Nellie.

— Allez, venez, lança Billy en lui prenant la main. Les farandoles, ce n'est pas que pour les petits !

— Oui, c'est aussi pour les grands enfants ! pouffa-t-elle.

Babs se joignit à eux, et ils se mirent à danser dans la rue, suivant la guirlande de fanions.

— Un jour, on repensera à ce moment, et on se demandera si on était vraiment des adultes, hurla-t-elle à Billy.

— Un jour, je t'épouserai, Nellie Morris ! lui cria-t-il, comme il l'avait si souvent fait par le passé.

Une onde de chaleur l'envahit soudain. C'était peut-être le bon moment, songea-t-elle. Il n'y en aurait sans doute pas de meilleur. Et brusquement, elle sut que c'était ce qu'elle désirait : la vie paisible et heureuse que Billy pouvait lui offrir. À Behtnal Green, tout près de sa famille. Une existence qu'elle aurait sans doute jugée avec mépris deux ans auparavant, mais la situation avait changé. *Elle* avait changé.

Elle lâcha les fanions et entraîna Billy à l'écart de la farandole.

— Vous en avez déjà assez ? lança Babs, fermant la chaîne qui venait de se rompre et continuant à danser avec les enfants.

Nellie plongea son regard dans celui de Billy.

— D'accord. Fais-le.

— Tu veux dire… que tu veux bien…

— … t'épouser. Oui.

Avec un air malicieux, elle ajouta :

— Mais uniquement si tu me fais une demande en bonne et due forme, Billy Waters !

Il resta bouche bée un instant, puis, avec le sourire le plus radieux qu'elle ait jamais vu sur un visage, il se laissa tomber sur un genou, lui prit la main et la leva à ses lèvres.

— Nellie Morris, l'amour de ma vie, veux-tu m'épouser et faire de moi l'homme le plus heureux d'une ville ivre de joie ?

Elle éclata de rire, et il rougit aussitôt, semblant se demander s'il avait commis un impair ou si elle le taquinait. Elle l'aida à se relever et l'attira dans ses bras.

— Oui, Billy Waters. J'accepte de t'épouser avec grand plaisir.

Autour d'eux, tout s'était arrêté lorsque le jeune homme s'était agenouillé. En entendant la réponse de Nellie, leurs voisins et amis se mirent à applaudir et les acclamer.

— La guerre est finie. Nous allons tous pouvoir prendre un nouveau départ, murmura-t-elle à Billy. Et je serai heureuse de passer le reste de ma vie auprès de toi.

Il baissa sur elle ses yeux remplis d'amour autant que d'incrédulité. Elle venait d'exaucer son rêve le plus fou, elle le savait, et c'était un sentiment délicieux.

— Félicitations, mon grand ! s'exclama M. Waters, abattant sa main sur l'épaule de son fils. Sois la bienvenue dans notre famille, Nellie.

Em se précipita sur elle.

— Ma chérie ! Je suis si heureuse pour toi. Après tout ce que tu as traversé, c'est une merveilleuse nouvelle. Billy, laisse-moi t'embrasser.

— Ma meilleure amie va épouser mon frère. Il était temps ! s'exclama Babs.

Elle leur déposa à chacun un baiser sur la joue.

— George, viens ici, et félicite ta vieille sœur, lança Nellie, remarquant que son frère se tenait à l'écart de la foule qui s'était rassemblée autour d'eux.

L'arrivée d'un nouvel homme dans la famille devait l'intimider.

— Bravo, Nellie, dit-il, essuyant sa joue sur laquelle elle venait de planter un gros bisou humide. Tu vas me manquer, quand tu quitteras la maison.

Il réfléchit un instant.

— Et tu vas devenir Mme Waters, je suppose.

— Pour toi, je serai toujours Nellie, mon Georgie.

Il sourit en entendant son vieux surnom et lui donna un petit coup de coude. Non, peut-être qu'ils n'étaient pas encore si adultes que ça !

C'était bon de voir toute leur rue danser et rire pour célébrer la fin de la guerre et le début de sa nouvelle vie avec Billy.

Printemps-été 1945

Ce serait un bon mari. Solide, gentil et attentionné. Et il la vénérait. Ils mèneraient une existence paisible, ici, à Bethnal Green, entourés de leurs amis et de leurs familles. Et à cet instant, elle ne pouvait rien désirer de mieux.

45.

La fête dura jusque tard dans la nuit. Certains hommes étaient encore dehors à boire et à chanter à tue-tête quand Em, George et Nellie finirent par rentrer.

— Tu m'as rendu si heureux, Nellie. Je ne parviens pas à croire en ma chance, lui dit Billy, en lui souhaitant bonne nuit.

Elle lui sourit et écarta une mèche de son front.

— Tu travailles demain, n'est-ce pas ? Tu ferais bien d'aller dormir.

Il l'embrassa sur la joue et regagna son logis.

Elle rejoignit sa mère à la cuisine pour l'aider à laver la vaisselle et ranger un peu.

— Tu auras bientôt ta propre cuisine, quand tu seras mariée, lui fit remarquer Em. Et tu auras aussi ta maison. Il n'y aura plus que George et moi, ici.

— Nous ne serons pas loin de vous, maman. Nous nous installerons sans doute à Bethnal Green.

Nellie se représenta leur petite maison, les pantoufles de Billy au coin du feu, son tablier accroché à une patère. Le même genre de foyer qu'avaient eu ses parents, et ses grands-parents avant eux. Elle allait se marier ! Elle était heureuse et anxieuse à la fois. C'était tellement étrange. Tellement différent de ce qu'elle ressentait quand elle s'imaginait devenir l'épouse de Ray. Mais elle était plus adulte et plus sage, à présent.

— Je t'aiderai à payer ton loyer. Je pourrai même t'acheter une maison avec mon dédommagement.

Em tira un torchon d'un tiroir et se mit à essuyer la vaisselle que Nellie était en train de laver. Elle avait les larmes aux yeux. C'était un grand moment pour sa mère, et elle devait cruellement ressentir l'absence de Charlie à ses côtés.

— Oh, non, maman, il faut garder cet argent pour toi et George. Billy et moi avons tous deux nos salaires.

— Alors, je paierai votre mariage. Et tu ne discutes pas.

— Tu n'es pas obligée de…

Em leva un index grondeur.

— Qu'est-ce que je viens de dire ? On ne discute pas. Ma fille va avoir le plus beau et le plus grand mariage qu'aura jamais connu Bethnal Green. J'ai les moyens de te l'offrir, et je vais le faire. Je sais que ton ami Stan le journaliste pense que je devrais m'acheter une maison, mais je n'en veux pas. Je veux rester ici. J'ai plus que ce qu'il me faut pour payer mon loyer et aider George à monter son affaire, et je vais en dépenser une partie pour ton mariage. Nous réserverons l'Angel and Crown pour la réception. Nous inviterons tous nos voisins. Et tu auras la plus jolie robe qui soit. Nous irons dans le West End pour la choisir. Et on organisera un véritable festin. Avec un gâteau de mariage à trois étages. Non, à cinq étages !

Nellie éclata de rire.

— Maman, tu exagères ! On n'a pas besoin de tout ça, Billy et moi. On veut juste célébrer notre union avec nos familles et nos amis.

— Tu ne m'empêcheras pas de te payer un beau mariage, ma fille.

Em s'arrêta d'essuyer la vaisselle, et la dévisagea, l'air nostalgique.

— Flo aurait adoré te voir en robe de mariée. Elle aurait été folle de joie à l'idée d'être ta demoiselle d'honneur. Et ton père. Il aurait été si fier de te conduire à l'autel.

— Je regrette tellement qu'il ne puisse pas le faire, murmura Nellie. Et j'aurais aimé voir Flo dans sa jolie robe de demoiselle d'honneur, avec un ruban dans les cheveux et un bouquet de fleurs à la main.

Em renifla et s'essuya les yeux avec le dos de la main.

— Qui va te conduire à l'autel ? George ?

— Il est un peu jeune. Et puis c'est mon frère. Il ne peut pas « donner ma main » à mon futur époux.

— Frank Waters ?

— C'est le père de Billy. Ce serait étrange.

Une idée lui vint soudain.

— Pourquoi pas toi, maman ? Il n'y a rien qui exige que ce soit un homme, n'est-ce pas ? Je ne vois pas pourquoi ça ne serait pas toi.

— Moi ?

Sa mère semblait déconcertée par l'idée, mais Nellie lisait sur son visage qu'elle était fière de l'honneur que lui faisait sa fille en lui posant la question.

— Rien ne me ferait plus plaisir, maman.

Sa voix se brisa. L'espace d'une seconde, visualisant la scène, c'était Ray qu'elle avait vu l'attendant au bout de la nef. Ray, si séduisant dans son bel uniforme, avec son sourire éblouissant et ses yeux pleins d'amour. Elle se pinça l'arête du nez pour retenir ses larmes.

Em lui caressa le bras.

— Allons, ma chérie. Je sais que tu te sens un peu dépassée, mais tout ira bien. Je te conduirai à l'autel. Ça va être quelque chose, pas vrai ? Personne n'oubliera jamais ton mariage, après ça ! Vous avez choisi une date ?

Nellie renifla.

— Billy vient de me faire sa demande, maman. Laisse-nous un peu de temps pour y réfléchir.

— D'accord, mais ne tardez pas trop à vous décider. Si cette guerre nous a appris une chose, c'est bien de profiter du bonheur quand il se présente, parce qu'on ne sait jamais ce que nous réserve l'avenir.

— Oui, tu as raison, approuva Nellie, déposant un baiser sur sa joue.

46.

Ils décidèrent de se marier au mois de juin. Ils avaient tout juste quelques semaines pour tout préparer.

— Pas la peine d'attendre, lui avait dit Billy.

Nellie avait approuvé, se remémorant les paroles de sa mère sur l'importance de saisir toutes les chances de bonheur qui se présentaient. Depuis qu'ils étaient fiancés, ils passaient tout leur temps libre ensemble. Ils continuaient à aller au cinéma ou à l'Angel and Crown, et faisaient de longues promenades au cours desquelles ils discutaient de leurs projets d'avenir. Nellie avait un nouvel emploi depuis peu. Elle travaillait toujours à la mairie, mais comme employée de bureau. Mme Bolton avait démissionné de son poste de maire pour prendre sa retraite quelques mois auparavant.

Une semaine après le jour de la Victoire, alors qu'ils rentraient du pub, Billy proposa à Nellie de prendre le chemin des écoliers et de traverser les jardins de Bethnal Green.

— Asseyons-nous ici une minute, lui dit-il en l'entraînant vers un banc.

— Alors, tu penses qu'on devrait organiser un vin d'honneur ? demanda Nellie, poursuivant la conversation qu'ils avaient entamée un instant plus tôt. Parce que la plupart des gens boivent de la bière, ou du gin tonic…

Elle se tut, remarquant qu'il l'observait avec une intensité singulière.

— Qu'est-ce qu'il y a, Billy ? À quoi…

« Penses-tu », allait-elle dire, mais il la serra soudain contre lui et l'embrassa. Elle passa les bras autour de son cou et répondit à son baiser. Elle n'avait pas l'impression de se liquéfier de l'intérieur, comme lorsque Ray l'embrassait, mais la sensation était chaude et plaisante. Et Billy l'aimait de toutes les fibres de son corps.

Il laissa échapper un petit gémissement avant de se détacher d'elle.

— Pardonne-moi, Nellie, je n'ai pas pu m'en empêcher, nous sommes… fiancés, maintenant.

Elle lui sourit.

— Il n'y a aucune raison de t'excuser, Billy. C'était… très agréable, murmura-t-elle.

Peut-être ne pouvait-on aimer follement qu'une personne dans sa vie, se dit-elle. Car, si elle se sentait chanceuse d'épouser Billy et lui était reconnaissante de tout ce qu'il avait fait pour elle, Nellie savait qu'il n'éveillerait jamais en elle la passion intense qui l'animait quand elle était avec son premier amour. En même temps, l'amitié n'était-elle pas la meilleure garante de la réussite d'un mariage sur le long terme ? Au lieu de tourner et retourner ces pensées dans sa tête, elle attira Billy à elle et l'embrassa à nouveau.

— Je t'aime, Nellie Morris, lui dit-il quand ils finirent par se séparer.

— Je… je t'aime aussi, répondit-elle.

Et il la récompensa d'un nouveau baiser.

*

Puis vint pour eux le moment de choisir dans quelle église ils souhaitaient se marier. St John était chargée de souvenirs trop douloureux. Nellie ne cessait de revoir les corps sans vie de Flo et Charlie, et ses initiales et celles de Ray gravées dans le mur, quand elle passait devant. Cependant, c'était l'église de leur quartier, et contre toute attente Em semblait estimer que ce serait le lieu idéal.

— Ton père et moi nous sommes mariés dans cette église, et j'ai toujours pensé que c'était là que tu te marierais le moment venu, ma chérie. Nous devons y créer de beaux souvenirs pour enterrer les mauvais.

Les dernières semaines du mois de mai furent consacrées à régler les détails du mariage. Comme elle s'y attendait, Billy refusa l'argent qu'Em leur offrit pour payer leur lune de miel, mais il accepta qu'elle assume le coût de la réception à l'Angel and Crown, et Amelia se montra ravie de pouvoir s'occuper de l'organisation du banquet. Babs et George devaient leur servir respectivement de demoiselle et de garçon d'honneur. En outre, Billy et elle s'étaient déniché une location à deux rues de Morpeth Street. Son avenir commençait à lui apparaître de plus en plus clairement, et quand elle repensait aux temps difficiles qu'elle avait traversés, elle se sentait comblée. Une fois encore, elle remercia sa bonne étoile d'avoir mis sur sa route l'homme généreux, solide et loyal qui allait bientôt devenir son mari.

*

Deux jours avant le mariage, Nellie et Billy décidèrent de passer la soirée au pub avec Babs et l'homme avec lequel elle sortait depuis peu. À la plus grande joie de son amie, la fabrique où elle travaillait s'était remise à la confection de sous-vêtements et de chemises de nuit. Et elle était tombée en pâmoison devant son nouveau contremaître, un ancien capitaine de l'armée prénommé Peter, qu'elle avait vite invité à boire un verre. Nellie était ravie de voir que son amie aussi allait de l'avant.

— Il a l'air très gentil, lui chuchota-t-elle, quand le jeune homme se leva pour aller leur chercher une deuxième tournée à tous.

— Il l'est ! Nous nous sommes trouvé des hommes bien, l'une comme l'autre. Et toi tu seras bientôt mariée, et je deviendrai tata !

— Oh, je ne sais pas si nous sommes pressés à ce point, dit Nellie, coulant un regard à Billy.

À vrai dire, elle n'avait pas beaucoup réfléchi à cet aspect-là du mariage. Elle, maman ? Billy s'attendait-il à ce qu'ils aient bientôt une famille ? Certes, Em avait vingt et un ans quand elle l'avait eue, mais Nellie se sentait trop jeune pour être mère. Avant, elle avait envie de profiter un peu de la vie avec son mari.

— Non, pas tout de suite, confirma-t-il, gêné.

Quand Peter revint avec leurs verres et reprit sa conversation avec Babs, Billy se pencha sur son oreille.

— En fait, Nellie, je suis allé à la pharmacie, tout à l'heure. Pour… tu sais. Avoir ce qu'il faut pour… notre nuit de noces… Nous avons tout notre temps pour avoir des enfants si tu préfères attendre un peu.

— Oh…

Elle comprenait vaguement à quoi il faisait allusion.

— Ils les vendent par paquets de trois. Et on ne peut en acheter que trois paquets à la fois. Même l'amour est rationné, tu vois, plaisanta-t-il.

Elle renversa sa tête en arrière et éclata d'un grand rire sonore.

— L'amour rationné ! Mon Dieu !

Billy semblait content de lui, mais son sourire s'effaça quand sa sœur se retourna pour lui demander ce qui les amusait tant.

— Désolé, mais il y a des choses dont un homme ne peut pas parler avec sa sœur.

— Je te raconterai plus tard, murmura Nellie à Babs.

Elles pouffèrent, et ce fut au tour de Billy de leur demander la raison de leur hilarité.

Ravis de leur soirée, Nellie et Billy quittèrent le pub les premiers et rentrèrent en marchant d'un pas tranquille.

— Bientôt, c'est le chemin de notre petite maison que nous prendrons tous les deux, lui fit remarquer son fiancé en lui prenant le bras. Mais pas avant d'avoir profité de notre lune de miel, bien sûr. J'ai déjà réservé nos billets, tu sais ?

— Oh ! Où allons-nous ?

— Tu verras bien.

— Oh, je t'en prie, dis-le-moi ! J'ai trop envie de le savoir.

Elle l'attira à elle, se hissa sur la pointe des pieds pour déposer un baiser sur sa joue.

— Non. Je veux que ce soit une surprise.

— Oh, s'il te plaît !

Elle l'arrêta, l'obligea à lui faire face et lui donna un baiser digne de ce nom.

— Hum. Je ne céderai pas, même devant cet argument de taille, dit-il lorsqu'ils se séparèrent. Allez, rentre. Tu as besoin de bien dormir avant le grand jour.

Ils échangèrent un dernier baiser, et il lui fit signe du palier de sa maison avant de disparaître à l'intérieur.

Nellie resta encore un peu dehors pour savourer l'air doux et admirer les étoiles, comme elle l'avait fait avec Ray, deux ans auparavant. Il était plus difficile de les voir à présent que le couvre-feu était levé et que l'éclat des réverbères n'était plus atténué. Pourtant, les étoiles étaient identiques à ce soir-là.

C'est alors qu'elle remarqua une silhouette, au bout de la rue. Celle d'un homme à la stature et à la posture douloureusement évocatrices. Elle se mit à marcher dans sa direction. Lentement, d'abord, puis de plus en plus vite, n'arrivant pas à en croire ses yeux. Ce n'est que lorsqu'elle ne fut plus qu'à quelques pas de lui qu'elle comprit qu'elle ne rêvait pas. Il était plus mince, de nouvelles rides marquaient son visage, et il portait des vêtements civils mal taillés, au lieu de son bel uniforme, mais c'était bien lui. C'était résolument, indiscutablement, incroyablement *lui.*

— R... Ray ? Mais... comment...

Les jambes flageolantes, elle le dévisagea, sidérée.

— Nellie. Oh, ma Nellie ! dit-il, lui ouvrant les bras.

Elle voulut s'y jeter, instinctivement, mais comment l'aurait-elle pu ? Ils étaient dans sa rue. N'importe lequel de ses voisins pouvait les apercevoir derrière leurs rideaux ; et Billy ne se trouvait qu'à quelques mètres de là...

— Comment... peux-tu être ici ?

Dans sa tête se bousculaient tant de questions qu'elle ne savait pas par où commencer. Elle pensait l'avoir perdu à tout jamais. On lui avait annoncé sa mort. Or il était... ici devant elle. C'était un miracle... Et c'était aussi le pire moment pour réapparaître dans sa vie.

— Quand mon avion a été abattu, j'ai atterri en catastrophe en territoire allemand, lui expliqua-t-il. J'ai été fait prisonnier.

Il haussa les épaules, comme s'il ne voulait pas s'attarder sur cette période de sa vie. Pas maintenant, en tout cas. L'idée qu'il ait été emprisonné l'horrifia. Cependant, il avait survécu. Il était là.

— J'étais dans un camp de prisonniers de guerre. Je n'ai été relâché que très récemment.

Ray la couvait du regard, et elle le dévorait littéralement des yeux, ayant du mal à croire qu'il était bel et bien vivant.

— Nellie, je suis désolé de ne pas avoir pu venir plus tôt. J'ai mis un moment à m'organiser, et puis...

je n'ai pas osé écrire, parce que… je préférais te voir…

Le destin lui jouait un bien vilain tour en lui rendant son premier amour à deux jours de son mariage. L'homme qu'elle avait toujours désiré épouser était là, devant elle, aussi inaccessible que lorsqu'il était mort. Elle avait l'esprit en ébullition. Elle aimait Billy, et elle allait l'épouser ; mais comment pouvait-elle tourner le dos à Ray ? Mon Dieu, son *Ray* était en vie !

Il fallait qu'ils parlent. Quelque part, au calme. Pas dans cette rue où son fiancé pouvait les voir de la fenêtre de sa chambre.

— Viens, dit-elle. Je sais où nous pouvons aller pour discuter.

47.

Elle l'entraîna à travers les rues familières de son quartier en direction de la station de métro, puis ils traversèrent la rue pour gagner l'église St John. C'était sur l'un de ses murs qu'il avait gravé leurs initiales, dans une autre vie, lui semblait-il. Il y avait un banc, sur le côté. Elle l'invita à s'asseoir près d'elle.

— Mon Dieu, Ray. J'ai du mal croire que c'est bien toi.

Elle le dévisageait, sidérée.

— Pourquoi tu ne m'as pas écrit ?

— Je l'ai fait. Du camp. Mais j'ai découvert plus tard qu'ils n'avaient envoyé aucune de mes lettres. Les gardiens les détruisaient toutes au fur et à mesure. Quand on nous a relâchés, j'ai pensé que je pourrais bientôt aller te retrouver, mais on nous a trimballés aux quatre coins de la France, et je n'ai rien pu faire d'autre que de suivre. Arrivé à Douvres, j'ai croisé Clayton. Il faisait partie de l'équipe qui accueillait les prisonniers libérés et qui leur fournissait des vêtements et des billets de train. Il m'a expliqué qu'il était allé te voir en 1943 pour t'annoncer la mauvaise nouvelle.

Il lui sourit. Il aurait tant voulu la serrer dans ses bras, l'embrasser, que tout redevienne comme avant. Mais elle le dévisageait avec un air nostalgique, en se mordant la lèvre. Le haïssait-elle toujours à cause de sa responsabilité dans le terrible accident qui lui avait enlevé son père et sa sœur ?

Il jeta un coup d'œil vers la bouche de métro. Elle était déserte, si différente de la dernière fois qu'il était ici. Mais les images de cette nuit dramatique étaient gravées dans son esprit : l'automobile garée le long du trottoir, les ambulances, les corps dissimulés sous des couvertures et des manteaux, les secouristes et les bénévoles, sidérés et traumatisés. Et Nellie, avec sa mère et son frère, se demandant où se trouvait le reste de sa famille. Le moment terrible où il avait attendu avec le jeune George que sa mère et sa sœur passent en revue les cadavres allongés dans l'église. Le gémissement déchirant qui s'était élevé quand elles avaient découvert le corps de Flo.

Et tout ça était sa faute. Parce qu'il s'était approché trop près d'une foule qui essayait de se mettre à l'abri pendant un raid aérien, et qu'il y avait eu un retour de flamme dans son pot d'échappement.

Il avait passé tant de nuits éveillé, dans ce camp de prisonniers, à se rejouer les événements qui s'étaient déroulés ce soir-là, et à regretter de ne pas s'être garé ailleurs, ou de ne pas avoir crié que, non, les Nazis ne leur tiraient pas dessus, qu'il s'agissait juste du pot d'échappement d'une automobile. À regretter de ne pas avoir réussi à dégager assez de gens de la bousculade. À essayer de revivre le moment, s'imaginant reconnaître Flo au milieu de la masse agglutinée dans l'escalier, l'attraper et l'en extirper. Puis écarter les corps pour accéder à M. Morris. Afin de ne pas être *responsable* de leur mort. Il ignorait le nombre exact des victimes, mais, à en croire Clayton, il y en avait eu plusieurs dizaines. Et chacune d'elles pesait sur sa conscience.

— Je suis désolé, Nellie. J'ai détruit ta famille. Si tu ne veux plus de moi, je partirai.

— Qu'est-ce que tu veux dire ? lui demanda-t-elle, l'air déconcerté.

— Je veux parler de… l'accident. Ma voiture, qui a provoqué le mouvement de panique.

Il lui en voulait de l'obliger à le répéter à voix haute.

— Ta voiture n'a rien provoqué du tout, lui répondit-elle d'un ton posé. Les survivants ont témoigné qu'il n'y avait pas eu de mouvement de panique. Les gens se dépêchaient parce qu'on tirait de nouvelles fusées antiaériennes dans Vicky Parc. C'est ce bruit-là qui les inquiétait, pas celui de l'automobile.

— Mais…

— Je t'ai écrit pour te raconter tout ça, dès que je l'ai appris.

Elle lui prit les mains et les serra dans les siennes.

— Oh, Ray. J'ai prié pour que tu aies reçu cette lettre avant de… Je ne supportais pas l'idée que tu aies pu mourir sans savoir que tu n'y étais pour rien.

Il fronça les sourcils.

— Je n'ai pas reçu ta lettre…

Elle pleurait à présent, mais elle ne faisait toujours pas mine de s'approcher de lui pour qu'il la réconforte.

— Il y a eu une enquête. J'ai dû écrire tout ce qu'ont dit les témoins pour la mairie. J'ai entendu leurs récits. Et aucun d'eux n'a mentionné de coups de feu, ni rien qui puisse suggérer que ta voiture ait causé le moindre remous. Les gens étaient calmes quand ils ont descendu l'escalier.

— Il n'y a pas eu de bousculade ?

— Non.

— Mais alors, comment... ?

— Une femme a trébuché sur la marche du bas. Elle avait son enfant dans les bras. Quelqu'un est tombé sur elle, et ainsi de suite. Tout est arrivé très vite, d'après eux. En l'espace de quelques secondes. Il n'y avait aucun moyen de freiner le mouvement.

— Combien y a-t-il eu de victimes ?

Il avait besoin de le savoir.

— Cent soixante-treize, souffla Nellie si bas, qu'il douta d'avoir bien entendu.

— Cent...

— ... soixante-treize, oui, répéta-t-elle.

Il lui reprit ses mains pour se couvrir le visage. Il ferma les yeux, rendant un hommage silencieux à ces pauvres âmes, au nombre desquelles se trouvaient cette chère petite Flo et l'homme travailleur qu'était M. Morris. Mais, Dieu merci, ce n'était pas lui qui avait provoqué l'accident ! *Il n'était pas responsable de ce carnage.*

— Durant tout ce temps... j'ai cru que...

— Nous avons tous ressenti de la culpabilité, tenta de l'apaiser Nellie. Je m'en suis voulu d'avoir fait descendre Flo du bus qui devait l'évacuer. Ma mère s'est reprochée d'avoir tardé à gagner la station, cette nuit-là. Et même Billy s'est senti coupable de ne pas avoir pu dégager plus de personnes, bien qu'il se soit comporté en héros, et qu'il ait sauvé des vies, tout comme toi.

Elle s'exprimait avec une sorte de sérénité. Ray était heureux de constater que, deux ans après ce drame, elle semblait avoir un peu repris le dessus.

Mais il avait perçu autre chose, dans son ton, quand elle avait mentionné Billy, le frère maigrichon de Babs, qui servait comme garde de l'ARP et était follement épris de Nellie. Une sorte d'intimité. Il attendit la suite, mais il avait déjà deviné ce qu'elle s'apprêtait à lui annoncer. Il le redoutait, et avait néanmoins besoin de l'entendre.

— C'est si difficile de te dire cela… Billy et moi sommes fiancés…

Ray sentit son cœur se serrer douloureusement.

— Nous nous marions dans deux jours. Ici même, dit-elle en désignant l'église.

Il aurait dû s'en douter. La possibilité qu'elle rencontre quelqu'un d'autre avait toujours été là. Seulement, si elle avait été mariée, il n'y aurait plus eu aucun espoir pour eux et il aurait dû se rendre à cette idée. Et si elle avait été libre de toute attache, ils auraient peut-être pu reprendre leur relation là où ils l'avaient laissée. Mais cet entre-deux – pas encore mariée et néanmoins inaccessible – était une torture.

— Tu l'aimes ? lui demanda-t-il à voix basse, redoutant sa réponse.

Elle hocha la tête, se mordant toujours la lèvre.

— Oui. Je l'ai toujours aimé, d'une certaine manière. Je le connais depuis l'enfance. Nous avons toujours été les meilleurs amis du monde. Et il a été si bon pour moi. Je pense que, sans Billy, je n'aurais pas réussi à survivre, ces deux dernières années.

Elle essuya une larme.

— Le décès de mon père et de ma sœur, puis ton départ, et brusquement Clayton qui apparaît pour m'annoncer que tu es mort à ton tour… J'ai touché le fond, Ray. Billy m'a soutenue, et ça nous a encore rapprochés.

Il ne put s'empêcher de ressentir de la gratitude envers cet homme.

— Il t'a toujours aimée, c'est évident.

— Oui. C'est vrai, répondit Nellie, avec un air étrangement résigné.

— Et tu as accepté de l'épouser.

Elle le dévisagea un instant.

— Je croyais que tu étais mort, Ray. Il fallait que je recommence à vivre. Billy est un homme bien, ça paraissait la bonne décision. Il me rend heureuse, et je sais qu'il sera un bon mari pour moi.

— C'est tout ?

Il retint son souffle. Une minute s'écoula, ou une heure, un jour, une vie, lui sembla-t-il.

— Eh bien…

Elle avait les yeux baissés sur ses mains croisées.

— … Oui. Tout est organisé.

— Mais…

— Je vais l'épouser, Ray.

Elle soupira, comme si le poids du monde pesait sur ses épaules, et qu'elle pouvait s'en libérer de cette manière.

— Je ne peux pas l'abandonner. Ce serait trop terrible. Et… je l'aime, nous formerons un couple solide, tous les deux. Je croyais que tu étais mort.

Elle prit une de ses mains et la pressa contre son cœur.

— Je t'aurais attendu toute ma vie si j'avais pensé qu'il y avait la moindre chance que tu sois vivant, crois-moi ! Je t'aime, Ray, je n'ai jamais cessé de t'aimer. Mais je ne peux pas quitter Billy. C'est impossible. Je l'aime, lui aussi, gémit-elle, éclatant en sanglots.

Il la prit dans ses bras, et elle s'accrocha à lui comme à une bouée de sauvetage. Tout en la consolant, il s'appliqua à voir les choses de son point de vue. De comprendre son choix et de l'accepter.

Il attendit qu'elle se calme, puis la relâcha et lui tendit un mouchoir. Nellie se redressa, et sécha ses larmes, un pâle sourire sur les lèvres.

Et c'est alors, seulement, qu'il prononça les paroles les plus difficiles qu'il ait jamais eu à prononcer :

— Je comprends, dit-il. Je ne me dresserai pas en travers de ton chemin. Tu mérites d'être heureuse, même si j'aurais voulu que tu le sois à mes côtés.

Elle hoqueta, et les larmes se remirent à ruisseler sur ses joues. C'était un crève-cœur de la voir ainsi. Et c'était sa faute. Elle aurait dû être folle de joie à l'idée de se marier, impatiente d'être unie à l'homme qu'elle aimait. Et il avait tout gâché.

— Je n'aurais pas dû revenir, se reprocha-t-il. Si j'avais su, pour toi et Billy, je serais resté au loin. Pardonne-moi de te faire vivre ça, Nellie.

Ils restèrent assis en silence quelques minutes de plus, perdus dans leurs pensées. Puis, sa décision prise, Ray la couva d'un regard plein d'amour, de nostalgie et de regrets, et se leva.

— Je te souhaite… le plus beau des mariages. J'espère que Billy et toi aurez une longue et belle vie ensemble.

Elle ne méritait rien de moins, se dit-il.

— Je pars ce soir. Je ne reviendrai pas. Il faut que je fasse un saut à mon ancienne base aérienne pour être officiellement démobilisé. Ils devraient s'occuper de mon rapatriement, là-bas.

— Ray. Je…

Il la fit taire d'un geste.

— Il n'y a rien à ajouter, Nellie. J'aimerais juste… que tu me laisses te tenir la main une dernière fois.

Comme si elle espérait qu'il lui ferait cette demande, elle se jeta dans ses bras, et il la serra contre elle, lui caressant le dos et les cheveux, comprenant qu'il ne pouvait pas prendre le risque de l'embrasser. Nellie enfouit son visage dans son cou, luttant apparemment contre le même désir. Ils s'écartèrent l'un de l'autre en même temps.

— Au revoir, Nellie, dit-il.

— Au revoir, Ray. J'espère que tu trouveras… quelqu'un… je te souhaite d'être heureux, toi aussi.

Nellie s'éloigna. Ray éprouva un certain réconfort quand elle se retourna une dernière fois pour le regarder. Il leva la main, et elle répondit à son salut avant de disparaître, à jamais, dans la nuit. Le laissant seul.

*

Nellie rentra chez elle, priant pour qu'Em soit déjà endormie. Elle monta l'escalier sur la pointe des pieds, se laissa tomber sur son lit et fixa le plafond.

Elle avait déjà perdu Ray une fois. Elle avait passé deux ans à se remettre de ce deuil… et voilà qu'elle le perdait une seconde fois. C'était un miracle qu'il soit en vie. Son cœur était plein d'allégresse à cette idée, mais il ne pouvait plus être à elle. Elle ne pouvait ni ne voulait abandonner Billy. Ça le détruirait. Il fallait qu'elle soit forte et qu'elle cesse de penser à Ray. Qu'elle ne songe plus qu'à la vie paisible qu'elle allait mener avec son futur époux.

Il fallait à tout prix qu'elle oublie Ray, qu'elle renonce à jamais à l'homme qu'elle aimait de toute son âme.

48.

Entre les préparatifs de dernière minute, les visites intempestives et les bagages à boucler pour la lune de miel, les premières heures de la journée filèrent comme emportées dans une sorte de tourbillon. Babs arriva chez Nellie à neuf heures pour la coiffer, la maquiller et l'aider à passer sa robe de mariée. Em insista pour que les deux filles prennent un petit-déjeuner copieux composé d'œufs brouillés offerts par les poules de George, et du bacon qu'elle avait pu acheter avec des coupons mis de côté.

— Je n'ai pas envie que tu t'évanouisses devant l'autel, dit-elle en secouant un index grondeur. Je connais une fille à qui c'est arrivé. Elle n'avait rien mangé le matin de son mariage : elle est tombée dans les pommes au moment de prononcer ses vœux. Elle s'est cogné la tête et sa robe était toute tachée de sang. Il a fallu repousser le mariage.

Mais Nellie avait du mal à avaler quoi que ce soit. Cela faisait deux jours qu'elle portait son lourd secret en silence (Ray était en vie, et elle l'avait vu !). Elle ne cessait de se demander ce qu'elle aurait décidé si le mariage n'avait pas été si proche. Est-ce qu'elle aurait trouvé un moyen délicat d'annuler ses fiançailles avec Billy au risque de l'anéantir ? Elle n'avait pas la réponse à cette question. De toute façon, tout allait si vite, à présent, qu'elle n'avait même plus le temps de penser. Sa décision était prise, se répéta-t-elle pour la centième fois. Elle allait épouser Billy. Elle avait promis à Babs de ne pas lui briser le cœur. Il ne pouvait en être autrement.

Elle s'efforça d'avoir l'air d'une mariée impatiente, légère et rieuse. Comme Em et Babs, qui bondissaient partout avec des sourires béats. Nellie faisait de son mieux, mais elle n'était pas sincère. Elle le savait, elle le sentait. Elle espérait juste que ni sa mère, ni son amie... oh mon Dieu... ni Billy, ne s'en apercevraient. Elle était décidée à ne jamais lui révéler que Ray était en vie. C'était sa croix, et elle seule la porterait.

*

Nellie et Babs se lavèrent les cheveux et gagnèrent l'étage pour se faire une mise en plis.

— Tu es nerveuse ? lui demanda son amie. Parce que moi je suis dans tous mes états, et je ne me marie même pas !

— Oui, un peu, répondit-elle, avec un sourire attendri. Et je suis impatiente aussi, mais j'avoue que je serai contente quand toute cette effervescence sera retombée.

Les choses auraient été si différentes si Ray n'était pas revenu. Elle ne serait pas nerveuse, mais ravie. Seulement, à cet instant, elle voulait que la journée se déroule comme prévu, elle était impatiente que Billy et elle aient leurs alliances à l'annulaire, et prennent le chemin du lieu où ils étaient censés passer leur lune de miel. Elle en avait assez des surprises. Elle voulait de cette vie stable auprès d'un mari aimant. Même si elle avait encore du mal à se faire à l'idée que, dans quelques heures, elle serait une femme mariée.

— C'est ton grand jour. Bien sûr qu'il faut qu'il y ait de l'effervescence ! s'exclama Babs. Billy est sur les nerfs, lui aussi, si ça peut te consoler. Je me suis sauvée de la maison à la première occasion, ce matin. Il filait dans tous les sens au pas de charge, parce qu'il ne trouvait plus la brillantine qu'il avait achetée pour l'occasion. Comme s'il ne pouvait pas s'en passer pour se marier ! Je lui ai dit que si c'était la seule chose qui déraillait, aujourd'hui, il s'en sortirait bien. Ah, les hommes ! Ils sont beaucoup plus vaniteux qu'ils n'en ont l'air, crois-moi.

Nellie eut un petit rire forcé. Un doute venait de l'assaillir. N'était-ce pas mal de sa part de commencer sa vie de femme mariée en dissimulant un secret d'une telle importance à son mari ? Même si c'était pour son bien ?

— Tu as peut-être raison, oui. Est-ce qu'il l'a trouvée ?

— Quoi donc ?

— Sa brillantine ?

— Oh, oui. Dans sa chambre. Sous la chemise que maman lui a repassée.

Babs pouffa.

— Tu sais ce qu'elle a dit ? Que c'était la dernière chemise qu'elle lui repassait. Que, désormais, ce serait ta responsabilité. J'espère que tu es impatiente de repasser les chemises de mon frère !

— Hum. Je pense qu'il pourra y arriver seul. Je lui apprendrai, rétorqua Nellie.

Deux jours plus tôt, elle se plaisait à se représenter des petites scènes d'une vie domestique confortable, s'imaginant en train de repasser les chemises de Billy tandis qu'il s'occupait du jardin, repeignait la maison, ou lisait son journal. À présent, elle craignait de finir par comparer tout ce qu'elle ferait en compagnie de Billy avec ce qu'elle aurait pu faire avec Ray. À présent qu'elle savait qu'il n'était pas mort, elle ne cesserait jamais de se demander ce qu'aurait été sa vie à ses côtés. Il demeurerait à jamais son premier amour.

— En voilà une bonne idée ! Des hommes qui repassent ! Ah ! s'esclaffa Babs.

Après un silence, elle reprit :

— Qu'est-ce qu'il y a, Nell. Tu ne vas pas bien ?

— De la nervosité, sans doute. Allez, viens, je vais te coiffer. Toi aussi il faut que tu sois belle à tomber pour Peter !

— J'y arriverai sans mal avec la robe que ta maman m'a achetée.

Son amie pointa le menton en direction de la longue robe en dentelle jaune pâle pendue au dos de la porte de la chambre de Nellie.

— Elle est magnifique. Et la tienne est une véritable splendeur.

Nellie jeta un coup d'œil à sa robe longue en dentelle blanche, avec une encolure cœur et une petite traîne. C'était la robe de mariée dont elle avait toujours rêvé. Em avait insisté pour qu'elle et Babs choisissent ce qu'il y avait de plus beau pour cette journée unique. Elles étaient allées dans le West End et avaient fait la tournée des grands magasins avant de choisir celles-ci chez John Lewis.

— Oui, c'est vrai, dit-elle à sa future belle-sœur, essayant d'insuffler le maximum d'enthousiasme possible à sa voix.

La journée allait être difficile à supporter, mais elle se devait (pour sa mère, pour Babs, et surtout pour Billy) d'être à la hauteur du moment. Et à défaut d'éprouver de la joie le jour de son mariage, il faudrait au moins la feindre.

*

La cérémonie devait avoir lieu à douze heures. À onze heures trente, George passa la tête dans la chambre de Nellie.

— Nell, je vais… Oh, waouh, non mais regardez-vous, toutes les deux ! dit-il, bouche bée.

— Tu ne nous as jamais vues aussi jolies, n'est-ce pas ? dit Babs, en battant des cils.

Le jeune garçon rougit et recula dans le couloir pour leur annoncer qu'il allait chez les Waters afin de se mettre à la disposition du marié et d'accomplir son devoir de garçon d'honneur.

— Tu l'as embarrassé, le pauvre, dit-elle à son amie, en riant. Bon, on peut descendre maintenant qu'il est parti. Je crois que maman nous a préparé un petit remontant.

Et il lui semblait qu'elle en avait bien besoin.

Elles trouvèrent Em au salon, près d'un plateau sur lequel elle avait disposé trois verres dépareillés contenant une goutte de brandy.

— Cadeau du propriétaire d'Amelia, annonça-t-elle.

Elles se servirent et trinquèrent.

— À Nellie et à Billy. Qu'ils aient un long et heureux mariage.

— Les toasts attendront que nous ayons prononcé nos vœux, maman, répondit-elle avec un rire nerveux. Tu vas nous porter malheur.

— Mais non. Pas à une demi-heure du mariage.

Em posa son verre et prit Nellie par les épaules.

— Tu es absolument sublime, dit-elle, les yeux brillants. Ton père aurait été si fier.

Elle essuya une larme et leva son verre.

— À papa. Et à Flo. Et à tante Ruth et oncle John. Qui seront toujours dans nos cœurs.

— À Charlie, Flo, Ruth et John, trinquèrent Em et Babs à leur tour.

Sa mère lui adressa un petit sourire triste et se tamponna les yeux.

— Ils nous manqueront toujours à ce point, tu crois ? Tous les êtres chers que nous avons perdus ?

— Oui, répondit-elle en serrant les lèvres.

Elle ne voulait pas pleurer juste avant la cérémonie et faire couler tout son maquillage.

Em jeta un coup d'œil à l'horloge de la cheminée.

— Bon, il est temps de partir, les filles. On ne va pas risquer d'arriver en retard à ton mariage, ma chérie !

Nellie s'accrocha au bras de sa mère et Babs ferma la marche, son bouquet et celui de la mariée dans les mains. Les quelques voisins du bout de la rue qui n'avaient pas été invités à la cérémonie se tenaient sur le pas de leur porte, applaudissant et poussant des sifflets sur leur passage. Quelques personnes piétinaient devant l'église, discutant en fumant. Sitôt que les trois femmes approchèrent, elles retournèrent toutes s'asseoir à l'intérieur.

Toutes, sauf une. Nellie retint son souffle. Elle ne distinguait pas son visage, de loin, mais elle avait reconnu la silhouette, qui se tenait bien droite. Elle continua à avancer, en silence, au bras de sa mère.

— Ben mince, ce n'est pas… Bon sang, Nellie, c'est ton Ray ! Bel et bien vivant ! Juste là ! s'exclama soudain sa mère.

— Quoi ? Mais ce n'est pas possible, madame Morris, dit Babs, descendant sur la chaussée pour leur passer devant et en juger de ses propres yeux.

— Bon sang de bois ! Mais oui, c'est Ray !

Il leva la main pour saluer Babs. Il savait, bien entendu, quand et où aurait lieu le mariage. Nellie, elle, comprit soudain que c'était inévitable. Si les rôles avaient été inversés, elle n'aurait pas pu s'empêcher d'aller à son mariage, elle non plus, pour pouvoir tourner la page une bonne fois pour toutes. Elle s'accrocha au bras de sa mère, les jambes flageolantes.

— Nous pensions que tu étais… commença Babs. Mais tu as survécu ! Je suis si heureuse.

Elle le serra spontanément dans ses bras et l'embrassa sur la joue. Mais les yeux de Ray ne quittaient pas Nellie.

— Comment savais-tu… Ma chérie, tu savais qu'il… balbutia Em.

— Nous nous sommes croisés il y a deux jours, madame Morris, lui expliqua-t-il. J'ai été fait prisonnier. Je ne suis pas venu pour… perturber la cérémonie. Je voulais seulement vous saluer et… voir Nellie une dernière fois. Dans sa robe de mariée. Je n'ai pas pu m'en empêcher.

Son regard trahissait sa douleur.

— Tu es éblouissante. Billy… a beaucoup de chance. J'espère qu'il le sait.

— Oh, mon Dieu…

Les yeux écarquillés et la main sur la bouche, sa demoiselle d'honneur venait de comprendre que le jeune homme était toujours amoureux de son amie.

— Ray. Oh, Ray, murmura Nellie, incapable de parler, incapable de penser.

Il était là, à nouveau. L'amour de sa vie. Terrassé par le chagrin.

— Eh bien, nous voilà dans un fameux pétrin, déclara soudain Em. Qu'est-ce qu'on fait, maintenant ?

Nellie déglutit.

— Rien. Nous allons entrer dans cette église, maman, et je vais épouser Billy Waters.

— Viens par ici, ma chérie. J'ai besoin de te parler.

Em l'entraîna à l'écart.

— Tu es certaine que c'est la bonne décision, ma fille ? Parce que s'il y a une chose que m'a enseignée cette guerre, c'est qu'il faut saisir sa chance quand elle se présente. On ne sait jamais de quoi demain sera fait. Les événements peuvent basculer en un instant. Comme le jour où cette bombe nous a enlevé Ruth et John. Comme cette bousculade qui m'a pris mon Charlie et ma Flo. On ne peut pas prédire l'avenir, alors quand une chance de bonheur se présente, il faut la saisir.

Elle pencha la tête de côté et lui sourit.

— Quoique, j'ai bien l'impression que, dans le cas présent, il s'agirait plutôt d'une seconde chance.

Nellie ouvrit la bouche, mais fut incapable d'articuler le moindre mot. Si elle avait pu remonter le temps, revenir au jour où ils avaient célébré la victoire… alors elle se serait retenue de dire oui si spontanément à Bill. Si elle avait eu le moindre doute que Ray ait pu survivre… s'ils n'avaient pas décidé de se marier si vite. Tant de si. Mais Billy l'attendait dans cette église et elle n'avait pas le cœur de l'abandonner. Elle ne voulait pas les perdre, ni lui ni l'amitié de Babs. Cette vie tranquille à Bethnal Green à laquelle elle commençait à aspirer, la petite maison que Billy et elle s'étaient choisie, les enfants qu'ils auraient un jour : tout cela l'attendait au pied de cet autel. Et, deux jours plus tôt, elle était certaine de ne rien vouloir autant que cela.

À présent, Em secouait un index devant son visage.

— Alors si tu décides d'épouser Billy, ma fille, tu as intérêt à être tout à fait sûre de toi ! Tu as traversé tant d'épreuves que je veux que tu sois heureuse, et que tu n'aies aucun regret.

— Je suis sûre de moi, maman, répondit Nellie, d'un ton qui démentait ses propos.

Saisir sa chance, c'était justement ce qu'elle s'apprêtait à faire en choisissant d'épouser un homme solide qui l'adorait et lui offrirait une vie paisible. Sa décision était irrévocable.

49.

Billy attendait fièrement près de l'autel dans son costume de marié, une rose jaune glissée à la boutonnière. À côté de lui, le jeune George se tenait bien droit, une rose identique à sa propre boutonnière.

Il lui semblait qu'il était midi. Il avait jeté un coup d'œil à sa montre quelques minutes plus tôt. Nellie allait s'avancer dans la nef d'un instant à l'autre, au bras de sa mère. Dans moins d'une heure, elle serait sa femme et il la chérirait jusqu'à sa mort.

Il se retourna vers l'entrée de l'église, impatient de la découvrir dans sa robe de mariée.

Il remarqua Amelia, à quelques rangs de là, le petit William sur les genoux. Elle portait une robe bleu marine bordée de blanc qui lui allait très bien. Elle l'encouragea d'un sourire qui lui réchauffa le cœur. Il reconnut M. et Mme Bolton, assis derrière elle ; l'ancien chef des gardes de l'ARP et l'ancienne maire, tous deux à la retraite. Ils semblaient heureux d'assister à l'union de leurs protégés respectifs. Et d'autres collègues et amis étaient venus célébrer cette grande occasion avec eux.

Soudain, les portes de l'église s'ouvrirent sur un retardataire, et Billy aperçut Nellie juste devant, en compagnie d'Em et de Babs. Son cœur se gonfla de fierté. Elle était aussi belle qu'il s'y attendait.

Les trois femmes semblaient discuter avec une quatrième personne qu'il ne distinguait pas. Il scruta le visage de la mariée, perplexe. Elle avait les yeux remplis d'étoiles et un air profondément nostalgique. Mon Dieu… Il n'y avait qu'un être au monde qu'elle pouvait boire du regard de cette manière-là. Et il était mort. Il avait été abattu alors qu'il survolait la France… Et brusquement, il le vit. Son ventre se serra comme un poing. Non ! C'était impossible ! Pourquoi aujourd'hui ? Le seul être au monde capable de réduire ses rêves à néant était là, bien vivant. Le jour de son mariage. Et si Billy ne doutait pas de l'amour que Nellie lui portait, il savait que celui qu'elle vouait à cet Américain était bien plus fort. Il l'avait toujours su. Et il était là. De retour du monde des morts. Et Nellie le dévorait des yeux, comme si elle était tiraillée entre les deux options qui s'offraient à elle.

Il essaya de se mettre dans sa peau. Se demanda ce qu'il ressentirait s'il devait tourner le dos à la femme qu'il aimait le plus au monde pour en épouser une autre. Non. Il n'en serait pas capable. Néanmoins, il fallait que Nellie le soit, elle. Son bonheur en dépendait : il fallait qu'elle soit assez forte pour renoncer à Ray et qu'elle entre dans cette église pour le rejoindre et l'épouser.

— Je vais… voir ce qu'il se passe, marmonna-t-il à George, qui, à l'instar de leurs invités qui discutaient doucement, n'avait rien remarqué d'anormal.

Billy se dépêcha de sortir. Son garçon d'honneur lui emboîta le pas et ferma les portes derrière eux. Quand il se retourna et reconnut Ray, il se figea, sidéré.

— Nellie ? murmura Billy, constatant que tous les regards étaient braqués sur elle et l'Américain.

Elle avait l'air anéantie. Billy était conscient que Ray était son premier amour. Le grand amour de sa vie. Mais il savait aussi qu'elle l'aimait sincèrement. D'un amour moins passionné, sans doute, mais d'un amour profond qui s'était épanoui au fil de toutes ces années passées côte à côte. Ils feraient un bon couple, bâtiraient un foyer heureux, équilibré, au sein duquel leurs enfants grandiraient entourés d'amour.

Cependant, il ne pouvait ignorer l'existence de Ray. Il suffisait de les regarder pour sentir la profondeur du sentiment qui les liait l'un à l'autre. Nellie ne l'avait jamais couvé d'un regard si intense, si passionné.

Pourquoi avait-il fallu qu'il revienne ? Pourquoi n'était-il pas resté parmi les morts ? Ou, du moins, au loin. Il aurait dû deviner qu'elle avait continué à vivre en son absence. C'était tellement injuste. Au moment même où Billy réalisait son rêve le plus précieux, la seule personne ayant le pouvoir de l'anéantir apparaissait. Il laissa échapper un gémissement de désespoir. Il aurait voulu pester contre le monde cruel qui lui jouait ce vilain tour. Il aurait voulu que Ray disparaisse, afin que Nellie n'ait pas à affronter ce dilemme. Parce qu'il n'y avait qu'une option possible, à l'évidence.

Le silence se prolongeait, et il s'aperçut qu'ils attendaient tous qu'il prenne la parole, à présent.

— Nellie, répéta-t-il, d'une voix éraillée, évoquant un croassement.

Elle tourna vers lui son visage défait.

— J'arrive tout de suite, Billy… Ray voulait… juste saluer maman et me dire adieu.

— Depuis combien de temps sais-tu qu'il est vivant ?

— Je l'ai découvert il y a deux jours, répondit-elle d'un ton plat.

— Et tu ne me l'as pas dit.

— Je voulais… te protéger. Je craignais que tu t'imagines que j'allais renoncer à t'épouser.

Elle fit un pas vers lui.

— Parce que tu n'as aucun souci à te faire. Ça ne change rien, Billy.

Oh, mais bien sûr que si. Ça changeait tout. Si elle voulait le protéger, c'était qu'elle savait que la vérité risquait d'être blessante pour lui. Soudain, l'avenir lui apparut sous un tout autre jour. Les deux avenirs possibles. Celui où Nellie et lui se mariaient aujourd'hui, et celui où il la laissait libre de partir avec Ray. Dans le premier cas, son amour pour Billy se teinterait d'amertume, et, avec le temps, elle regretterait d'avoir dû renoncer à son premier amour pour lui. Il ne pouvait accepter cette idée. Non, il ne supporterait pas de voir leur affection se transformer en ressentiment au fil des années. Ray se dresserait toujours entre eux, quoi qu'il arrive, sans qu'il puisse jamais souffrir la comparaison. Il l'aimait de toutes les fibres de son corps, mais il savait ce qu'il lui restait à faire. Il n'y avait pas d'autre solution.

— Il est revenu pour t'inciter à changer d'avis, dit-il, sentant sa colère et son désespoir se muer en résignation.

— Non, Billy, pas du tout…

Ray secoua la tête.

— Non, elle est à vous. Je ne…

Il leva la main pour interrompre leurs protestations.

— Je ne suis pas aveugle.

— Ce n'est pas…

— Nous ne sommes pas…

— Si. Vous êtes amoureux l'un de l'autre.

Il n'y eut pas de dénégations, cette fois.

— Billy, nous allons nous marier, aujourd'hui, point final, dit Nellie d'une voix éraillée mais d'un ton sans appel.

Et il ne l'en aima que davantage pour sa loyauté. Néanmoins, il ne pouvait pas accepter ça. Il allait devoir faire la chose la plus difficile qu'il ait eu à faire de sa vie. Il secoua la tête.

— Non, Nellie, nous n'allons pas nous marier. Tu ne peux pas. *Nous* ne pouvons pas.

Derrière eux, Em et Babs poussèrent des petits cris de surprise.

Il prit Nellie dans ses bras et se pencha pour lui murmurer à l'oreille des mots qu'elle seule put entendre :

— Nellie, mon amour, ma chérie. Je n'ai pas pu sauver Flo. Mais je peux te sauver toi. Je peux t'épargner une vie de regrets. Tu as déjà tant perdu. Je ne t'empêcherai *pas* de saisir cette seconde chance. Nous n'allons pas nous marier. Je sais ce que tu ressens pour Ray, et je veux que tu sois heureuse. Que tu aies la vie que tu mérites. Alors... je te rends ta liberté. Va... pars avec lui. Et, le moment venu, épouse-le.

Elle s'écarta un peu et plongea ses yeux dans les siens. Il soutint son regard, pour lui montrer qu'il pensait chaque parole qu'il venait de prononcer. Il avait le cœur brisé, mais il savait que c'était la seule chose à faire. La conclusion la plus digne. Pour eux tous.

— Billy...

Les larmes se mirent à ruisseler sur ses joues. Se retenant de couvrir son visage de baisers pour les effacer, il posa un doigt sur ses lèvres.

— Chut. Ça va aller. Je t'assure que ça va aller.

Billy lui sourit. Il ne mentait pas pour la réconforter, il savait qu'il allait s'en sortir. Il faudrait juste qu'il prenne le temps de panser ses blessures. En réalité, en agissant ainsi, il préservait leur amour. Nellie aurait fini par le détester de l'avoir empêchée de vivre cet amour véritable. Il n'aurait pas réussi à le supporter. De cette manière, leur amour demeurerait intact et pur, et c'était ce qu'il pouvait, à présent, espérer de mieux.

— George, appela-t-il en tendant la main...

Le garçon s'approcha avec une alliance. Puis Billy plongea la main dans sa poche et en sortit une enveloppe, qu'il tendit à Ray.

— Tenez. Autant que cela vous serve. Ce sont des billets de train pour Brighton et la confirmation de la réservation de la chambre d'hôtel.

Il tendit l'alliance à Nellie.

Elle ouvrit la main, et il la déposa dedans. Ce n'était pas ainsi qu'il pensait lui donner cette bague, mais il éprouvait un certain réconfort à l'idée qu'elle la porterait peut-être.

Elle le serra fort contre elle et lui murmura à l'oreille :

— Tu es un homme merveilleux, Billy Waters.

— Merci.

Il répondit à son étreinte avec délectation, sachant que c'était peut-être la dernière fois qu'il la tenait tout contre lui. Il vit de l'amour dans ses yeux : un amour de longue date, celui d'une amie d'enfance devenue adulte. Un amour qui ne mourrait jamais, désormais.

Des invités avaient commencé à sortir de l'église, intrigués.

— Oh, mon Dieu, dire qu'il va falloir leur expliquer tout ça, soupira Em à travers ses larmes.

Babs lui passa un bras autour des épaules.

Ray s'avança et offrit une poignée de main à Billy.

— Merci, Monsieur.

Il la fixa un instant avant de l'accepter.

— Prenez soin d'elle et offrez-lui la vie qu'elle mérite.

L'Américain acquiesça.

— Oui. Je vous le promets.

50.

Nellie regarda les deux hommes de sa vie échanger une poignée de main. Elle avait du mal à croire à ce qu'elle était en train de vivre. Son cœur était plein d'allégresse et d'amour.

— Allez, partez ! les pressa à nouveau Billy. Et soyez heureux !

Son visage exprimait à la fois la détermination et la douleur. Elle voyait que cela lui coûtait terriblement de la libérer de sa parole, et elle en était peinée. Pourtant, au plus profond d'elle-même, Nellie savait qu'il faisait le bon choix, pour eux deux. Derrière lui, les invités ressortaient de l'église, se demandant ce qui les retardait. Mais George (béni soit-il) invoqua un prétexte pour les renvoyer à l'intérieur.

Elle baissa les yeux sur sa belle robe de mariée.

— Je n'ai pas le courage de leur faire face.

— Alors partez vite, avant qu'ils ne sortent tous. Je trouverai une explication, leur dit Billy, pivotant pour retourner dans l'église. À un de ces jours, Nellie Morris ! lui cria-t-il par-dessus son épaule.

Elle le regarda expliquer aux personnes qui attendaient encore dehors qu'il y avait un petit changement de programme, les entraînant à l'intérieur et refermant les portes derrière lui.

Elle se tourna vers sa mère, qui souriait et pleurait à la fois.

— Maman. Jc nc sais pas quoi dire.

— Ne dis rien, ma chérie. Fais ce que Billy t'a dit. File. Tu as ma bénédiction, et je pense que ton père et ta sœur seraient heureux pour toi.

— Mais tu vas te retrouver seule…

— Non. J'ai mon George avec moi, et mes amis. Et je serai contente à l'idée que tu vives pleinement ta vie.

Em lui sourit.

— Je pense que c'est ce que ton père aurait souhaité pour toi. Une vie pleine d'aventure avec l'homme que tu aimes le plus. C'est ce dont tu as toujours rêvé, n'est-ce pas ?

Nellie serra tendrement sa mère dans ses bras. Puis coula une œillade à son amie.

— Je suis désolée… commença-t-elle.

Mais Babs l'interrompit et l'enveloppa dans une étreinte pleine de tendresse.

— Ça va aller. Billy s'en remettra, crois-moi. Tu devrais partir maintenant. Il ne pourra pas empêcher tous ces gens de sortir bien longtemps.

Ray tendit la main à Nellie. Elle la prit.

— Merci. Je… lança-t-elle par-dessus son épaule.

— Allez ! Filez ! s'exclamèrent les deux femmes.

Alors, sa main dans celle de Ray, elle redescendit la rue qu'elle avait montée au bras de sa mère, suivie de sa demoiselle d'honneur, non pas en tant que Mme Waters, mais en tant que la future Mme Fleming, l'épouse de l'homme qu'elle adorait et avec lequel elle voulait passer le reste de sa vie.

— Nellie ! Attends !

Elle se retourna.

— George !

Il fit une sorte de dérapage pour s'arrêter devant eux et tendit la main, la paume tournée vers le haut. Elle reconnut le petit chien en porcelaine qu'elle avait cherché en vain.

— Je l'ai retrouvé. Le lendemain de l'accident. Flo l'avait laissé tomber dans l'escalier, à la maison. Je le garde en souvenir depuis. C'est toi qui devrais l'avoir à présent.

Elle l'accepta, le visage ruisselant de larmes.

— Merci… Et… George ?

— Oui, je sais. Je prendrai soin de maman pour toi. Bien sûr, Nellie. Tu n'as aucun souci à te faire.

Il leur offrit à chacun un salut militaire, puis courut à l'église retrouver Em, Babs et Billy.

Elle le suivit des yeux. La vie à laquelle elle s'était préparée disparaissait au loin, et la nouvelle apparaissait déjà devant elle.

— Ils vont s'en sortir, lui assura Ray. Et nous aussi. Oh, mon Dieu, je t'aime tant, Nellie Morris. J'ignore où la vie va nous mener, mais tant que nous serons ensemble, elle sera pleine d'amour et d'aventure, je te le promets.

Il l'attira à lui, et quand il l'embrassa, les dernières années s'évaporèrent. Ils étaient réunis, la guerre était terminée, ils étaient sains et saufs, et ils avaient la bénédiction de tous les êtres qui étaient chers à son cœur.

— Allez, viens, future madame Fleming ! Avant qu'ils ne s'aperçoivent tous qu'il n'y aura pas de mariage, et qu'ils ne se déversent hors de l'église.

Lui adressant un de ses sourires rayonnants qui la faisaient fondre, il ajouta :

— En route pour Brighton !

— En route pour Brighton ! répéta-t-elle.

Ce serait la première d'une longue série d'aventures, le premier de leurs nombreux voyages, et Nellie était folle d'impatience. Soulevant sa robe d'une main et serrant celle de Ray de l'autre, elle s'élança, incrédule et rieuse, vers l'avenir plein de promesses et d'amour qui lui tendait les bras. Un avenir qu'elle devait à son cher Billy.

Épilogue

Mars 1993

— Tu ne risques rien. Je te tiens.

Des bras puissants la saisirent pour la stabiliser le temps que les étudiants aient disparu dans la station de métro.

— Viens, partons d'ici.

Nellie se laissa entraîner jusqu'à la première des dix-neuf marches pour retrouver la lumière vive de cette fraîche journée de printemps. Son cœur battait toujours violemment et elle avait besoin de reprendre son souffle, mais elle était saine et sauve. Elle n'était pas prise dans la bousculade qui avait tué son père et sa sœur Flo. Ce n'est que lorsqu'elle s'éloigna de la bouche de métro pour entrer dans les jardins de Bethnal Green qu'il lui vint à l'esprit qu'il y avait quelque chose de familier dans la voix de son sauveur. Elle leva les yeux.

— Oh, Billy ! C'est toi !

— Babs m'a prévenu que tu devrais arriver bientôt, alors je suis venu t'attendre dans le hall des tickets.

Tu es passée devant moi sans me reconnaître, l'air perdu dans tes pensées. C'est bon de te revoir, Nellie.

Elle lui sourit. Il avait toujours ses yeux si doux et cette fossette à la joue. C'était ce bon vieux Billy. Elle se sentit aussitôt plus sereine.

— C'est bon de te voir aussi. Ça fait trop longtemps.

— Viens, asseyons-nous un peu pour discuter, je suis certain que Babs va te monopoliser ensuite. Je veux t'avoir pour moi seul quelques minutes.

Billy l'entraîna vers un banc, au coin du parc.

Elle regarda autour d'elle. L'endroit était luxuriant et beaucoup mieux entretenu que pendant la guerre. Et la rue qu'elle apercevait était bordée de constructions tant anciennes que modernes. De nouveaux immeubles s'étaient insérés dans les trous béants laissés par les bombes.

— Tout est si différent.

— Oui, bien sûr. Cela va faire quarante-huit ans que tu es partie, si mes calculs sont justes.

— Presque, oui. Pas tout à fait. Je suis partie l'été de l'année 1945.

Après un silence, elle reprit :

— Billy… Je n'ai jamais oublié ce que tu as fait pour moi. Tu nous as offert une vie merveilleuse, à Ray et moi.

Il lui sourit, comme l'ami de toujours qu'il était.

— Je savais que je l'aurais regretté si nous nous étions mariés en dépit de son retour. Tu aurais fini par m'en vouloir de vous avoir séparés. Et moi, j'aurais fini par t'en vouloir de ne pas m'aimer autant que tu aimais Ray.

Il prit sa main dans les siennes.

— Si je t'ai laissée partir, ce jour-là, c'est parce que notre avenir m'est soudain apparu avec une grande clarté. Et je n'ai pas aimé ce que j'ai vu.

— Nous avons eu de nombreuses années de bonheur, grâce à toi. Et ça s'est bien passé pour toi aussi, il me semble.

Elle était au courant, grâce aux nombreuses lettres qui traversaient l'Atlantique dans les deux sens depuis son départ de Bethnal Green. Babs lui avait annoncé que son frère s'était marié. Et son amie lui avait même rendu visite aux États-Unis, en compagnie de Peter, son mari. De même que George, à deux reprises, et leur mère, une fois. Em était ravie d'avoir une chance de découvrir un nouveau pays et de voir l'endroit où sa fille s'était bâti un foyer. Nellie et Ray, quant à eux, avaient fait de nombreux séjours chez George, qui vivait avec sa famille dans l'ouest de Londres.

— Comment va Amelia ? Et les enfants ?

— Très bien. Elle est impatiente de te revoir. William va passer ce week-end avec sa marmaille, et nos jumelles vivent toujours dans le coin.

Billy fixa le jardin.

— Je l'adore, tu sais. À l'époque, je pensais qu'il n'y aurait personne d'autre, après toi, que je ne pourrais plus aimer autant que je t'ai aimée. Mais je me trompais. Amelia a été si bonne pour moi. Elle m'a rendu si heureux. Et c'est un peu grâce à toi, plaisanta-t-il.

— J'en suis ravie, répondit-elle.

C'était étrange comme la vie avait tourné pour eux, en fin de compte. La seule chose qu'elle regrettait, c'était cet horrible cancer qui lui avait enlevé Ray bien trop tôt. Elle fit tourner son alliance autour de son doigt ; l'alliance que Billy avait achetée pour elle et qu'elle avait portée durant ses quarante-cinq années de mariage avec Ray, en souvenir de l'homme merveilleusement généreux qui lui avait rendu sa liberté.

— Tu la portes toujours ? dit-il, étonné de voir l'anneau à son doigt.

— Toujours ! répondit-elle avec un sourire.

— Je n'arrive pas à croire que la cérémonie de commémoration n'aura lieu que demain.

— Oui, je sais.

Cinquante ans s'étaient écoulés depuis la tragédie qui avait fauché tant de vies, et c'était la toute première fois qu'on leur rendait hommage. La première chance que l'on offrait à leur communauté de se réunir pour se souvenir de cette nuit terrible.

— La mairie a été totalement blanchie. J'ai lu un long article dans le journal sur le sujet. Tu as toujours affirmé que Mme Bolton n'était pas coupable, qu'elle avait fait tout ce qu'elle pouvait pour empêcher ça. Elle a été innocentée.

— Seulement elle n'est plus là pour le savoir, dit Nellie, songeant à son ancienne patronne, si investie dans sa fonction et dévouée à ses administrés.

Elle se tourna vers l'église St John, où devait avoir lieu la cérémonie.

— Tu es prête à aller chez Babs ? lui demanda Billy.

Elle hésita.

— Ça ne te dérange pas que je fasse quelque chose avant ? J'aimerais aller me recueillir sur tombe de Flo.

— Bien entendu, dit-il, d'un ton plein de tendresse. Je prends ta valise. On se retrouve chez Babs.

Tu connais le chemin, n'est-ce pas ? Sa maison est à côté de l'ancien cimetière.

— Oui, je sais.

En dépit des décennies qui s'étaient écoulées, le plan des rues de Bethnal Green était resté gravé dans sa mémoire.

Ils ressortirent du parc, puis, après avoir déposé un baiser sur sa joue, Billy s'éloigna avec sa valise, lui faisant un signe de la main.

— À plus tard, alors.

Elle prit une profonde inspiration et traversa la rue. Elle entra dans l'église et s'assit un instant pour rassembler ses souvenirs, se laisser pénétrer par l'atmosphère de l'East End. Quand elle ressortit et qu'elle contourna l'édifice, elle chercha une pierre du regard.

Les initiales étaient toujours là : *NM et RF, février 1943*. Après tout ce temps. Elles avaient survécu à Ray, et continueraient longtemps à témoigner de leur amour.

— Oh, mon Ray. J'aurais tant voulu que tu sois à mes côtés, aujourd'hui. Tu me manques tellement.

Une brise légère caressa son visage, soulevant une mèche de son front. Et elle eut soudain l'impression qu'il était là, auprès d'elle, comme durant leurs quarante-cinq merveilleuses années de mariage. Elle sourit.

— Merci, mon amour. Merci pour tout.

Pour ces années de bonheur, pour les voyages à travers le monde dont elle avait toujours rêvé. Tous ces endroits nouveaux qu'ils avaient découverts ensemble, tous ces rires. Pour les trois filles magnifiques qu'ils avaient eues et élevées ensemble.

Elles voulaient l'accompagner, mais Nellie avait refusé. Elles avaient leurs vies, leurs enfants, leurs maris et leurs emplois dans le Michigan. Et puis elle voulait faire ça seule. Il lui aurait été plus difficile de convoquer les fantômes du passé, si ses filles avaient été là.

Elle regarda les initiales une dernière fois et retourna vers les rues familières et néanmoins si différentes qui fourmillaient de passants, comme toujours. Dire que la dernière fois qu'elle avait pris ce chemin, elle courait dans sa robe de mariée, tenant la main de Ray.

Elle remonta Morpeth Street. Les anciennes maisons mitoyennes avaient été rasées pour être remplacées par des barres d'immeubles sans caractère. Mais sa vieille école était toujours là, au bout de la rue, et il restait une ou deux vieilles maisons juste en face. Ce n'était plus chez elle. Le sentiment d'être chez soi était davantage lié aux personnes qu'aux lieux. Elle se sentait chez elle dans le Michigan, sur les rives du grand lac, où ses filles vivaient avec leurs familles. Dès qu'elle avait obtenu son visa, Ray l'avait emmenée là-bas et ils s'étaient mariés, en présence de ses parents. Ils avaient vécu heureux et sans éprouver le moindre regret.

Elle prit la direction du sud, pour gagner le cimetière de Bow. Il avait été rebaptisé, tout comme le quartier. On l'appelait le cimetière de Tower Hamlets, à présent, mais il se trouvait toujours au même endroit, et c'était là que Charlie et Flo reposaient. Nellie avait envie de se recueillir, seule, sur leurs tombes, avant d'être prise dans le tourbillon des retrouvailles avec ses amis. Em était enterrée ailleurs. Depuis 1966, il n'y avait plus d'enterrements au cimetière de Bow. Elle avait prévu d'aller sur la tombe de sa mère un peu plus tard, dans la semaine, pour honorer la mémoire de cette femme merveilleuse qui l'avait encouragée à saisir sa chance tant qu'elle le pouvait : ce qui était devenu une sorte de mantra tout au long de sa vie.

Ses pas la menèrent à un parc dont elle ne se souvenait pas. Durant la guerre, cette zone, qui longeait Regent's Canal, était occupée par des rues de maisons mitoyennes. Elle avait été durement touchée par les bombardements, se rappelait-elle, et il apparaissait que les autorités avaient décidé de tout raser pour créer un parc à leur place. C'était une oasis verte agréable qui jouxtait Victoria Park sur son flanc nord et le cimetière sur son flanc sud. Elle se promena un moment dans les allées du cimetière, puis trouva ce qu'elle cherchait.

Charles Francis Morris, 1896-1943, mari et père tendrement aimé. Repose en paix, lut-elle à voix haute, la main sur la pierre tombale, convoquant le souvenir de son père, si haut en couleur : un peu colérique et difficile à satisfaire, mais aimant et protecteur, ne voulant que le meilleur pour sa famille.

À côté, se trouvait une tombe plus petite. *Flora Emily Morris, 1935-1943, sœur et fille tendrement aimée. Puisses-tu rire et jouer à jamais, où que tu sois.*

Em avait eu tant de mal à trouver les mots à graver sur la pierre tombale de Flo.

— Je ne veux rien de banal, ni de trop religieux. Ce n'était qu'une gamine, pauvre chaton.

Nellie s'agenouilla et posa la main sur la terre à l'endroit où devait reposer le cœur de sa sœur.

— Tu me manques, ma puce. Tu me manques chaque jour de ma vie.

Une larme roula sur sa joue.

— Ils vont te rendre hommage demain. Et à papa aussi. Et aux cent soixante et onze autres personnes qui sont mortes cette nuit-là. Mais ce moment est pour toi.

Nellie se mit alors à chanter à voix basse, uniquement pour Flo, le dernier couplet de la berceuse qu'elle lui avait si souvent fredonnée pour l'endormir.

— *Écoutez, cette cloche solennelle qui sonne, claire, à travers la nuit,*

C'est toi, mon tendre amour, qui t'envoles vers le ciel, à travers la nuit,

Poussière terrestre tu t'es couchée, âme immortelle puisses-tu te réveiller,

Ayant accompli ton dernier voyage pour rentrer chez toi, à travers la nuit.

Remerciements

À ma famille : maman, papa, Charlie, Rachel, Paige, Sam et Ava. Je vous aime plus que tout au monde.

Merci pour votre amour, votre soutien et vos conseils.

À Jake, mon compagnon. Merci d'être à mes côtés et d'éclairer ma route. Mamie Ruth t'aurait adoré.

À mes incroyables agents de WME, merci d'avoir permis à cette idée de s'épanouir et de m'avoir offert l'espace pour lui donner vie. Andrew, TJ, Steve, Huy, James, Matilda et Alyssa, vous avez été la terre qui a permis à cette petite graine d'histoire de germer pour devenir ce qu'elle est. À Jenny et Cara, merci d'être toujours là pour assurer mes arrières, et de me protéger dans ce monde de fous.

Mes remerciements à l'équipe éditoriale de Harper-Collins qui a cru en cette histoire et qui n'a jamais baissé les bras ; et en particulier à mes éditrices, Katie et Liz. Merci à la talentueuse Kathleen McGurl qui m'a accompagnée pour lui donner vie.

À mes merveilleux chiens, Winnie, Max, Barbie et Marley, qui sont restés couchés à mes pieds durant les nuits blanches passées à trouver les mots, chapitre après chapitre.

Et enfin, à mamie Ruth. Sans toi, personne n'aurait jamais eu ce livre entre les mains. Sans toi, je ne serais pas là. Ceci est ton histoire, le témoignage des épreuves que tu as traversées, et de ta force intérieure qui m'inspire chaque jour. Ce livre est pour toi. Je t'aime et je te dédie *Dix-Neuf Marches.*

Ce livre existe grâce au travail de toute une équipe.

Communication : Caroline Babulle, Solveig de Plunkett, Sabrina Bendali, Inès Paulin, Adélaïde Yvert.

Coordination administrative : Martine Rivierre.

Studio : Pascaline Bressan, Barbara Cassouto-Lhenry, Joël Renaudat.

Fabrication : Muriel Le Ménez, Céline Ducournau, Bernadette Cristini, Sophia Paroussoglou, Isabelle Goulhot.

Commercial, relation libraires et marketing : Catherine Lauprêtre, Ombeline Ermeneux, Élise Iwasinta, Arthur Rossi, Joséphine Saint-Paul, Aurélie Scart.

Cessions de droits : Elisabeth Stempak, Benita Edzard, Lucile Besse, Sonia Guerreiro, Costanza Corri.

Gestion : Sophie Veisseyre, Chloé Hocquet, Isabelle Déxès, Pierre Ekel.

Services auteurs : Viviane Ouadenni, Jean-François Rechtman, Catherine Reimbold, Anita Sevenant.

Ressources humaines : Mylène Bourreau, Carine Duchampt.

Juridique : Laëtitia Doré, Anaïs Rebouh, Valérie Robe, Lucie Bergeras, Julia Crosnier.

Avec le soutien des équipes d'Interforum et d'Editis qui participent à la création, la diffusion et la distribution de ce livre.

Canoros Vehit Canentes

Imprimé en France par
CPI Brodard & Taupin
en janvier 2024

pcacmb
édition pré-presse
livres numériques

44400 Rezé

#lisez engagé !
www.lisez.com
Pour plus d'information :
Imprimé sur du papier issu de forêts gérées durablement.

N° d'édition : 66594/01 – N° d'impression : 3055140